FOLIO SCIENCE-FICTION

Cordwainer Smith

Anthony Lewis

Les Seigneurs de l'Instrumentalité, IV

Légendes et glossaire du futur

Traduit de l'américain
par Simone Hilling et Pierre-Paul Durastanti

Gallimard

Titres originaux :

THE REDISCOVERY OF MAN
CONCORDANCE TO CORDWAINER SMITH

Cordwainer Smith (1913-1966), de son vrai nom Paul Linebarger, est devenu, après une enfance passée aux quatre coins du monde, un spécialiste de niveau mondial en matière de géopolitique et de guerre psychologique. Après quelques textes de littérature générale, il publie en 1950 *Les Sondeurs vivent en vain*, son premier texte de science-fiction, qui constituera la pierre angulaire d'un vaste édifice littéraire, *Les Seigneurs de l'Instrumentalité*, une histoire du futur composée de vingt-sept nouvelles et d'un roman, *Norstralie*.

Cordwainer Smith

Légendes du futur

Traduit de l'américain
par Simone Hilling
Traduction révisée
par Pierre-Paul Durastanti

LA GUERRE N° 81-Q
(version originale)

On en vint à la guerre.

Le Tibet et l'Amérique, qui réclamaient l'un et l'autre le Monopole de la Chaleur Radiante, demandèrent un Permis de guerre en 2127 après J.-C.

Le Conseil de Guerre Universel le leur accorda, sous certaines conditions, bien sûr. Après quelques compromis et amendements, les deux nations belligérantes les acceptèrent.

Telles étaient les conditions :

a) Cinq aéronefs de 22 000 tonnes, mélanges d'avion et de dirigeable, seraient les seuls combattants.

b) Ils ne devaient être armés que de mitrailleuses tirant des balles non explosives.

c) Le Territoire de Guerre des Kerguelen devait être loué par les deux belligérants, les Nations Unies d'Amérique et l'Alliance Mongole, pour les deux heures de la guerre, qui commencerait le 5 janvier 2127 à midi.

d) La nation vaincue devrait payer toutes les dépenses de la guerre, à l'exception de la location du Territoire de Guerre.

e) Aucun être humain ne devait se trouver sur le champ de bataille. Les contrôleurs mongols devaient être à Lhassa et les contrôleurs américains dans la Cité de Franklin.

Les belligérants n'eurent aucun problème à louer le Territoire de Guerre des Kerguelen. Le loyer réclamé par la Ligue Australe se montait, comme d'habitude, à quarante millions de dollars par heure.

Des spectateurs accoururent du monde entier pour se masser sur les frontières du Territoire afin d'obtenir les meilleures places. On s'arrachait les télescopes à rayons Q.

Les mécaniciens révisèrent avec soin les machines de guerre géantes.

Les commandes par radio, aussi délicates que des montres, furent réglées à la perfection, que ce soit dans les stations de contrôle de Lhassa et de la Cité de Franklin ou à bord des aéronefs de guerre.

Les appareils se présentèrent à l'heure dite, à la minute près.

Contrôlés par leurs pilotes à des milliers de kilomètres de là, les grands dirigeables décrivirent des figures audacieuses, aucune flotte n'osant prendre l'initative.

Il y avait cinq navires américains, le *Prospéro*, l'*Ariel*, l'*Obéron*, le *Caliban* et le *Titania*, et cinq navires chinois loués par les Mongols, le *Han*, le *Yuen*, le *Tsing*, le *Tsin* et le *Sung*.

La flotte mongole encourut le déplaisir des spectateurs en projetant un écran de fumée qui réduisit considérablement la vision. Le *Prospéro*, toutes ses armes crachant des balles, se rua dans l'écran de fumée et ressortit de l'autre côté, ingouvernable, secoué par ses moteurs désynchronisés. Alors qu'il approchait de la frontière, son pilote, sain et sauf à des milliers de kilomètres, le fit sauter. Mais son sacrifice ne resterait pas vain : le *Han* et le *Sung*, gravement touchés, surgirent à leur tour de la fumée. Le *Han*, dont le manque d'assiette montrait qu'il était condamné, encaissa un tir chanceux du *Caliban* et perdit plusieurs centaines de pieds d'altitude, son aile gauche en feu. Mais, l'espace d'une seconde ou deux, son pilote le maîtrisa et, d'un seul coup, réduisit le *Caliban* à l'impuissance. Puis le *Han* tomba à la rencontre de son destin funeste sur les îles rocheuses.

Le *Caliban* et le *Sung* continuaient de dériver en se tirant dessus. Dès qu'il apparut que ni l'un ni l'autre ne serait plus d'aucune utilité au combat, on les retira, par consentement mutuel, du champ de bataille.

Il restait alors trois appareils dans chaque camp, qui entraient et sortaient de l'écran de fumée, et prenaient parfois de l'altitude pour refroidir leurs moteurs.

Parmi les spectateurs, l'excitation monta quand la Cité de Franklin annonça qu'un nouveau pilote virtuellement inconnu, Jack Bearden, allait contrôler les trois navires à la fois ! Jamais encore un seul pilote n'avait commandé plus de deux appareils par radio ! En outre, deux des as mongols les plus célèbres, Baartek et Soong, participaient au combat, tandis qu'un personnage encore plus fameux, le mercenaire chinois T'ang, commandait le *Yuen*.

Les Américains dans le public protestèrent qu'un pilote si jeune et inexpérimenté ne devrait pas avoir le droit de mettre en danger les appareils.

Le Gouvernement répondit qu'il avait toute confiance dans les capacités de Bearden.

Mais lorsque le jeune pilote s'avança face à l'écran de télévision sur lequel apparaissait la bataille, et face au dédale de commandes, il sut que tout le monde, y compris lui-même, avait surestimé ses capacités.

Il se percha sur le haut tabouret et tendit la main vers les leviers de vitesse, qui se trouvaient juste derrière lui. Il se pencha, et tomba ! Sa tête heurta deux boutons ; et il vit l'*Obéron* et le *Titania* exploser.

Les trois aéronefs ennemis lancèrent une attaque concertée sur l'*Ariel*. Bearden fit pivoter son appareil et le précipita dans l'écran de fumée.

Il vit l'énorme masse du *Tsing* foncer sur lui. Il tira d'instinct — et toucha le répartiteur de commandes.

En évitant le *Tsing* qui s'abattait, il manqua de quelques centimètres d'entrer en collision avec le *Tsin*, dont le pilote cribla de balles les renforts de l'aile droite de l'*Ariel* pour la fragiliser.

Bearden, ou plutôt l'*Ariel*, connut un instant de répit. Car le jeune homme se trouvait pour sa part dans l'immeuble du Commandement Militaire, dans la Cité de Franklin.

Le *Yuen*, contrôlé par le maître-pilote T'ang, s'éleva d'au-dessous de lui, lui trancha le bout de l'aile gauche d'une rafale, et redisparut dans la brume de l'écran de fumée avant que Baerden, stupéfait, ait le temps de tirer une seule balle.

Il eut plus de chance avec le *Tsin*. Lorsque ce dernier fondit sur l'*Ariel*, il lui détruisit sa commande de tir. Puis, lorsque ce même appareil revint par en dessous pour l'éperonner, Bearden largua la moitié de ses mitrailleuses. Elles s'écrasèrent sur le *Tsin*, qui explosa aussitôt.

Il ne restait plus que l'*Ariel* et le *Yuen* ! Maître-pilote contre maître-pilote.

Bearden, par chance, toucha le gouvernail du *Yuen*, mais ne parvint qu'à le fausser.

Le *Yuen* largua d'autres bombes à écran de fumée.

Bearden prit de l'altitude ; non, il était toujours sain et sauf en Amérique, mais l'*Ariel* prit de l'altitude.

Les spectateurs dans leurs hélicoptères donnaient des coups de sifflet, tiraient au pistolet, applaudissaient à tout rompre.

T'ang amena le *Yuen* à quelques centaines de pieds au-dessus de l'eau.

On l'acclama, lui aussi.

Bearden inspecta son appareil par autotélévision et constata qu'il tomberait en morceaux au premier choc.

Il vira sur la droite pour se préparer à descendre.

Son aile gauche cassa net sous la tension ; et l'*Ariel* entama sa chute. Bearden braqua alors l'autotélévisionnage sur le *Yuen*, pour ne pas voir son appareil, qui emportait avec lui sa réputation, son avenir, s'écraser.

Son aile gauche qui tombait comme une pierre percuta le *Yuen*, qui explosa quarante-six secondes plus tard.

Selon les lois internationales, Bearden venait de gagner la guerre pour l'Amérique — la guerre, les honneurs, et les énormes revenus du Monopole de la Chaleur Radiante.

Le monde entier acclama ce Lindbergh du vingt-deuxième siècle.

LA SCIENCE OCCIDENTALE, QUELLE MERVEILLE !

Le Martien s'était assis au sommet d'une falaise de granit. Pour mieux jouir de la brise, il avait pris la forme d'un petit sapin. Le souffle du vent lui paraissait toujours fort agréable au travers des aiguilles persistantes.

Au pied de la falaise se tenait un Américain, le premier que le Martien ait jamais vu.

L'Américain sortit de sa poche un engin fantastiquement ingénieux, une petite boîte métallique pourvue d'une buse qui se relevait, produisant une flamme immédiate. À l'aide du dispositif miraculeux, il alluma un tube d'herbes dispensatrices de félicité. Le Martien croyait savoir que les Américains nommaient ces tubes des *cigarettes*. Tandis que l'autre finissait d'allumer sa cigarette, le Martien prit la forme d'un démagogue chinois de quinze pieds de haut, au visage rougeaud et à la moustache noire, qui lança en anglais : « Hello l'ami ! »

L'Américain leva la tête et sa mâchoire s'affaissa, presque décrochée de stupéfaction.

Le Martien, abandonnant la falaise, fit un pas dans le vide et se laissa flotter en direction de l'Américain, l'approchant lentement pour ne pas trop l'effrayer.

Néanmoins, l'Américain semblait inquiet, car il dit : « Vous n'êtes pas réel, n'est-ce pas ? C'est impossible ? Ou bien est-ce possible ? »

Modestement, le Martien sonda l'esprit de l'Américain et réalisa qu'un démagogue chinois de quinze pieds de haut n'était pas une image visuelle rassurante pour une psychologie américaine. Il sonda de nouveau son esprit, en quête d'une image rassurante. La première qu'il y vit fut celle d'une mère américaine ; le Martien prit donc la forme d'une mère américaine et répondit : « Qu'est-ce qui est réel, mon chéri ? »

Sur ce, l'Américain verdit légèrement et se voila les yeux de la main. Le Martien regarda de nouveau dans son esprit et y vit une image quelque peu confuse.

Quand l'Américain ouvrit les yeux, le Martien avait pris la forme d'une infirmière de la Croix-Rouge en plein numéro de strip-tease. Cette manœuvre était inspirée par le désir d'être agréable, mais l'Américain n'eut pas l'air rassuré. Sa peur commença à se transformer en colère. « Qui diable êtes-vous ? »

Le Martien renonça à l'obligeance. Il se transforma en un général chinois nationaliste éduqué à Oxford, et dit avec un accent britannique appuyé : « Je suis de par ma nature un indigène de ces lieux, quelque peu surnaturel, voyez-vous ? J'espère que cela ne vous choque pas. La science occidentale est si merveilleuse que j'ai eu envie d'examiner la machine fantastique que vous avez dans la main. Voulez-vous bavarder un peu avant de partir ? »

Le Martien perçut des images confuses dans l'esprit de l'Américain. Elles se rapportaient à une chose nommée *prohibition*, à une autre nommée *abstinence*, et à une question plusieurs fois réitérée : « Comment diable suis-je arrivé là ? »

Pendant ce temps, le Martien examinait le briquet.

Il le rendit à l'Américain qui eut l'air stupéfait. « Magie très réussie, dit le Martien. Nous ne faisons pas ces sortes de choses dans ces collines. Je suis un Démon d'assez basse caste. Je vois que vous êtes capitaine dans l'illustre armée des États-Unis. Permettez-moi de me présenter. Je suis la 1387229e Incarnation Subordonnée Orientale d'un Lohan. Avez-vous le temps de bavarder un peu ? »

L'Américain considéra l'uniforme nationaliste chinois. Puis il regarda derrière lui. Ses porteurs et son interprète chinois gisaient en tas sur le sol herbeux de la vallée, tous évanouis. Il se contrôla assez longtemps pour dire : « Qu'est-ce qu'un Lohan ?

— Un Lohan est un Arhat », dit le Martien.

L'Américain ne comprit pas non plus cette information, et le Martien en conclut que quelque chose devait manquer aux aménités usuelles des présentations aux officiers américains. À regret, il effaça tout souvenir de lui-même de l'esprit de l'Américain et des esprits des Chinois évanouis. Il revint se poser au sommet de la falaise, reprit sa forme de sapin et réveilla toute la troupe. Il vit l'interprète chinois gesticuler à l'adresse de l'Américain, et il sut que le Chinois disait : « Il y a des Démons dans ces collines... »

Le Martien apprécia le franc éclat de rire par lequel l'Américain salua ce trait de superstition chinoise.

Puis il regarda le détachement disparaître en longeant la rive du petit Lac de la Rivière-aux-Huit-Bouches, à la beauté miraculeuse.

Cela se passait en 1945.

Le Martien consacra bien des heures solitaires à essayer de matérialiser un briquet, mais il ne parvint jamais à en créer un qui ne se dissolve pas en émanation primordiale fétide quelques heures plus tard.

Puis ce fut 1955. Le Martien apprit qu'un officier soviétique arrivait, et il envisagea avec un plaisir sincère de faire la connaissance d'une autre personne venant de ce monde occidental si miraculeusement à la page.

Peter Farrer était un Allemand de la Volga.

Les Allemands de la Volga sont à peu près aussi russes que sont américains les Hollandais de Pennsylvanie.

Ils vivent en Russie depuis plus de deux cents ans, mais les terribles rigueurs de la Seconde Guerre mondiale ont détruit ou dispersé la plupart de leurs communautés.

Farrer lui-même s'en était bien tiré. Après être resté quelques années *yefreitor* dans l'Armée Rouge, il avait accédé au grade de sous-lieutenant. Il avait étudié dans un Institut Technique et était devenu géologue et géomètre.

Le chef de la mission militaire soviétique dans la province de Yunnan, en République Populaire de Chine, lui avait dit : « Farrer, vous partez en vacances. Ce voyage ne comporte aucun danger, mais nous voulons un avis sur la faisabilité d'une seconde route de montagne le long des falaises rocheuses à l'ouest du lac Pakou. J'ai de l'estime pour vous, Farrer. Vous avez fait oublier votre nom allemand, et vous êtes un bon citoyen et officier soviétique. Je sais que vous ne causerez aucun problème avec nos alliés chinois, ni avec les montagnards parmi lesquels vous allez voyager. Soyez prudent avec eux, Farrer. Ils sont très superstitieux. Nous avons besoin de leur soutien total, mais nous pouvons prendre notre temps pour l'obtenir. La libération de l'Inde est encore lointaine, mais quand nous devrons passer à l'action pour aider les Indiens à rejeter l'impérialisme américain, nous ne voudrons pas de points faibles sur nos arrières. Ne pressez pas les choses, Farrer. Assurez-vous que vous faites du bon travail technique, mais aussi que vous vous liez d'amitié avec tout ce qui n'est pas élément réactionnaire impérialiste. »

Farrer hocha la tête, très grave. « Vous voulez dire, camarade colonel, que je dois me lier d'amitié avec *tout* ?

— Avec tout », dit fermement le colonel.

Farrer était jeune et il aimait faire un peu de propagande pour ses idées. « Je suis un athée militant, mon colonel. Dois-je me montrer amical envers les prêtres ?

— Envers les prêtres aussi, dit le colonel. Surtout envers les prêtres. » Il considéra Farrer d'un œil incisif. « Liez-vous d'amitié avec tout et tout le monde, excepté les femmes. Vous m'entendez, camarade ? Évitez les problèmes. »

Farrer salua et retourna à son bureau faire ses préparatifs pour le voyage.

Trois semaines plus tard, Farrer montait, longeant les petites cascades qui menaient à la Rivière des Sables d'Or, la Chinshachiang, nom local de la Longue Rivière ou Yang-tsé.

A côté de lui trottinait Kungsun, le secrétaire du Parti. Kungsun était un aristocrate de Pékin qui s'était affilié au Parti Communiste dans sa jeunesse. Visage aigu, voix aiguë, il se faisait pardonner ses origines en étant le communiste le plus violent de tout le nord-ouest du Yunnan. Ils n'avaient qu'un escadron de troupes et de nombreux porteurs locaux pour leurs approvisionnements, mais un officier de la vieille Armée Populaire de Libération était quand même chargé de veiller à leur bien-être militaire et de garder un œil sur les compétences techniques de Farrer. Le camarade capitaine Li, rondelet et jovial, suait de fatigue derrière eux pendant l'ascension.

Il les interpella. « Si vous voulez être des héros du travail, continuons à monter, mais si vous voulez suivre les saines pratiques de la logistique militaire, asseyons-nous pour boire un thé. De toute façon, il est impossible d'atteindre Pakouhu avant la nuit. »

Kungsun regarda en arrière avec mépris. La file des soldats et des porteurs s'étirait sur deux cents mètres, soulevant un serpent de poussière accroché aux pentes rocheuses de la montagne. Il vit les casquettes des soldats et des porteurs, et les canons de leurs fusils pointés vers le ciel pendant la montée. Il vit les têtes enturbannées de serviettes des porteurs libérés, et il sut sans avoir à leur parler qu'ils le maudissaient aussi violemment qu'ils avaient maudit dans le passé leurs oppresseurs capitalistes. Loin au-dessous d'eux, la Chinshachiang serpentait comme un fil d'or dans le vert assourdi de la vallée au crépuscule.

Il cracha à l'adresse du capitaine : « S'il ne tenait qu'à vous, nous serions encore à boire le thé à l'auberge, pendant que les hommes dormiraient. »

L'autre ne s'offensa pas. Il avait vu bien des secrétaires du Parti dans sa vie. Dans la Nouvelle Chine, c'était beaucoup plus sûr d'être capitaine. Quelques-uns des secrétaires du Parti qu'il avait connus étaient devenus des personnages très importants. L'un d'eux était même allé jusqu'à Pékin, où il s'était vu attribuer une Buick pour lui tout seul, plus trois stylos, des Parker 51, ce qui, dans la bureaucratie communiste, correspondait à un état voisin de la félicité parfaite. Le capitaine Li ne désirait rien de tout cela. Deux solides repas par jour, et une succession ininterrompue de filles de ferme patriotiques, rondelettes de préférence, telle était son idée d'une Chine totalement libérée.

Farrer parlait mal le chinois, mais il saisit le sens général de la discussion. En mandarin maladroit, mais compréhensible, il cria, riant presque : « Venez donc, camarades. Nous n'arriverons peut-être pas au lac avant la nuit, mais nous ne pouvons pas non plus bivouaquer sur cette falaise. » En sifflotant *Ich hatt' ein Kameraden*, il passa devant Kungsun et prit la tête de la colonne.

C'est donc Farrer qui arriva le premier en haut de la montée, et tomba nez à nez avec le Martien.

Cette fois, le Martien était prêt. Il se rappelait son expérience décevante avec l'Américain, et il ne voulait pas effrayer son hôte, ce qui aurait gâché la nature mondaine de la rencontre. Pendant que Farrer escaladait la montagne, le Martien escaladait l'esprit de Farrer, bondissant au milieu de ses souvenirs comme un écureuil bondit de branche en branche dans un immense chêne. Il en avait extrait de nombreux souvenirs agréables. Puis il était revenu à son poste et les avait incorporés à des fantômes d'aspect très substantiel.

La moitié de son corps dépassait du rebord de la falaise quand Farrer comprit ce qu'il avait sous les yeux. Deux camions militaires soviétiques étaient parqués dans une minuscule clairière, une table dressée devant chacun, dont l'une chargée de délicieux zakouskis (l'équivalent soviétique des smorgasbords). Le Martien espérait pouvoir conserver leur matérialité à ces objets tandis que Farrer les mangerait, mais il avait peur qu'ils ne disparaissent dès leur absorption : il ne connaissait guère les processus digestifs des humains et ne voulait pas provoquer de violents maux d'estomac chez son hôte en le laissant ingérer des objets de composition chimique fort improvisée et incertaine.

Le premier camion s'ornait d'un grand drapeau rouge, portant en grandes lettres cyrilliques blanches l'inscription :

BIENVENUE AUX HÉROS DE BRYANSK.

Le deuxième camion était encore mieux. Ayant constaté que Farrer aimait beaucoup les femmes, le Martien avait matérialisé quatre jeunes et jolies Soviétiques, une blonde, une brune, une rousse, et une albinos, pour le piquant. Ne sachant pas s'il arriverait à leur faire parler correctement les formes féminines et séduisantes de la langue russe, il les avait installées dans des fauteuils et endormies. Il s'était demandé quelle forme il devait prendre lui-même, et avait décidé qu'il serait des plus courtois de prendre l'apparence de Mao Tsé-toung.

Farrer ne franchit pas le rebord de la falaise. Il se figea où il était. Il regarda le Martien, et le Martien dit, très obséquieux : « Venez. Nous vous attendons.

— Qui diable êtes-vous ? aboya Farrer.

— Je suis un Démon prosoviétique, dit le simulacre de Mao, et j'ai matérialisé un comité de réception communiste. J'espère que ça vous plaît. »

À ce moment, Kungsun et Li apparurent. Li

passa à la gauche de Farrer, Kungsun à sa droite. Tous trois s'immobilisèrent, bouche bée.

Kungsun se ressaisit le premier. Il reconnut Mao Tsé-toung. Il ne manquait jamais une occasion de faire connaissance avec les hauts dignitaires du Parti. D'une voix très faible, tendue, incrédule, il dit : « Camarade Président, je n'aurais jamais pensé vous rencontrer dans ces collines. Mais êtes-vous bien vous, et si vous n'êtes pas vous, qui êtes-vous ?

— Je ne suis pas le président de votre parti, dit le Martien. Je ne suis qu'un Démon local aux sentiments procommunistes très vifs, qui voudrait faire la connaissance de personnes agréables comme vous-même. »

À cet instant précis, Li s'évanouit et aurait dévalé la falaise, renversant soldats et porteurs, si le Martien n'avait allongé son bras gauche, lequel se transforma pour la circonstance en python, saisit Li toujours inconscient et le déposa doucement contre le camion des zakouskis. Les beautés soviétiques continuèrent à dormir. Le python se retransforma en bras.

Le visage de Kungsun devenait livide ; comme son teint naturel était d'une agréable nuance ivoire, sa pâleur était très marquée.

« Je pense que ce *wang-pa* est un imposteur contre-révolutionnaire, dit-il d'une voix faible, mais je ne sais pas quoi faire de lui. Je me réjouis que la République Populaire de Chine ait un représentant de l'Union Soviétique pour nous instruire en cette circonstance difficile. »

Farrer dit d'une voix tranchante : « Si c'est un imposteur, c'est un imposteur chinois. Pas un imposteur russe. Et vous feriez bien de ne pas l'injurier. Il semble avoir des pouvoirs effectifs. Regardez ce qu'il a fait à Li. »

Le Martien décida de faire montre de son éducation et dit d'un ton très conciliant : « Si je suis un *wang-pa*, vous êtes un *wang-pen*. » Puis, sous le coup de l'inspiration, il ajouta en russe : « Un *wang-pen*, c'est une personne ingrate. Pire qu'une personne illégitime. Ma forme vous plaît-elle, camarade Farrer ? Avez-vous un briquet sur vous ? La science occidentale est si merveilleuse, et moi, je n'arrive jamais à faire des choses très solides, alors que vous, vous faites des avions, des bombes atomiques et toutes sortes d'objets divertissants de ce genre. »

Farrer fouilla dans sa poche, cherchant son briquet.

Un hurlement retentit derrière lui. L'un des soldats chinois, quittant la colonne immobile, passait la tête par-dessus le rebord de la falaise pour voir ce qui se passait. Voyant les camions et Mao Tsé-toung, il se mit à glapir : « Il y a des démons par ici ! Il y a des démons par ici ! »

Le Martien savait par des siècles d'expérience qu'il était inutile d'essayer de s'entendre avec des indigènes, à moins qu'ils ne fussent ou très jeunes, ou très, très vieux. Il s'avança jusqu'au bord de la falaise pour que tous les hommes puissent le voir. La silhouette de Mao se dilata jusqu'à une hauteur de dix mètres. Puis il se changea en une incarnation de l'ancien dieu chinois de la guerre, avec moustache, rubans, et épées ornées de pompons qui flottaient à la brise. Ils s'évanouirent tous, comme il l'avait prévu et désiré. Il les cala solidement contre des rochers pour qu'ils ne roulent pas sur la pente. Puis il prit la forme d'une AFAT soviétique — une assez jolie blonde aux galons de sergent — et se rematérialisa à côté de Farrer.

Entre-temps le jeune homme avait sorti son briquet.

La jolie petite blonde lui demanda : « Je vous plais mieux sous cette forme ?

— Je ne crois absolument rien de tout ça, dit Farrer. Je suis un athée militant. J'ai combattu la superstition toute ma vie. » Il avait vingt-quatre ans.

« Je ne crois pas que vous m'aimiez en fille, dit le Martien. Ça vous gêne, n'est-ce pas ?

— Comme vous n'existez pas, vous ne pouvez pas me gêner. Mais si ça ne vous fait rien, pourriez-vous rechanger de forme ? »

Le Martien prit l'apparence d'un petit Bouddha potelé. Il savait que c'était un peu impie, mais il entendit Farrer pousser un soupir de soulagement. Même Li se rasséréna maintenant que le Martien avait pris une forme religieuse convenable.

« Écoutez-moi bien, monstre obscène et démoniaque, gronda Kungsun, nous sommes en République Populaire de Chine. Il vous est absolument interdit de prendre la forme d'images surnaturelles ou de vous livrer à des activités non athées. S'il vous plaît, abolissez votre personne et les illusions que vous avez créées. Et d'ailleurs, qu'est-ce que vous voulez ?

— J'aimerais, dit le Martien d'une voix douce, devenir membre du Parti Communiste Chinois. »

Farrer et Kungsun se regardèrent, médusés. Puis ils se mirent à parler tous les deux en même temps, Farrer en russe et Kungsun en chinois.

« Nous ne pouvons pas, dit Farrer, vous laisser entrer dans le Parti.

— Si vous êtes un démon, dit Kungsun, vous n'existez pas, et si vous existez, vous êtes illégal. »

Le Martien sourit. « Prenez quelques rafraîchissements. Vous changerez peut-être d'avis. Voulez-vous une fille ? » dit-il, montrant son assortiment de beautés russes, toujours endormies dans leurs fauteuils.

Kungsun et Farrer secouèrent la tête.

Avec un soupir, le Martien dématérialisa les filles et les remplaça par trois tigres sibériens. Les animaux s'approchèrent.

L'un d'eux s'arrêta commodément derrière le Martien et se coucha. Le Martien s'assit dessus.

« J'adore m'asseoir sur un tigre, dit le Martien, ravi. C'est tellement confortable. Prenez donc un tigre. »

Bouche bée, Farrer et Kungsun considéraient leur tigre respectif. Les animaux bâillèrent et s'étirèrent.

Au prix d'un immense effort de volonté, les deux jeunes hommes s'assirent devant leur tigre. Farrer soupira. « Qu'est-ce que vous voulez ? Je suppose que vous avez gagné...

— Prenez un pichet de vin. »

Il matérialisa un pichet de vin et une tasse en porcelaine devant chacun des interlocuteurs, lui compris. Il se versa à boire et les considéra, plissant ses yeux pénétrants. « J'aimerais apprendre tout ce qu'on peut savoir de la science occidentale. Vous comprenez, je suis un étudiant martien, exilé pour devenir la 1387229ᵉ Incarnation Subordonnée Orientale d'un Lohan. Je suis ici depuis plus de deux mille ans, et je ne perçois que dans un rayon de dix lieues. Si je pouvais, j'aimerais étudier pour devenir ingénieur, mais comme je ne peux pas quitter ces lieux, je voudrais adhérer au Parti Communiste, afin que des visiteurs viennent me voir en grand nombre. »

Pendant ce temps, Kungsun avait pris sa décision. Il était communiste, mais il était chinois aussi — chinois aristocrate de surcroît, et très versé dans le folklore de son pays. Quand il reprit la parole, ce fut en termes beaucoup plus mesurés, et en une forme poliment archaïque du dialecte de la cour de Pékin. « Honoré et estimé Démon, Seigneur, il est inutile que vous essayiez d'adhérer au Parti Communiste. Je reconnais que c'est très patriotique, en votre qualité de Démon chinois, de vouloir adhérer au groupe progressiste qui conduit le peuple chinois dans sa lutte incessante contre les cruels impérialistes américains. Mais, bien que vous m'ayez convaincu, je ne crois pas que vous puissiez convaincre les autorités du Parti, estimé Seigneur. La seule chose que vous puissiez faire dans notre nouveau monde communiste de la Chine Nouvelle, c'est de devenir un réfugié contre-révolutionnaire et d'émigrer en territoire capitaliste. »

Blessé, le Martien fronça les sourcils en sirotant son vin, l'air boudeur, tandis que, derrière lui, Li se mettait à ronfler, adossé à la roue d'un des camions.

« Je vois, jeune homme, que vous commencez à croire en moi. Vous n'avez pas à le reconnaître. Croyez juste un peu en moi. Je suis heureux de constater que vous, monsieur Kungsun, secrétaire du Parti, vous êtes prêt à vous montrer poli. Je ne suis pas un Démon chinois, puisque je suis à l'origine un Martien élu à la Basse Assemblée de Concorde, mais qui, à la suite d'une remarque inopportune, doit vivre sous la forme de la

1387229e Incarnation Subordonnée Orientale d'un Lohan pendant trois mille printemps et automnes avant de pouvoir rentrer. Je pense être là encore très longtemps. D'autre part, j'aimerais étudier pour devenir ingénieur, et je pense qu'il vaudrait bien mieux pour moi adhérer au Parti Communiste que m'exiler à l'étranger. »

Farrer eut une inspiration. Il dit au Martien : « J'ai une idée. Mais avant de vous l'exposer, voulez-vous, s'il vous plaît, faire disparaître ces maudits camions et enlever ces zakouskis ? Ils me mettent l'eau à la bouche, mais, j'en suis désolé, je ne peux pas accepter votre hospitalité. »

Le Martien s'exécuta, d'un simple geste de la main. Les camions et les tables disparurent. Li, toujours endormi, s'affala dans l'herbe. Il marmonna quelque chose dans son sommeil puis reprit ses ronflements. Le Martien se retourna vers ses hôtes.

Farrer reprit le fil de son idée. « Laissons de côté la question de savoir si vous existez ou non. Je peux vous assurer que je connais le Parti Communiste Russe et que mon collègue, le camarade Kungsun ici présent, connaît le Parti Communiste Chinois. Les partis communistes sont de merveilleuses institutions. Ils conduisent les masses dans le combat contre les Américains iniques. Savez-vous que si nous ne poursuivions pas le combat révolutionnaire, nous serions tous obligés de boire du Coca-Cola tous les jours ?

— Qu'est-ce que le Coca-Cola ? demanda le Démon.

— Je l'ignore, répondit Farrer.

— Alors, pourquoi avoir peur d'en boire ?

— La question n'est pas là. Il paraît que les capitalistes en font boire à tout le monde. Le Parti Communiste ne peut pas prendre le temps d'ouvrir des secrétariats surnaturels. Cela anéantirait nos campagnes antireligieuses que d'avoir un secrétaire démoniaque. Je peux vous assurer que le Parti Communiste Russe ne l'acceptera jamais, et notre ami ici présent vous dira qu'il n'y a pas de place pour vous dans le Parti Communiste Chinois. Pourtant, nous voulons votre bonheur. Vous semblez un Démon très sympathique. Pourquoi ne pas vous en aller, tout simplement ? Les capitalistes vous accueilleront à bras ouverts. Ils sont très réactionnaires et très religieux. Vous trouverez peut-être même des gens pour croire en vous. »

Quittant sa forme de Bouddha potelé, le Martien prit l'apparence et l'habit d'un jeune Chinois, étudiant ingénieur à l'Université de la Révolution de Pékin. Dans sa nouvelle incarnation, il reprit : « Je ne veux pas qu'on croie en moi. Je veux faire des études scientifiques et tout apprendre de la science occidentale. »

Kungsun se porta au secours de Farrer. « Inutile d'essayer de devenir un ingénieur communiste. Vous me semblez être un démon assez distrait, et je crois que, même si vous essayiez de vous faire passer pour un être humain, vous l'oublieriez tout le temps et ne cesseriez de changer de forme. Ce qui serait catastrophique pour le moral de n'importe quelle classe sociale. »

Le Martien se dit en lui-même que le jeune homme n'avait pas tort. Il détestait conserver une forme quelconque plus d'une demi-heure. Garder la même apparence corporelle le rendait nerveux. Il aimait aussi changer de sexe de temps en temps ; cela lui semblait reposant. Sans avouer que Kungsun avait marqué un point avec cette remarque, il hocha aimablement la tête et demanda : « Mais comment aller à l'étranger ?

— Allez-y, c'est tout, dit Kungsun avec lassitude. Partez. Vous êtes un Démon. Vous pouvez faire n'importe quoi.

— Mais non, dit l'étudiant martien d'une voix tranchante. Il me faut un modèle. »

Il se tourna vers Farrer. « Ça ne servirait à rien que vous me donniez quelque chose. Si vous me donniez quelque chose de russe et que j'atterrisse en Russie, vous m'avez dit qu'ils ne veulent pas plus d'un Martien communiste que les gens d'ici. D'ailleurs, je n'ai pas envie d'abandonner mon lac merveilleux, mais je suppose qu'il le faudra si je veux me familiariser avec la science occidentale.

— J'ai une idée », dit Farrer.

Il ôta sa montre et la tendit au Martien.

Le Martien l'examina. Bien des années plus tôt, la montre avait été fabriquée aux États-Unis d'Amérique. Un G.I. l'avait donnée à une Fraülein. La grand-mère de la Fraülein l'avait donnée à un soldat de l'Armée Rouge contre trois sacs de pommes de terre, et le soldat de l'Armée Rouge l'avait donnée contre cinq cents roubles à Farrer, quand ils s'étaient connus à Kouïbychev. Les chiffres étaient peints au radium, de même que les aiguilles. La petite aiguille manquait, mais le Martien en matérialisa une neuve. Il en changea la forme plusieurs fois avant d'être satisfait de son œuvre. La montre portait une inscription en anglais : « Marvin Watch Company ». Au bas du cadran, il y avait un nom de ville : « Waterbury, Conn. »

Le Martien lut les inscriptions. Il dit à Farrer : « Qu'est-ce que c'est que ce Waterbury, *Kahn* ?

— Conn., c'est l'abréviation du nom d'un État américain. Si vous voulez être réactionnaire capitaliste, c'est un endroit très favorable. »

Toujours livide, mais maladivement prévenant, Kungsun ajouta son mot. « Je crois que vous, vous aimeriez beaucoup le Coca-Cola. C'est très réactionnaire. »

L'étudiant martien fronça les sourcils. Il tenait toujours la montre à la main. « Ça m'est égal que ce soit réactionnaire ou non, dit-il. Je veux vivre dans un endroit très scientifique.

— Vous ne pouvez pas vivre dans un endroit

plus scientifique que Waterbury, Conn., surtout Conn. — c'est l'endroit le plus scientifique qu'ils ont en Amérique, je suis sûr qu'ils sont très pro-Martiens et que vous pourrez adhérer à l'un des partis capitalistes. Ça ne les gênera pas. Mais les partis communistes vous poseront des problèmes. » Farrer sourit et ses yeux s'éclairèrent. Il pensait tenir l'argument décisif. « De plus, ajouta-t-il, vous pouvez garder ma montre pour toujours. »

Le Martien fronça les sourcils. Se parlant à lui-même, il dit : « Je vois que le communisme chinois va s'effondrer dans huit ans, huit cents ans ou huit mille ans. Je ferais peut-être mieux d'aller dans ce Waterbury, Conn. »

Les deux jeunes communistes approuvèrent vigoureusement en souriant au Martien.

« Honoré et estimé Martien, Seigneur, passez votre chemin, je vous prie, parce que je voudrais que mes hommes montent sur la falaise avant la nuit. Allez, avec notre bénédiction. »

Le Martien changea de forme. Il prit l'apparence d'un Arhat, disciple subordonné du Bouddha. Il les dominait de ses huit pieds. Son visage rayonnait d'un calme surnaturel. La montre, miraculeusement pourvue d'un nouveau bracelet, brillait à son poignet.

« Je vous bénis, jeunes gens, dit-il. Je vais à Waterbury. » Et il y alla.

Farrer regarda Kungsun. « Qu'est-il arrivé à Li ? »

Kungsun secoua la tête, hébété. « Je n'en sais rien. Je me sens tout drôle. »

(En partant pour cet endroit d'une merveilleuse étrangeté, Waterbury, Conn., le Martien avait pris soin d'effacer de leurs esprits tout souvenir de lui-même.)

Kungsun s'avança jusqu'au bord de la falaise, et vit les hommes endormis.

« Regardez ça », grommela-t-il. S'avançant à l'extrême bord de l'abîme, il hurla : « Debout, fainéants, debout, tortues ! Vous n'êtes pas fous de dormir sur une falaise à l'approche de la nuit ? »

Le Martien concentra tous ses pouvoirs sur la localisation de Waterbury, Conn.

Il était la 1387229e Incarnation Subordonnée Orientale d'un Lohan (ou d'un Arhat) et ses pouvoirs étaient limités, même s'ils pouvaient paraître impressionnants à des profanes.

Il y eut un choc, un frisson, une rupture, une impression de choses faites et défaites, et il se retrouva dans un pays plat. Une étrange obscurité l'entourait. L'air, qu'il n'avait jamais humé auparavant, s'écoulait doucement autour de lui. Farrer et Li, suspendus sur une falaise au-dessus de la Chinshachiang, restaient loin derrière lui dans le monde qu'il venait de fuir. Il se souvint qu'il avait aussi laissé sa forme derrière lui.

Distraitement, il baissa les yeux sur lui-même, pour voir quelle apparence il avait adoptée pour le voyage.

Il découvrit qu'il était arrivé sous l'aspect d'un petit Bouddha rieur de vingt centimètres de haut, sculpté dans un bel ivoire jauni.

« Ça ne conviendra jamais, grommela-t-il. Il faut que je prenne une forme locale... »

Il palpa son environnement, cherchant télépathiquement des objets intéressants assez proches.

« Ah ! un camion de lait. »

La science occidentale, quelle merveille ! pensa-t-il. Imaginez donc, une machine faite uniquement dans le but de transporter du lait !

Vivement, il se transforma en camion de lait.

Dans l'obscurité, il n'avait pas bien distingué le métal dont était fait le camion, ni la couleur de sa peinture.

Pour ne pas se faire remarquer, il se transforma en camion de lait en or massif. Puis, sans chauffeur, il démarra son moteur et se mit à rouler sur l'une des grandes routes menant à Waterbury, Connecticut... Si donc vous voyez un camion en or massif se conduire tout seul dans les rues, vous saurez que c'est le Martien, alias la 1387229e Incarnation Subordonnée d'un Lohan, et qu'il pense toujours que la science occidentale est une merveille.

NANCY

Entrant dans la pièce. Gordon Greene se trouva en face de deux hommes. La jeune ordonnance n'avait aucune personnalité. Ce qui n'était pas le cas du général, assis à sa place attitrée, son bureau, lequel était disposé au milieu de la pièce. Mais l'infinie courtoisie du général se remarquait à un détail : les lamelles des stores vénitiens détournaient la lumière des yeux de l'interlocuteur.

À l'époque, le colonel-général était Wenzel Wallenstein, le premier homme qui se fût aventuré dans les profondeurs de l'espace. Il n'avait pas atteint une étoile. Personne n'en avait jamais atteint une à l'époque, mais il était allé plus loin qu'aucun homme auparavant.

Wallenstein était un vieil homme, et pourtant son âge n'était pas considérable. Il avait moins de quatre-vingt-dix ans à une époque où la plupart des hommes vivaient jusqu'à cent cinquante. Ce qui donnait à Wallenstein cet air vieilli, c'était la souffrance venant de la tension, pas la souffrance qui vient de l'angoisse ou de la concurrence, pas celle qui vient de la maladie.

C'était une souffrance d'une nature plus subtile — une sensibilité qui créait sa propre douleur.

Et pourtant, elle était bien réelle.

Wallenstein était aussi stable qu'on peut l'être, et le jeune lieutenant fut étonné de découvrir que, dès sa première rencontre avec le commandant en chef, son instinct le portait à la sympathie pour l'homme qui dirigeait toute l'organisation.

« Votre nom ?

— Gordon Greene, répondit le lieutenant.

— De naissance ?

— Non, mon général.

— Quel était votre nom, à l'origine ?

— Giordano Verdi.

— Pourquoi en avez-vous changé ? Verdi est un beau nom.

— Les gens le trouvaient difficile à prononcer, mon général. J'ai fait ce que j'ai pu.

— Moi, j'ai conservé mon nom, dit le vieil officier. Affaire de goût, je suppose. »

Le jeune lieutenant leva la main, la main gauche, paume en avant, faisant le nouveau salut inventé par les psychologues. Cela signifiait que la courtoisie militaire pouvait être mise de côté pour le moment, et que le subordonné sollicitait la permission de parler d'homme à homme avec son supérieur. Il connaissait bien ce salut, et pourtant, dans ce cadre, il avait eu du mal à le faire.

La réponse du général fut rapide. Il fit le contre-salut : main gauche, paume en avant.

Le vieux visage lourd, tiré, stressé et sage ne changea pas d'expression. Le général était en alerte. Empreints d'une gentillesse machinale, ses yeux suivaient le lieutenant, qui sentit qu'il n'y avait rien derrière ces yeux, sauf des mondes et des mondes de problèmes intérieurs.

Il reprit la parole, avec confiance.

« S'agit-il d'un entretien spécial, mon général ? Avez-vous quelque chose en tête pour moi ? Si oui, mon général, il est de mon devoir de vous prévenir. J'ai été déclaré psychologiquement instable. Les services se trompent rarement, mais ils m'ont peut-être envoyé ici par erreur. »

Le général sourit. D'un sourire machinal. Simple contrôle des muscles, et non expression spontanée d'une émotion humaine.

« Vous saurez ce que j'ai en tête quand nous en aurons discuté, lieutenant. Quelqu'un va venir nous rejoindre, et cela vous donnera une idée de la direction que votre vie va prendre. Vous savez parfaitement que vous avez demandé de partir dans l'espace profond, et que, en ce qui me concerne, la réponse est oui. Maintenant, la question est la suivante : "Le désirez-vous vraiment ?" Voulez-vous accepter cette nomination ? Est-ce pour cette raison que vous avez fait le signe de courtoisie ?

— Oui, mon général, dit le lieutenant.

— Il n'était pas nécessaire pour ce genre de question. Vous pouviez me la poser dans le cadre du service. Ne versons pas trop dans la psychologie. C'est inutile, n'est-ce pas ? »

De nouveau, le général adressa au lieutenant un sourire appuyé.

Puis il fit un signe à son ordonnance, qui se mit au garde-à-vous.

« Faites-le entrer, dit Wallenstein.

— Oui, mon général », dit l'ordonnance.

Les deux hommes attendirent, désœuvrés. D'un pas vif, rapide, heureux, un étrange lieutenant entra dans la pièce.

Gordon Greene n'avait jamais vu personne de comparable à ce lieutenant. Vieux, presque aussi vieux que le général, le visage joyeux et lisse, les muscles de ses joues, de son front, annonçant le bonheur, la détente, une vision confiante de la vie, le lieutenant portait les trois plus hautes décorations du service. Il n'en existait pas de plus hautes, et pourtant il était là, déjà vieux et toujours lieutenant.

Le lieutenant Greene ne comprenait pas. Il ne savait pas qui était cet homme. Il était assez facile d'être lieutenant pour un jeune homme, mais pas pour un vieillard de soixante-dix ou quatre-vingts ans. Les gens de cet âge étaient colonels, ou à la retraite, ou morts.

Ou retournés à la vie civile.

L'espace, c'était pour les jeunes.

Le général lui-même se leva, par courtoisie pour cet homme de sa génération. Les yeux du lieutenant Greene se dilatèrent. Cela aussi, c'était bizarre.

« Asseyez-vous, mon général », dit l'étrange vieux lieutenant.

Le général s'assit.

« Que voulez-vous de moi maintenant ? Voulez-vous que je répète une fois de plus le numéro Nancy ?

— Le numéro Nancy ? dit le général d'une voix neutre.

— Oui, mon général. La même histoire que j'ai racontée à tous ces autres jeunes gens. Vous l'avez entendue, je l'ai entendue. Inutile de jouer la comédie. »

L'étrange lieutenant ajouta alors : « Je m'appelle Karl Vonderleyen. Avez-vous déjà entendu parler de moi ?

— Non, mon lieutenant, dit le jeune lieutenant.

— Vous ne perdez rien pour attendre, dit le vieux lieutenant.

— Pas d'amertume, Karl, dit le général. Vous n'êtes pas le seul à avoir eu des problèmes. Je suis parti, j'ai fait la même chose que vous, et je suis général. Vous pourriez au moins avoir la courtoisie de m'envier.

— Je ne vous envie pas, mon général. Vous avez vécu votre vie, et j'ai vécu la mienne. Vous savez ce que vous n'avez pas eu, ou vous croyez le savoir, et je sais ce que j'ai eu, et je suis sûr de le savoir. »

Le vieux lieutenant détourna son attention du commandant en chef et se tourna vers le jeune homme.

« Vous allez partir dans l'espace, dit-il, et nous vous jouons une petite saynète, un numéro comique. Le général n'a pas eu de Nancy. Il n'a pas demandé de Nancy. Il n'a pas voulu d'aide. Il est allé dans le Grand Extérieur, et il n'en est pas mort. Cela a duré trois ans. Trois années qui doivent en paraître plutôt trois millions. Il a traversé l'enfer et il en est revenu. Regardez son visage. C'est un vainqueur. Un vainqueur absolu et incontestable, assis devant vous, usé, fatigué, et, semble-t-il, blessé. Regardez-moi. Regardez-moi bien, lieutenant. Je suis un vaincu. Je suis lieutenant dans le Service Spatial et je le resterai. »

Le commandant en chef garda le silence.

Vonderleyen poursuivit : « Oh, on me nommera général pour la retraite, je suppose, quand le moment viendra. Je ne suis pas prêt pour la retraite. J'aime autant rester dans le Service Spatial, tout compte fait. Il n'y a pas grand-chose à faire dans ce monde. Et j'ai eu...

— Vous avez eu quoi, mon lieutenant ? osa demander le lieutenant Greene.

— J'ai trouvé Nancy. Pas lui. C'est aussi simple que ça. »

Le général intervint dans la conversation. « Ce n'est pas si catastrophique, ni si simple, lieutenant Greene. On dirait que quelque chose ne va pas chez le lieutenant Vonderleyen aujourd'hui. C'est une histoire que nous devons vous raconter et à partir de laquelle vous devrez prendre votre décision. Mais le règlement ne nous éclaire en rien sur la façon de s'y prendre. »

Le général regarda le lieutenant Greene d'un air incisif. « Savez-vous ce que nous avons fait à votre cerveau ?

— Non, mon général. » Greene éprouva un accès de malaise.

« Avez-vous entendu parler du virus *sokta* ?

— Le quoi, mon général ?

— Le virus *sokta*. *Sokta* est un vieux mot du Chosenmal, la langue de l'ancienne Corée. C'était un pays situé à l'est du Japon, du temps où il y avait un Japon. Cela signifie “peut-être”, et c'est ce “peut-être” qu'on vous inocule dans la tête. Il s'agit d'un cristal minuscule, plus que microscopique. Il est là. Et il y a une machine sur le vaisseau. Une petite, question de place. Elle a la résonance nécessaire pour faire détoner le virus. Si vous faites détoner le *sokta*, vous serez comme lui. Sinon, vous serez comme moi... en supposant, dans l'un et l'autre cas, que vous reveniez vivant. Vous pouvez ne pas survivre et vous pouvez ne pas revenir, auxquels cas notre conversation restera de pure forme. »

Le jeune homme rassembla son courage et demanda : « Qu'est-ce que ça va me faire ? Pourquoi tant d'histoires ?

— Nous ne pouvons pas vous dire grand-chose. L'une des raisons, c'est que ça n'en vaut pas la peine.

— Vous voulez dire que vous ne pouvez vraiment pas en parler, mon général ? »

Le général secoua la tête, avec tristesse et sagesse.

« Non. Je n'ai pas trouvé, il a trouvé, et pourtant, cela reste, en quelque sorte, au-delà des limites de la parole. »

À ce point de son histoire, bien des années plus tard, je demandai à mon cousin : « Eh bien, Gordon, s'ils disent que tu ne peux pas parler, comment se fait-il que tu puisses quand même ?

— Je suis saoul, mon vieux, je suis saoul, dit mon cousin. Combien crois-tu que ça m'a pris pour en arriver là ? Je ne le raconterai plus jamais. Jamais. D'ailleurs, tu es mon cousin, tu ne comptes pas. Et j'ai promis à Nancy que je n'en parlerais à personne.

— Qui est Nancy ? lui demandai-je.

— Nancy, c'est toute l'histoire. Toute l'histoire. C'est ce que ces deux pauvres vieux essayaient de me dire dans le bureau. Ils ne savaient pas. L'un d'eux, il avait Nancy ; l'autre, il ne l'avait pas.

— Nancy est-elle une personne réelle ? »

Sur quoi il me raconta le reste de l'histoire.

L'entretien fut dur. Il fut propre, net, simple, direct. L'alternative était simple. Il était clair que Wallenstein voulait voir Greene revenir vivant. Par choix politique, le commandement spatial préférait ramener un homme vaincu mais vivant, plutôt que de le laisser devenir un héros mort. Les pilotes n'étaient pas si nombreux. De plus, le moral serait catastrophique si l'on disait aux hommes qu'ils partaient pour des opérations-suicides.

Tout était affaire de psychologie, et quand Greene sortit du bureau, il était plus troublé qu'en y entrant.

Ils ne cessaient de lui répéter, chacun à leur façon — le général joyeusement, le vieux lieutenant tristement —, que c'était sérieux. Le vieux général sévère était très gai en lui disant cela. Le vieux lieutenant joyeux se montrait très compatissant.

Greene lui-même se demandait pourquoi il ressentait tant de sympathie pour le général en chef et tant d'indifférence à l'égard du lieutenant vaincu. Il aurait dû avoir l'opinion contraire.

Deux milliards de kilomètres plus tard, quatre mois plus tard en temps ordinaire, quatre vies plus tard en temps vécu, Greene comprit ce qu'ils avaient voulu dire. C'était un vieil enseignement de la psychologie. Absolument seuls, les hommes mouraient. Les vaisseaux étaient conçus pour prévenir ce danger. Il y avait deux hommes à bord de chacun. Chacun emportait des tas d'enregistrements, et même quelques animaux passablement inutiles. Dans son cas, un couple de hamsters. On les avait stérilisés, bien sûr, pour éviter de devoir nourrir les jeunes, mais ils composaient quand même une petite famille bien à eux, image en miniature du bonheur de la vie sur la Terre.

La Terre était très, très loin.

C'est alors que son copilote mourut.

Et tout ce qui menaçait Greene prit réalité.

Il s'avisa soudain de ce que recouvrait la conversation d'alors.

Les hamsters étaient son seul espoir. Il collait son visage contre leur cage et leur parlait. Il leur attribuait des états d'âme. Il essayait de vivre leurs vies avec eux, comme s'ils étaient des humains.

Comme si lui-même faisait encore partie des vivants, comme s'il n'était pas seul avec le silence tonitruant derrière la mince paroi de métal. Il n'y avait rien à faire, qu'arpenter le vaisseau tel un animal en cage au milieu de machines qu'il ne comprendrait jamais.

Le temps perdit sa perspective. Il savait qu'il était fou, et aussi qu'en se contrôlant il arriverait à survivre à cette folie partielle. Il comprit même que son instabilité psychique, qui, croyait-il, le rendait impropre au Service Spatial, contribuait sans doute à l'espoir qu'il éprouva à ce stade.

Son esprit revenait toujours à Nancy et au virus *sokta.*

Qu'est-ce qu'ils avaient dit ?

Ils lui avaient dit qu'il pouvait réveiller Nancy, quoi qu'elle soit. Nancy n'était pas un de ses noms préférés. Et pourtant, d'une façon ou d'une autre, le virus agissait toujours. Il n'avait qu'à approcher la tête d'un certain point, presser le clou de résonance dans le mur, une seule fois, et sa mission échouerait, il serait heureux et rentrerait vivant.

Il ne comprenait pas. Pourquoi un tel choix ?

Il lui sembla que trois mille ans s'étaient écoulés quand il dicta son dernier message au Service Spatial. Il ne savait pas ce qui allait arriver. Manifestement, ce vieux lieutenant Vonderleyen était encore vivant. Tout aussi manifestement, le général était encore vivant. Le général avait réussi. Le lieutenant avait échoué.

Et maintenant, le lieutenant Greene, à deux

milliards de kilomètres de la Terre, devait faire son choix. Il le fit. Il choisit d'échouer.

Mais il voulait, par discipline, parler pour l'homme qui échouait, et il dicta, pour les archives du vaisseau quand il reviendrait sur la Terre, un message très simple, se terminant par un appel à la justice.

« ... et ainsi, messieurs, j'ai décidé d'activer le virus. Je ne sais pas ce que signifie la référence à Nancy. Je n'ai aucune idée de ce que me fera le virus *sokta*, sauf qu'il entraînera mon échec. De cela, je suis sincèrement honteux. Je regrette l'humaine faiblesse qui me pousse. La faiblesse humaine, et vous, messieurs, qui avez permis cela. À cet égard, ce n'est pas moi qui échoue, mais le Service Spatial lui-même qui me donne l'autorisation d'échouer. Messieurs, pardonnez l'amertume avec laquelle je vous dis au revoir en cet instant, mais, maintenant, je vous dis vraiment au revoir. »

Il cessa de dicter, cligna des yeux, regarda une dernière fois les hamsters — où seraient-ils quand le virus *sokta* commencerait à agir ? —, pressa le bouton et se pencha en avant.

Rien ne se passa. Il enfonça de nouveau le bouton.

Le vaisseau s'emplit soudain d'une étrange odeur. Il n'arrivait pas à l'identifier. Il ne savait pas ce que c'était.

Il se rappela soudain que c'était l'odeur de

l'herbe fraîchement coupée, mêlée à un léger parfum de géranium, de rose aussi peut-être, mais très subtil. Odeur commune dans les fermes où il allait autrefois en été. C'était l'odeur de sa mère sur le perron, l'appelant pour le repas, ou de lui-même, assez homme pour être indulgent envers la femme en sa mère, assez enfant pour se tourner joyeusement vers une voix familière.

Il se dit : « S'il n'y a que ça dans ce virus, je peux continuer à travailler avec la même efficacité. »

Il ajouta : « À deux milliards de kilomètres dans l'espace, sans autre perspective que deux hamsters pendant des années de solitude, quelques hallucinations ne peuvent pas me faire de mal. »

La porte s'ouvrit.

Elle ne pouvait pas s'ouvrir.

Elle s'ouvrit quand même.

À cet instant, Greene éprouva une peur comme il n'en avait jamais eu. Il se dit : « Je suis fou, je suis fou », en fixant la porte qui s'ouvrait.

Une jeune fille entra. Elle dit : « Bonjour, toi. Tu me connais, non ?

— Non. Non, mademoiselle, qui êtes-vous ? »

La jeune fille ne répondit pas. Elle resta là, simplement, et lui sourit.

Elle portait une jupe de serge bleue à rayures verticales bien serrée à la taille, une ceinture du même tissu et un corsage très simple. Ce n'était pas une fille étrange, et surtout pas une créature de l'espace.

C'était quelqu'un qu'il avait connu, et très bien. Aimé, peut-être. Mais il n'arrivait pas à la situer — pas à cet instant, pas en ce lieu.

Elle continua à le regarder, simplement.

Et tout lui revint. Bien sûr, c'était Nancy. Pas seulement la Nancy dont ils parlaient, mais *sa* Nancy, la Nancy à lui qu'il avait toujours connue et jamais rencontrée.

Il parvint à se ressaisir et lui dit : « Comment se fait-il que je te connaisse si je ne te connais pas ? Tu es Nancy, je t'ai connue toute ma vie et j'ai toujours voulu t'épouser. Tu es la jeune fille dont j'ai toujours été amoureux et je ne t'avais encore jamais vue. C'est bizarre, Nancy. Terriblement bizarre. Je ne comprends pas. Et toi ? »

Nancy s'approcha et posa sa main sur son front. C'était une petite main très réelle, et sa présence lui fut chère, précieuse et bienvenue. Elle dit : « Cela va exiger un peu de réflexion. Tu comprends, je ne suis pas réelle, pour personne, sauf pour toi. Et pourtant, je suis plus réelle pour toi que personne ne le sera jamais. C'est ça, l'action du virus *sokta*, mon chéri. C'est moi. Je suis toi. »

Il la contemplait.

Il aurait pu être malheureux, mais il ne se

sentait pas malheureux, tant il se réjouissait de l'avoir avec lui. « Qu'est-ce que tu veux dire ? C'est le virus *sokta* qui t'a créée ? Je suis fou ? Tu n'es qu'une hallucination ? »

Nancy secoua la tête, faisant danser ses jolies boucles.

« Ce n'est pas ça. Je suis tout simplement chaque fille que tu as désirée. Je suis l'illusion que tu as toujours cherchée, mais je suis toi parce que je suis dans les profondeurs de ton être. Je suis toute chose que ton esprit n'aurait peut-être pas rencontrée dans la vie. Tout ce que tu aurais peut-être eu peur d'approfondir. Me voilà, et je vais rester avec toi. Tant que nous serons ici, sur ce vaisseau, avec la résonance, nous nous entendrons bien. »

À ce moment, mon cousin se mit à pleurer. Il prit une bouteille de vin et se versa un grand verre d'épais Dago rouge. Il pleura un moment. Posant sa tête sur la table, il leva les yeux vers moi et dit ; « Il y a longtemps, très longtemps. Il y a très longtemps, et je me rappelle toujours le son de sa voix. Et je comprends maintenant pourquoi ils disent qu'on ne peut pas en parler. Il faut être ivre mort pour parler d'une vie réelle qu'on a eue, d'une vie bonne et belle, et qu'on a laissé échapper, non ?

— C'est vrai », dis-je, pour l'encourager.

Nancy transforma le vaisseau sans attendre. Elle déménagea les hamsters. Elle modifia la décoration. Elle vérifia les dossiers. Le travail continua, plus efficace qu'auparavant.

Mais le foyer qu'ils se construisirent, c'était différent. Il était plein d'odeurs de pain chaud et d'odeurs de vent, et parfois il entendait la pluie tomber, bien que la pluie la plus proche soit maintenant à deux milliards cent millions de kilomètres, et qu'il n'y ait rien à l'extérieur du vaisseau, que le grattement du froid silence sur le métal froid.

Ils vécurent ensemble. Il ne leur fallut pas longtemps pour s'habituer l'un à l'autre.

Il était né Giordano Verdi. Il avait ses limites.

Et le temps vint pour eux de devenir encore plus proches qu'amant et amante. « Je ne peux pas simplement te prendre, chérie, dit-il. Ce ne serait pas bien, même dans l'espace, et même si tu n'es pas réelle. Tu es très réelle pour moi. Acceptes-tu de m'épouser sur le livre de prières ? »

Ses yeux s'éclairèrent, et ses lèvres incomparables brillèrent de ce sourire qui lui était si particulier. Elle dit : « Bien sûr. »

Elle se jeta dans ses bras. Il passa les mains sur ses épaules. Il sentit ses côtes. Il sentit les mèches séparées de ses cheveux caresser ses joues. C'était réel, ça. C'était plus réel que la vie même, et pourtant un imbécile lui avait dit que c'était un virus — que Nancy n'existait pas. Si ce n'était pas Nancy, alors, qu'est-ce que c'était ? pensa-t-il.

Il la posa par terre et, ivre d'amour et de bonheur, il lut le livre de prières. Il lui demanda de faire les réponses. Il dit : « Je suppose que je suis le capitaine et je suppose que je nous ai mariés, toi et moi, n'est-ce pas, Nancy ? »

Le mariage fut une réussite. Le vaisseau décrivait une course immense, comme une comète. Il s'en alla très loin. Si loin que le soleil n'était plus qu'un point imperceptible. L'interférence du système solaire n'avait virtuellement aucun effet sur les instruments.

Un jour, Nancy vint le trouver et lui dit : « Je suppose que tu sais maintenant pourquoi tu as échoué ?

— Non. »

Elle le regarda gravement. « Je pense avec ton esprit. Je vis dans ton corps. Si tu meurs sur ce vaisseau, je meurs aussi. Pourtant, tant que tu vis, je suis vivante et séparée. C'est drôle, n'est-ce pas ?

— C'est drôle. » Une vieille douleur nouvelle s'éveillait dans son cœur.

« Et pourtant, je peux te dire quelque chose que je sais avec cette part de ton esprit que j'utilise. Je sais sans toi que je suis. Je suppose que je reconnais ta formation technique et que je la sens d'une mystérieuse manière, même si je n'en éprouve pas le manque. J'ai eu l'éducation que tu pensais que j'avais et que tu désirais que j'aie. Mais vois-tu ce qui se passe ? Nous travaillons avec la moitié de la puissance de ton cerveau. Tu consacres toute ton imagination à me créer. Toutes tes pensées sont pour moi. Je les désire, comme je désire que tu m'aimes, mais il n'en reste plus pour les urgences, et il ne reste rien pour le Service Spatial. Tu fais le minimum, c'est tout. Est-ce que j'en vaux la peine ?

— Bien sûr que tu en vaux la peine, chérie. Tu vaux tout ce qu'un homme peut espérer d'une aimée, d'une amante, d'une épouse et d'une compagne.

— Mais ne vois-tu pas que je prends le meilleur de toi ? Tu mets tout en moi, et quand le vaisseau arrivera, je ne serai plus. »

Curieusement, il constatait que la drogue agissait. Il voyait ce qui lui arrivait quand il regardait sa bien-aimée Nancy, avec ses cheveux si brillants, et il réalisait qu'ils n'avaient jamais besoin de mise en pli. Il regarda ses vêtements, et il s'aperçut qu'elle portait des tenues pour lesquelles aucune place n'existait sur le vaisseau. Et pourtant, elle en changeait, de façon délicieuse, captivante, séduisante, tous les jours. Il mangeait des nourritures dont il savait qu'elles ne pouvaient pas être dans le vaisseau. Rien de tout cela ne l'inquiétait. Et maintenant, il n'arrivait même pas à s'inquiéter à l'idée de perdre Nancy elle-même. Toute autre pensée, il aurait pu l'expulser de son esprit subconscient, et se rendre à l'idée que ce n'était pas une hallucination après tout.

C'en était trop. Il lui passa les doigts dans les cheveux. « Je sais que je suis fou, chérie, et je sais que tu n'existes pas.

— Mais si, j'existe. Je suis toi. Je suis une part de Gordon Greene, aussi vrai que je suis mariée avec toi. Je ne mourrai jamais tant que tu ne mourras pas, chéri, parce que, quand tu rentreras chez toi, je retomberai tout au fond de ton esprit, mais je vivrai dans ton esprit aussi longtemps que tu vivras. Tu ne peux pas me perdre, et je ne peux pas te quitter, et tu ne peux pas m'oublier. Et je ne peux fuir vers personne, sauf par tes propres lèvres. C'est pourquoi ils parlent comme ça. C'est pourquoi c'est une expérience si étrange.

— Et c'est là que je sais que j'ai tort, insista Gordon, têtu. Je t'aime, et je sais que tu es un fantôme, et je sais que tu t'en iras, et je sais que notre union tire à son terme, et ça ne m'inquiète pas. Je serai heureux simplement d'être avec toi. Je n'ai pas besoin de boire. Je n'ai pas besoin de me droguer. Et pourtant, le bonheur est là. »

Ils vaquèrent à leurs petits travaux domestiques. Ils vérifièrent ses graphiques, ils rangèrent les dossiers, ils écrivirent quelques folies dans le livre de bord. Puis ils firent griller des marshmallows au feu de bois. Il y avait une élégante cheminée qui n'existait pas. Les flammes ne pouvaient pas brûler mais elles brûlaient. Il n'y avait pas de marshmallows sur le vaisseau, mais ils en grillèrent quand même et les mangèrent avec plaisir.

Ainsi s'écoulait leur vie — pleine de magie, mais d'une magie sans douleur ni provocation, ni colère, ni désespoir.

Ils furent un couple très heureux.

Même les hamsters le sentaient. Propres et rebondis, ils mangeaient de bon cœur. Ils n'avaient plus le mal de l'espace. Ils le regardaient.

Il en fit sortir un, celui au nez brun, et le laissa courir dans la pièce. Il dit : « Tu es un vrai militaire. Pauvre petit. Né pour l'espace et condamné à l'espace. »

Nancy ne reparla qu'une seule fois de la question de leur avenir. Elle dit : « Tu sais que nous ne pouvons pas avoir d'enfants. Le *sokta* ne le permet pas. Tu pourras avoir des enfants de ton côté, mais ce sera bizarre si tu en épouses une autre avec moi à l'arrière-plan. Et j'y serai. »

Ils revinrent sur la Terre. Ils rentrèrent.

Tandis qu'il franchissait le sas, un médecin-colonel dur et las le regarda d'un air incisif. « Oh, nous pensions bien que c'était arrivé, dit-il.

— Quoi, docteur ? demanda un lieutenant Greene rondelet et radieux.

— Vous avez trouvé Nancy, dit le colonel.

— Oui, docteur. Je vais la chercher.

— Allez la chercher », dit le colonel.

Greene rentra dans la fusée et chercha. Pas trace de Nancy. Il revint à la porte, stupéfait. Mais pas bouleversé. Il dit : « Mon colonel, je ne la vois pas, mais je suis sûr qu'elle n'est pas loin. »

Le colonel lui adressa un sourire étrange, compatissant, las.

« Elle ne sera jamais loin, lieutenant. Vous avez fait le travail minimal. Je ne sais pas si nous ne devrions pas décourager les gens comme vous. Vous devinez sans doute que vous resterez à votre grade actuel. Vous recevrez une décoration : Mission Accomplie. Vous avez réussi, vous êtes allé plus loin que personne avant vous. Au fait, Vonderleyen dit qu'il vous connaît et qu'il vous attend là-haut. Mais nous devons vous emmener à l'hôpital pour nous assurer que vous n'entrerez pas en état de choc. »

« *À l'hôpital, dit mon cousin, je ne suis pas entré en état de choc.* »

Nancy ne lui manquait même pas. Comment aurait-elle pu lui manquer puisqu'elle n'était pas partie ? Elle n'était jamais loin, juste derrière la porte, juste à quelques minutes.

Au petit déjeuner, il savait qu'il la verrait à midi. Au repas de midi, il savait qu'elle passerait dans l'après-midi. Et à la fin de la journée, il savait qu'il dînerait avec elle.

Il savait qu'il était fou. Aussi fou qu'on peut l'être.

Il savait parfaitement qu'il n'y avait pas de Nancy et qu'il n'y en avait jamais eu. Il pensait qu'il aurait dû haïr le *sokta* qui l'avait mis dans cet état, mais le *sokta* portait son antidote avec lui.

L'effet Nancy était une immolation dans l'espoir perpétuel, dans la promesse de quelque chose qu'on ne pouvait jamais perdre. Ce qui vaut souvent mieux qu'une réalité qu'on peut perdre.

« Moi ? Renoncer à Nancy ? Ne sois pas stupide.

— Mais tu ne l'as pas, dit quelqu'un.

— Ça, c'est toi qui le dis », riposta mon cousin, le lieutenant Greene.

LE FIFRE
DE BODHIDHARMA

La musique [a dit Confucius] éveille l'esprit, la bienséance l'achève, la mélodie le complète.

Lun Yu,
livre VIII, chapitre 8

1

C'est peut-être au cours de la deuxième période de la culture proto-indienne de Harappa, ou peut-être plus tôt, à l'aube même du métal, qu'un orfèvre découvrit par hasard la formule permettant de fabriquer un fifre magique. Le fifre lui devint mort et félicité, voie menant au salut ou à la perte, au choix. Les générations futures purent considérer cet orfèvre comme le découvreur accidentel des pouvoirs psioniques avec déclenchement sonique.

Quoi qu'il en soit, cela fonctionnait ! Bien avant le Bouddha, les prêtres dravidiens aux longues chevelures apprirent que le fifre agissait.

Coulé essentiellement en or, malgré la préférence de l'orfèvre pour le métal des miroirs, le fifre émettait des sifflements stridents, mais transmettait aussi des vibrations supersoniques dans une bande étroite — suffisamment étroite et intense pour réordonner les synapses du cerveau et modifier les émotions fondamentales de l'auditeur.

L'orfèvre ne survécut guère à la création de son instrument. Un jour on le retrouva mort.

Le fifre devint la propriété des prêtres ; après une brève et terrible période au cours de laquelle on en usa et abusa, il fut enterré dans la tombe d'un grand roi.

2

Des voleurs trouvèrent le fifre, l'essayèrent et moururent. Certains moururent dans la félicité, d'autres dans la haine, d'autres encore dans une frénésie de panique et d'hallucinations. Un seul fut assez fort pour survivre, et, encore tout tremblant de l'épreuve qui avait indiciblement éveillé ses sensations et ses émotions, il l'enveloppa dans une page des écritures saintes, et l'offrit au Bienheureux Bodhidharma juste avant qu'il n'entreprenne l'infiniment pénible voyage qui, par le toit du monde, le mena de l'Inde à la lointaine Cathay.

Le Bienheureux Bodhidharma, l'homme qui avait vu la Perse, le vieillard à l'infinie sagesse, traversa les plus hautes montagnes l'année même où, en Chine, la dynastie des Wei du Nord transportait sa capitale hors de la divine Loyang. (Partout ailleurs dans le monde, où les hommes comptaient à partir de la naissance du seigneur Jésus-Christ, ce fut l'année 554, mais le message du christianisme n'était pas encore parvenu dans les hautes terres séparant l'Inde de la Chine, et la parole du Seigneur Gautama Bouddha était encore le plus doux évangile ayant jamais frappé les oreilles des hommes.)

Bodhidharma, vêtu d'une mince robe de moine, escalada les glaciers. Pour toute nourriture, il buvait l'air, en l'assaisonnant de prières. Les vents glacés transperçaient sa peau parcheminée et ses os las ; sa sainteté lui servait de manteau, et il portait dans son cœur indomptable la conviction que le message pur et saint du Seigneur Gautama Bouddha devait, par la volonté du temps et du hasard, être transmis du monde indien au monde chinois.

Une fois franchis les pics et les cols, il descendit dans la froidure glaciale du haut désert. Le sable déchirait ses pieds, mais il ne saignait pas car il était chaussé d'incantations sacrées et de charmes magiques.

Enfin, des animaux approchèrent. Ils vinrent dans la laideur de leur péché, de leur ignorance et de leur honte. Bêtes ils étaient, mais plus encore que bêtes — les âmes des méchants condamnées à d'innombrables renaissances, désormais réincarnées sous des formes viles, à cause de la méchanceté qui leur avait fait autrefois rejeter les enseignements de la sagesse et de la vie éternelle étalés sous leurs yeux, aussi visiblement que les arbres et les cieux nocturnes. Plus vicieux avait été l'homme, plus laide était la bête : c'était la règle. Ici, dans le désert, les bêtes étaient très laides.

Le Bienheureux Bodhidharma recula.

Il ne désirait pas se servir de son arme. « Ô Bienheureux dans l'Éternité, assis dans la Fleur de Lotus, Bouddha, viens à mon aide ! »

Aucune réponse ne résonna dans son cœur. Le péché et la méchanceté de ces bêtes étaient tels que même le Bouddha avait détourné sa face, et n'offrait aucune protection à son messager, Bodhidharma le missionnaire.

À regret, Bodhidharma sortit son fifre.

Le fifre était une arme délicate, de deux longueurs de doigt. Doré, de forme étrange, presque laid, il évoquait une civilisation que nul ne se rappelait en Inde. Le fifre, créé à l'aube de l'humanité, avait traversé la masse des âges, les légions des années, et survécu en tant que témoin du pouvoir des premiers hommes.

Au bout du fifre était un petit sifflet. Quatre

trous permettaient de jouer quatre notes, et une grande variété de combinaisons.

Joué une fois, le fifre incitait à la sainteté. Cela se produisait si tous les trous étaient bouchés.

Joué deux fois, tous trous ouverts, le fifre transmettait son propre pouvoir. Pouvoir étrange, en vérité. Il amplifiait toutes les émotions de tous les êtres vivants qui le percevaient.

Le Bienheureux Bodhidharma avait emporté le fifre, parce qu'il le réconfortait. Les trous fermés, ses notes lui rappelaient le message sacré des Trois Trésors du Bouddha qu'il transportait de l'Inde en Chine. Les trous ouverts, ses notes apportaient félicité à l'innocent et châtiment au méchant. Innocence et méchanceté n'étaient pas déterminées par le fifre, mais par les auditeurs eux-mêmes, quels qu'ils soient. Les arbres qui entendaient ces notes plus puissamment encore, à leur façon d'arbres, enfonçaient leurs racines dans la terre et élevaient leurs branches vers le ciel, cherchant leur nourriture avec leur espoir d'arbre, faible mais nouveau. Les tigres devenaient plus tigresques, les crapauds plus crapaudins, les hommes meilleurs ou pires, selon les dispositions de leur caractère.

« Arrière ! » cria le Bienheureux Bodhidharma aux bêtes.

Tigre et loup, renard et chacal, serpent et araignée, ils avancèrent.

« Arrière ! » répéta-t-il.

Sabots et griffes, dards et dents, yeux flamboyants, ils avancèrent.

« Arrière ! » cria-t-il pour la troisième fois.

Ils avancèrent encore. Alors il souffla dans le fifre ouvert, deux fois, haut et clair.

Deux fois, haut et clair.

Les animaux s'immobilisèrent. À la deuxième note, ils commencèrent à se contorsionner, profondément emprisonnés par la bestialité de leur propre nature. Le tigre montra les dents à ses pattes antérieures, le loup mordit sa propre queue, le chacal s'enfuit en tremblant devant son ombre, l'araignée se cacha sous l'obscurité des rocs, et les autres bêtes viles qui avaient menacé le Bienheureux le laissèrent passer.

Le Bienheureux Bodhidharma continua. À Anyang, la nouvelle capitale, le noble évangile du bouddhisme fut reçu avec curiosité, calme et délice. Les Tartares Toba, barbares voluptueux qui s'étaient rendus maîtres du nord de la Chine, chassant de leurs cœurs et de leurs âmes la peur de la destruction, les emplirent de l'espoir de la mort. Les mères pleuraient de plaisir, sachant que leurs enfants morts avaient été admis à la félicité. L'Empereur lui-même déposa son épée pour écouter le message de paix qui avait si bravement franchi d'innombrables montagnes.

Quand mourut le Bienheureux Bodhidharma, il fut enterré près d'Anyang, son fifre dans un coffret sacré en onyx près de sa main droite.

C'est là qu'ils dormirent ensemble pendant treize cent quarante ans.

3

En l'an 1894, un explorateur — du moins se voyait-il ainsi — allemand pilla la tombe du Bienheureux au nom de la science.

Des villageois le prirent sur le fait et le chassèrent des collines.

Il s'enfuit, ne sauvant qu'une seule pièce de son butin, un coffret en onyx contenant un fifre étrange, en un métal semblable à du cuivre. Du cuivre il avait l'apparence, bien que le métal ne fût pas aussi oxydé qu'aurait dû l'être du cuivre après un si long séjour dans une terre souvent humide. Le fifre était fort sale. Il le nettoya assez pour constater sa fragilité et mettre à nu l'inscription qu'il portait en caractères non chinois.

Il ne le nettoya pas assez pour s'essayer à en jouer. C'est pourquoi il vécut.

Le fifre fut offert à un petit musée municipal, dont le nom avait été choisi en l'honneur d'une grande-duchesse allemande. Il occupa la vitrine n° 34 du Dorotheum et y reposa encore pendant cinquante et un ans.

4

Les B-29 avait disparu. Leurs vrombissements assourdissants s'étaient éloignés en direction de Rastatt.

Wolfgang Huene sortit du fossé. Il se haïssait, il haïssait les Alliés, et pour un peu, il aurait haï Hitler. Membre des Jeunesses Hitlériennes, il était beau, blond, grand et buriné. Il était également brave, éveillé, cruel et intelligent. Il était nazi. Il ne pouvait espérer exister que dans un monde nazi. Ses parents, il le savait, n'étaient que d'inoffensifs imbéciles. Quand son père avait péri dans un bombardement, Wolfgang ne l'avait pas regretté. Quand la grippe avait tué sa mère, déjà à demi morte de faim, il ne s'en était pas inquiété. Elle était vieille et ne comptait pas. Seule l'Allemagne comptait.

Maintenant, l'Allemagne qui comptait commençait à se défaire, déchirée d'explosions, trouée d'ondes de choc et fracturée par les assauts incessants des armées aériennes alliées.

Wolfgang, en tant que jeune nazi, ne connaissait pas la peur, mais il connaissait le trouble.

D'une façon animale, instinctive, il savait — sans y réfléchir — que si l'hitlérisme ne survivait pas, il ne survivrait pas non plus. Il savait même qu'il faisait de son mieux, bien qu'il n'y ait pas grand-chose à faire. Il recherchait les espions, tout en dénonçant les lâches qui se plaignaient du Führer ou de la guerre. Il aidait à organiser le Volksturm, et il espérait devenir un résistant nazi si les Alliés traversaient le Rhin. Comme un animal, mais un animal très intelligent, il savait qu'il devait combattre, tout en comprenant en même temps que le combat pouvait se retourner contre lui.

Debout au milieu de la rue, il regardait la poussière retomber après le bombardement.

Le clair de lune éclairait la chaussée défoncée.

Il se trouvait dans un quartier tranquille. Il entendait les incendies crépiter dans le centre de la ville, avec un bruit qui lui rappelait son père quand il mangeait de la salade. Près de lui, il n'entendait rien ; il semblait être seul sous la lune, dans un petit coin oublié du monde.

Il regarda autour de lui.

Ses yeux se dilatèrent d'étonnement : une bombe avait éventré le Dorotheum.

Désœuvré, il s'approcha des ruines. Il s'immobilisa dans l'entrée ténébreuse.

Jetant un coup d'œil en arrière dans la rue, puis levant les yeux au ciel pour s'assurer qu'une lumière ne constituait plus un danger, il alluma sa lampe de poche et balaya de son rayon la salle d'exposition. Les vitrines étaient cassées, presque tous les objets exposés recouverts d'éclats de verre. Sur les froids sols de pierre, les vitres des fenêtres gisaient au clair de lune comme des flaques de glace.

Juste devant lui, une vitrine penchait, prête à basculer.

Il l'éclaira de sa lampe. Le rayon fit briller un tube court ressemblant au canon d'un antique pistolet. Wolfgang prit le tube. Il avait joué dans une fanfare et il reconnut l'objet. C'était un fifre.

Il le tint à la main un moment, puis le mit dans sa poche. Une dernière fois, il balaya la salle de son rayon, puis sortit dans la rue. Inutile d'avoir maille à partir avec la police.

Maintenant, il entendait les camions, alimentés en mauvais carburant, peiner sur la colline, leurs moteurs toussant et crachant.

Il mit sa lampe dans sa poche. Sentant le fifre, il l'en sortit.

Instinctivement, comme tout être humain l'aurait fait, il posa ses doigts sur les quatre trous et souffla. Le fifre était bouché.

Il s'obstina.

Il souffla plus fort.

Le fifre résonna.

Une note douce, dorée au-delà de tout ce qui est imaginable, plus douce et plus étrange que les notes les plus exaltantes du meilleur orchestre symphonique du monde, retentit à ses oreilles.

Il se sentit différent, soulagé, heureux.

Son âme, qu'il ignorait posséder, connut un état de paix encore jamais éprouvé. En cet instant naquit une petite religion. Petite, parce que confinée à l'esprit d'un seul adolescent brutal, mais véritable, parce qu'elle véhiculait le message d'espoir, de réconfort et d'accomplissement d'un ordre dépassant les limites de cette vie. L'amour, et la signification extraordinaire de l'amour, se déversèrent dans son esprit. L'amour détendit les muscles de son dos, et permit même à ses paupières douloureuses de retomber sur ses yeux, dans la première honnête réaction de fatigue qu'il eût acceptée depuis des semaines.

Elle avait chassé le nazi en lui. L'appel de la sainteté, piégé dans la magie oubliée du fifre de Bodhidharma, était parvenu à se faire entendre, même de cet être. Puis il commit sa faute, une faute mortelle.

Le fifre n'avait pas plus de malice que le pistolet avant qu'on presse la détente, pas plus de haine que la rivière avant qu'elle engloutisse le noyé, pas plus de colère que la hauteur d'où l'homme se précipite dans le vide ; le fifre avait son propre pouvoir, composé pour partie du son lui-même, mais résidant essentiellement dans le lien mécanopsionique que la forme et l'alliage insolites avaient reçu de l'orfèvre de Harappa oublié depuis des siècles.

Wolfgang Huene recommença à souffler, tenant la flûte entre deux doigts, tous les trous débouchés. Cette fois, la note fut sauvage. En une vision instantanée, terrible et totalement convaincante, elle réincarna en lui toutes les fausses résolutions, le patriotisme venimeux, la bravoure vénéneuse du Reich d'Hitler. Il redevint un membre des Jeunesses Hitlériennes, un Aryen accompli. Ses yeux étincelaient du message qu'il sentait couler hors de lui.

Il souffla encore.

La troisième note était celle qui parfaisait l'ouvrage — la note qui avait protégé le Bienheureux Bodhidharma dans le désert glacé du Tibet mille cinq cent cinquante ans plus tôt.

Huene devint encore plus nazi. Ce n'était plus un jeune homme, ce n'était plus un être humain. Il était maintenant l'amplification de lui-même. Il n'était plus que guerrier, mais il avait oublié qui il était et pour quoi il se battait.

Tous feux éteints, les camions atteignirent le sommet de la colline. Sans voir, il les regarda. Fifre en main, il les défia.

Une pensée folle lui traversa l'esprit. « Des tanks alliés... »

Il courut comme un fou vers le camion de tête. Le chauffeur ne vit qu'une ombre et écrasa son frein trop tard. Le pare-chocs avant cogna contre un obstacle mou.

La roue avant recouvrit le corps du jeune homme. Quand le camion s'arrêta, Wolfgang Huene était mort et le fifre, à demi écrasé, reposait sur le roc d'une route allemande.

5

Hagen von Grün faisait partie des spécialistes allemands des fusées qui travaillaient à Huntsville, Alabama. Il était venu à Cap Canaveral participer à la cinquième série de lancements américains. Le troisième tir de la série comprenait un émetteur destiné à capter des ondes radio standard immédiatement au-dessous du satellite, dans le but de permettre aux auditeurs ordinaires du monde entier de participer à la poursuite du satellite, qui avait une espérance de vie relativement courte. Avec de la chance, il durerait cinq semaines, pas plus.

L'émetteur miniaturisé était conçu pour capter les sons, si faibles soient-ils, produits par l'échauffement et le refroidissement de la coque, transmettre un dessin sonore réfléchissant la chaleur des rayons cosmiques, et aussi, jusqu'à un certain point, relayer les images visuelles en termes de dessin sonore.

Hagen von Grün assistait à l'assemblage final. Une petite partie de l'assemblage consistait à insérer un tube, ayant la fonction de chambre de résonance, entre l'enveloppe extérieure du satellite et un minuscule micro de la taille d'un petit pois qui transformerait le son de la coque extérieure en signaux radio que les amateurs du monde entier pourraient suivre à deux mille kilomètres de distance.

Von Grün ne fumait plus. Il avait cessé de fumer depuis cette nuit effrayante où les avions alliés avaient bombardé le convoi de camions les transportant vers le salut, lui et ses camarades. Il s'était débrouillé pour se procurer des cigarettes pendant toute la guerre, mais maintenant, il n'avait même plus de fume-cigarette sur lui. Il avait à la place un vieux fifre en cuivre qu'il avait trouvé sur la route et remis en forme. La chance qu'il avait d'être encore en vie l'avait rendu superstitieux et reconnaissant envers le fifre qui lui rappelait sa résolution de ne plus fumer, si bien qu'il ne s'était jamais donné la peine de le nettoyer ni d'en jouer. Il l'avait pesé, mesuré, avait calculé son poids spécifique, en bon Allemand, au millimètre et au milligramme près, et il le conservait dans sa poche, bien qu'il soit un peu gênant à transporter.

Alors qu'ils mettaient en place la dernière pièce du nez du cône, le support se rompit.

Il ne pouvait pas casser, mais il cassa quand même.

Descendre par l'ascenseur en chercher un autre aurait pris cinq minutes.

Mû par une étrange impulsion, Hagen von Grün se souvint que son fifre porte-bonheur avait la longueur requise à un millimètre près, et juste le diamètre exigé. Les trous n'avaient pas d'importance. Il prit une lime, lima le vieux fifre et le mit en place.

Ils refermèrent la coque du satellite. Ils scellèrent le cône.

Sept heures plus tard, la fusée messagère prit son vol, premier engin capable d'atteindre toutes les ondes radio standard sur la Terre. Regardant la grande fusée monter dans le ciel, Hagen von Grün se demanda : Cela fait-il une différence que ces trous soient ouverts ou fermés ?

ANGERHELM

Bizarre, bizarre, bizarre. C'est tout à fait bizarre, bizarre, bizarre de penser sans cerveau — c'est vraiment un tour de passe-passe sans l'être que de penser sans cerveau. Parler sans cerveau est encore plus difficile, mais c'est faisable.

Je me rappelle encore le son de cette phrase quand on est enfin parvenus à mettre la main sur le vieux Nelson Angerhelm et à l'asseoir devant la bande bourdonnante.

L'histoire avait débuté bien avant. Je n'en ai jamais connu le commencement.

Je suis l'assistant de M. Spatz, et Spatz met les budgets en pièces depuis dix-huit ans maintenant. C'est l'homme qui approuve, pour le compte du Directeur du Budget, toutes les requêtes de liaison spéciale entre le Secrétariat à la Défense et les divers services secrets.

Il est très compétent dans son domaine. Parmi les gens qui se sont présentés pour demander de l'argent, ceux qui se sont retrouvés avec le dixième de ce qu'ils sollicitaient sont beaucoup trop nombreux pour qu'on puisse les aligner dans un couloir quelconque du Pentagone. Ce qui n'est pas peu dire.

L'affaire a commencé à s'ébruiter il y a quelques mois, quand les Russes se sont mis à récupérer ces bizarres petites capsules enregistreuses. Les capsules venaient de leurs Spoutnik. On ne savait pas ce que contenaient ces capsules à leur retour de l'espace. Tout ce qu'on savait, c'est qu'elles contenaient quelque chose.

Les capsules, on les suivait au radar dans leur descente, mais, malheureusement, elles tombaient toutes en territoire russe, sauf une qui a plongé dans l'Atlantique. Après avoir dépensé sept millions de dollars, on a renoncé à la retrouver.

L'amiral de la Flotte de l'Atlantique avait été informé par son adjoint des services secrets qu'ils avaient une chance de la retrouver s'ils continuaient à chercher. L'amiral en a référé à Washington, et les fonctionnaires du budget ont eu connaissance de la requête. Ce qui l'a enterrée pour un temps.

L'affaire a été ébruitée par quatre sources différentes en même temps. Khrouchtchev luimême a dit quelque chose de très bizarre au Secrétaire d'État. Ils avaient quand même fini par se rencontrer à Londres.

À l'issue d'une réunion, Khrouchtchev a dit en effet :

« Vous faites quelquefois des blagues, monsieur le Secrétaire d'État ? »

Le Secrétaire d'État a eu l'air très étonné en entendant la traduction.

« Des blagues, monsieur le Premier Ministre ?

— Oui.

— Quel genre de blagues ?

— Des blagues sur des appareils.

— Des blagues sur des machines, c'est assez malséant », a dit l'Américain.

Ils ont continué à discuter, en se demandant si c'était une bonne idée de faire des blagues alors qu'ils avaient tous un sérieux travail d'espionnage à effectuer.

Le Russe a répété avec insistance qu'il n'avait pas d'espionnage, qu'il n'avait jamais entendu parler d'espionnage, et que son espionnage fonctionnait assez bien pour qu'il sache parfaitement qu'il n'avait pas d'espionnage.

Ce à quoi le Secrétaire d'État a rétorqué qu'il n'avait pas d'espionnage non plus, et qu'on ne savait absolument rien de ce qui se passait en Russie. De plus, non seulement on ne savait rien sur la Russie, mais on savait qu'on ne savait pas et on en était sûr. Après cet échange, les deux leaders se sont séparés, chacun se demandant ce que l'autre avait voulu dire.

On a rapporté l'affaire à Washington. Je figurais tout en bas de la liste des gens chargés de s'en occuper.

À l'époque, j'avais un permis « galactique », à peine inférieur au permis universel. Ce n'était pas grand-chose, mais c'était mieux que rien. J'étais censé lire ces documents dans l'exercice de mes fonctions auprès de M. Spatz. En fait, ça ne servait à rien sauf à tuer le temps quand je ne travaillais pas pour lui sur des budgets.

La seconde piste nous est venue de nos hommes de la Vallée. On n'a jamais appelé cet endroit autrement, et je précise qu'on n'aime pas le voir figurer sur le budget fédéral. On en sait tout ce qu'on a besoin d'en savoir, et on cesse d'y penser.

C'est beaucoup plus sûr de cesser de penser. Ce n'est pas notre rôle de penser à ce que d'autres font, surtout s'ils dépensent plusieurs millions de dollars de l'Oncle Sam par jour pour déterminer à quoi ils pensent et se retrouver la plupart du temps sans rien de concluant.

On devait apprendre par la suite que nos hommes de la Vallée avaient expédié pratiquement tous nos agents de la sécurité dans une campagne proche de Minneapolis, à la recherche d'un certain Angerhelm. Nelson Angerhelm.

À l'époque, ce nom ne disait rien à personne, mais avant la fin de notre enquête, il faisait partie de l'affaire la plus sensationnelle du XXe siècle. Si jamais on l'ébruite, ce sera l'affaire la plus sensationnelle des deux derniers millénaires.

Le troisième fragment du puzzle nous est parvenu un peu plus tard.

Le colonel Plugg était au Département G-2. Il a appelé M. Spatz, et, ne le trouvant pas, il m'a appelé. Il a dit : « Qu'est-ce qu'il fabrique, votre patron ? Il n'est jamais dans son bureau ?

— Je n'y suis pour rien. Je ne le commande pas, c'est lui qui me commande. Que désirez-vous, mon colonel ? »

Il a émis un grognement.

« Écoutez, vous êtes censé me donner de l'argent pour mes liaisons. Je ne sais pas jusqu'où je serai obligé d'aller pour "liaiser", ni si ça fait partie de mes attributions. J'ai demandé à mon patron ce que je dois faire, et il ne sait pas. On devrait peut-être s'en laver les mains et laisser agir les services secrets. Ou refiler l'affaire au Département d'État. Vous passez la moitié de votre vie à me dire si je peux oui ou non avoir des liaisons, puis à me donner l'argent nécessaire. Pourquoi ne venez-vous pas à mon bureau, prendre un peu vos responsabilités pour une fois ? »

Je me suis précipité au bureau de Plugg. C'était un problème concernant l'armée.

Voici les faits.

L'assistant de l'attaché militaire soviétique, un certain lieutenant-colonel Potariskov, a sollicité un entretien. Il est venu sans rien amener avec lui. Pas même un traducteur. Il parlait un anglais curieux, mais compréhensible.

L'intervention de Potariskov se résumait à ceci : ce n'était pas très fair-play de la part des militaires américains d'interférer avec un bulletin météorologique solennel en introduisant des blagues dans le radar soviétique. Si les militaires américains n'avaient rien de mieux à faire, pouvaient-ils avoir l'obligeance de se faire des blagues entre eux et de laisser les forces soviétiques tranquilles ?

Ça n'avait guère de sens.

Le colonel Plugg a essayé de comprendre de quoi il retournait. Le Russe paraissait en pleine crise et ne cessait de parler de blagues.

On a fini par apprendre que Potariskov avait un bout de papier dans sa poche. Il l'a sorti, et Plugg y a jeté un coup d'œil.

Il portait une adresse. Nelson Angerhelm, 2322 Ridge Drive, Hopkins, Minnesota.

On a découvert, ce qui n'a pas pris longtemps, que Hopkins, Minnesota était une banlieue de Minneapolis.

Ça ne signifiait rien pour le colonel Plugg, et il a demandé à Potariskov s'il avait une requête précise en tête.

Potariskov a demandé si le colonel avouait la blague au sujet d'Angerhelm.

Plugg a dit que les services secrets n'avouaient

jamais les blagues auxquelles ils se livraient avec les Transmissions. Il a maintenu qu'il ne savait rien. Il a dit qu'il ferait une enquête et transmettrait les résultats à Potariskov. Potariskov est reparti.

Plugg a appelé les Transmissions, et à la fin de la conversation il avait une piste qui le ramenait à la Vallée. Les gens de la Vallée, prévenus, ont envoyé dare-dare un émissaire.

C'est à peu près à ce stade que je suis entré en scène. L'émissaire n'était pas arrivé à contacter M. Spatz, et le problème s'aggravait.

Il faut dire que les trois pistes finissaient par se rejoindre. Les gens de la Vallée avaient relevé le nom (et ce n'est pas à moi de vous dire comment ils avaient procédé). Le nom d'Angerhelm avait été diffusé sur tout le système des transmissions soviétique. Pratiquement tous les fonctionnaires soviétiques du monde s'étaient vu demander s'ils savaient quoi que ce soit sur Nelson Angerhelm, et pratiquement tous, du moins à la connaissance des gens de la Vallée, avaient répondu qu'ils ignoraient totalement de qui il s'agissait.

Une référence à la conversation de M. Khrouchtchev avec le secrétaire d'État donnait à penser que l'enquête sur Angerhelm s'y rattachait. Angerhelm semblait être la référence correcte. Les gens de la Vallée avaient déjà quelques renseignements sur lui. Ils s'étaient informés auprès du FBI.

Le FBI avait dit que Nelson Angerhelm était un éleveur de volailles à la retraite, âgé de soixante-deux ans. Il avait été mobilisé pendant la Première Guerre Mondiale.

Il n'avait pas servi longtemps. Arrivé à Plattsburg, New York, il s'était cassé la cheville et avait passé quatre mois à l'hôpital, car il y avait eu des complications. Depuis lors, il touchait une pension d'ancien combattant. Il n'était jamais sorti des États-Unis, n'avait jamais fait partie d'un mouvement subversif, ne s'était jamais marié et ne dépensait jamais un sou. D'après les renseignements rassemblés par le FBI, sa vie ne valait pas la peine d'être vécue.

Ce qui laissait l'affaire au point mort. Rien dans l'enquête ne permettait de le rattacher à l'Union Soviétique.

D'ailleurs, il s'est trouvé que ce n'était pas nécessaire. Spatz est entré dans le bureau et il a annoncé qu'une réunion avait été convoquée : toute la communauté des services secrets y assistait avec quelques responsables du Département d'État et un observateur de la Maison-Blanche.

On a posé la question. Qui était Nelson Angerhelm ? Qu'allait-on faire à son sujet ?

Ils disposaient d'un autre rapport, établi par

un agent dont la spécialité était de se faire passer pour un agent du fisc.

L'« agent du fisc » était l'un des meilleurs spécialistes du FBI pour la surveillance des mouvements subversifs. Grand expert en espionnage, il n'ignorait rien des cabales en tous genres. Il pouvait sentir un conspirateur à trois kilomètres par temps clair. En séjournant quelques instants dans une pièce, il pouvait dire lequel des assistants avait assisté à une réunion illégale et où au cours des trois dernières années. J'exagère peut-être, mais pas beaucoup.

Ce garçon, qui avait un véritable talent d'artiste pour débusquer les cocos et qui que ce soit ressemblant de près ou de loin à un coco, est revenu avec un rapport qui innocentait totalement Angerhelm.

Angerhelm n'avait qu'un seul lien avec le monde extérieur : un jeune frère, qui s'appelait Tice. Drôle de prénom, et j'ignore pourquoi on le lui avait donné. Quelqu'un nous a dit par la suite que, joint à son nom de famille, son patronyme évoquait celui de Theiss Ankerhjelm, un amiral suédois qui vivait deux siècles plus tôt. Peut-être la famille était-elle fière de cette similitude.

Le jeune frère était un ancien de West Point. Il avait fait une carrière militaire normale, ce qui ne présente pas de difficulté particulière quand on a débuté à l'État-Major.

Mais on a appris peu après que le jeune frère était mort deux mois plus tôt. Lui aussi était resté célibataire. L'un des psychiatres qui travaillaient sur l'affaire remarqua : « Quelle mère ! »

Tice Angerhelm avait beaucoup voyagé. En fait, il travaillait sur deux ou trois affaires où j'avais mis le nez. Ce qui a donné lieu à toutes sortes d'interrogations.

Quoi qu'il en soit, il était mort. Il n'avait jamais travaillé directement sur des problèmes soviétiques. Il n'avait aucun ami soviétique, n'était jamais allé en Union Soviétique et n'avait jamais rencontré des militaires soviétiques. Il n'avait même jamais assisté à une réception officielle à l'ambassade soviétique.

Il n'avait aucune spécialité, et ne connaissait que le règlement, quelques mots de français et le programme des missiles. Il aimait jouer aux cartes, était un remarquable pêcheur de truites, et, semble-t-il, un don Juan du dimanche.

C'est alors qu'a commencé la quatrième phase.

On a demandé au colonel Plugg de se mettre en rapport avec le lieutenant-colonel Potariskov pour voir si celui-ci avait du nouveau à lui communiquer. Cette fois, Potariskov a rappelé, et dit qu'il préférait que ce soit son patron, l'ambassadeur soviétique, qui appelle le Secrétaire ou le Sous-secrétaire d'État.

Il y a eu quelques atermoiements de part et d'autre. Le Secrétaire d'État n'était pas en ville ; le Sous-secrétaire a dit qu'il serait ravi de voir l'ambassadeur soviétique s'il y avait des questions à discuter. Il a dit qu'on avait retrouvé Angerhelm, et que si les autorités soviétiques désiraient discuter elles-mêmes avec lui, elles n'avaient qu'à se rendre à Hopkins, Minnesota, et le rencontrer.

Ce qui a causé quelque embarras quand on s'est aperçu que Hopkins, Minnesota, se trouvait en « zone interdite » aux Soviétiques, en représailles contre les « zones interdites » imposées aux diplomates américains en Union Soviétique.

On a tout arrangé. On a demandé à l'ambassadeur soviétique s'il aimerait aller s'entretenir avec un éleveur de volailles au Minnesota.

Quand l'ambassadeur soviétique a déclaré qu'il ne s'intéressait pas spécialement aux éleveurs de volailles, mais qu'il rencontrerait volontiers M. Angerhelm à une date ultérieure avec l'accord du gouvernement américain, l'affaire en est restée là.

Rien ne se passait. On présume que les Russes transmettaient toutes les informations à Moscou par courrier, lettre ou quelque autre de ces moyens mystérieux qu'utilisent les Russes quand ils se conduisent avec beaucoup de détermination et de solennité.

Je n'ai plus rien entendu dire, et il est certain

que l'ambassade soviétique n'a eu aucun contact inhabituel à cette époque.

Nelson Angerhelm n'était pas encore au courant de l'histoire. Tout ce qu'il savait, c'est que plusieurs personnages bizarres lui avaient posé des questions sur des anciens combattants qu'il connaissait à peine, dans le cadre d'une enquête de sécurité.

Et un agent du fisc avait eu avec lui une conversation interminable et épuisante sur la succession de son frère. Il ne semblait pas avoir laissé grand-chose.

Angerhelm a continué à nourrir ses poulets. Il avait la télévision, et Minneapolis offre un assez joli choix de chaînes. De temps en temps, il se montrait à l'église ; plus fréquemment, il se montrait au bazar local.

Il a failli déménager pour fuir les nouveaux supermarchés. Il n'aimait pas la façon dont Hopkins s'était développé, et préférait se rendre dans les villages des environs où il y avait encore des bazars. Curieusement, cela semblait le seul plaisir du vieillard.

Dix-neuf jours ont passé — je peux dire que je saurais presque en rendre compte heure par heure — et la réponse a dû arriver de Moscou. Sans doute apportée par le messager châtain et trapu qui faisait l'aller-retour tous les quinze jours. C'est un de nos hommes de la Vallée qui m'a prévenu. Je n'étais pas censé le savoir, et cela n'avait alors pas d'importance.

Apparemment, l'ambassadeur soviétique avait reçu l'ordre de ne pas dramatiser l'affaire. Il a demandé audience au Sous-secrétaire d'État, et la discussion a tourné autour des prix mondiaux du beurre et de l'effet des exportations américaines de beurre au Pakistan sur les tentatives de l'Union Soviétique de troquer du beurre contre du chanvre.

Discussion apparemment extraordinaire et confidentielle aux yeux de l'ambassadeur soviétique. Le Sous-secrétaire d'État aurait été plus impressionné s'il avait pu découvrir pourquoi l'ambassadeur avait annoncé de but en blanc que l'Union Soviétique avait accordé au Pakistan un crédit d'environ cent vingt millions de dollars pour la construction de routes tout à fait inutiles ; il a répondu aigrement que si l'Union Soviétique décidait de stabiliser les marchés mondiaux avec la coopération des États-Unis, nous serions très heureux de collaborer. Mais ce n'était pas le moment de discuter d'argent ou de pratiques commerciales loyales alors qu'ils nous inondaient de camelote à prix cassés.

Il était dans le caractère de cet ambassadeur soviétique de prendre son échec avec calme. Il semblait que sa mission soit de ne pas avoir de mission. Il est parti, et l'on n'en a plus entendu parler.

Potariskov est retourné au Pentagone, cette fois accompagné d'un civil. L'anglais du nouveau venu était un peu plus que parfait. Si bon en fait qu'il en était irritant.

Potariskov lui-même faisait un peu chevalin, avec son visage d'écolier basané aux yeux et aux cheveux bruns. J'ai eu tout le temps de l'examiner, car j'étais assis au fond du bureau de Plugg, avec l'air de celui qui attend quelqu'un.

La conversation s'est avérée très simple. Potariskov nous a apporté une bande magnétique. C'était une bande américaine standard.

Plugg l'a regardée et il a dit : « Vous voulez l'écouter immédiatement ? »

Potariskov a acquiescé.

Le sténographe est allé chercher un magnétophone. Pendant ce temps, trois ou quatre autres officiers sont entrés, et aucun n'est ressorti. En fait, l'un d'eux n'était même pas officier, mais, par un simple hasard, il portait un uniforme ce jour-là.

Ils ont passé la bande et je l'ai écoutée. Ça faisait *bizz-bizz-bizz-bizz*. Il y avait quelques sifflements, puis *clic-clic-clic-clic*. Et de nouveau *bizz-bizz-bizz-bizz*. Le genre de sons qu'on entend à la radio quand il n'y a même pas de parasites. Juste les bourdonnements bizarres qui indiquent que quelqu'un émet quelque part, mais pas assez près pour produire les bruyants parasites qu'on entend si souvent.

Tous, nous écoutions, debout, et plutôt solennels. Plugg, soldat jusqu'à la moelle, se tenait au garde-à-vous, son regard alternant entre le magnétophone et Potariskov. Potariskov l'a regardé, puis il a balayé le groupe du regard.

Le petit civil russe, venimeux comme un serpent, nous a tous dévisagés l'un après l'autre. Manifestement, il nous évaluait et essayait de découvrir si l'un d'entre nous entendait quelque chose qu'il n'entendait pas. Aucun de nous n'a entendu quoi que ce soit.

À la fin de la bande, Plugg a tendu la main pour arrêter l'appareil.

« Ne l'arrêtez pas », a dit Potariskov.

L'autre Russe est intervenu. « Vous n'avez pas entendu ? »

Tous, on a secoué la tête. On n'avait rien entendu.

Sur quoi, Potariskov a dit, avec une singulière politesse : « Repassez la bande, s'il vous plaît. »

On l'a repassée. On n'entendait rien, à part les *bizz* et les *clic*.

Au bout de quinze minutes, c'est devenu assez monotone pour certains d'entre nous. Un ou deux des visiteurs sont partis. Il se trouve que c'étaient de vrais visiteurs. Les faux visiteurs se sont effondrés dans des fauteuils.

Le colonel Plugg a offert une cigarette à Potariskov qui l'a acceptée. Ils se se sont mis à fumer pendant qu'on passait la bande une troisième fois. Enfin Potariskov a dit : « Arrêtez l'appareil. Vous n'avez pas entendu ?

— Entendu quoi ? dit Plugg.

— Entendu le nom et l'adresse. »

Il m'est alors arrivé la chose la plus bizarre du monde. Je savais que j'avais entendu quelque chose, et je me suis tourné vers le colonel pour dire : « Bizarre, je ne sais pas où je l'ai entendu ni comment, mais je sais quelque chose que je ne savais pas.

— Qu'est-ce que c'est ? » a demandé le petit civil russe, dont le visage s'éclairait.

« Nelson... » J'avais l'intention de dire : « Nelson Angerhelm, 2322 Ridge Drive, Hopkins, Minnesota. » Exactement ce que j'avais vu dans les documents secrets « galactiques ». Bien sûr, j'en suis resté là. Ça figurait dans les documents et ça devait demeurer secret. Comment aurais-je pu le savoir ?

Le civil russe m'a regardé, avec un sourire curieux, à la fois méchant et amical. Il a dit : « N'avez-vous pas entendu "Nelson Angerhelm, 2322 Ridge Drive, Hopkins, Minnesota" il y a quelques instants, sans savoir exactement *où* vous l'avez entendu ? »

La question suivante se posait donc : que s'était-il passé ?

Potariskov a parlé avec une franchise singulière, approuvé par son acolyte.

« Nous croyons qu'il s'agit d'un cas de perception marginale. Nous avons passé cette bande. C'est une copie, naturellement. Nous en avons fait beaucoup. Nous les avons fait entendre à toute notre population. Personne ne peut spécifier à quel moment il a entendu le nom et l'adresse. Nous avons mis nos meilleurs spécialistes sur la question. Certains disent que c'est à la troisième minute, d'autres à la douzième, d'autres à la treizième ou à différents endroits. Mais des gens différents soumis à des contrôles différents sortaient de l'audition avec l'idée qu'ils avaient entendu "Nelson Angerhelm, 2322 Ridge Drive, Hopkins, Minnesota". Nous avons même essayé la bande sur des Chinois. »

À cet instant, le civil russe est intervenu. « Oui, en effet, ils l'ont essayée sur des Chinois, et eux aussi ont entendu la même chose. Nelson Angerhelm. Même sans savoir la langue, ils entendent Nelson Angerhelm. Même quand ils ne savent rien d'autre, ils entendent ça et ils entendent le numéro de la rue. Ce numéro est toujours en anglais. Ils ne peuvent pas faire un enregistrement. L'enregistrement, ce sont uniquement ces bruits, et pourtant, le nom et l'adresse ressortent. Comment expliquez-vous ça ? »

Ce qu'ils disaient s'est révélé exact. On a essayé la bande, nous aussi, après leur départ.

On l'a essayée sur des étudiants, des étrangers, des psychiatres, des passants, et des gens de la

Maison-Blanche. On a même songé à la diffuser sur une radio locale, comme un jeu radiophonique, avec des prix pour ceux qui entendraient. C'était un peu gros, alors on a accepté une suggestion moins risquée : la diffuser sur le circuit intérieur d'une base militaire.

La base était gardée nuit et jour. Les permissions n'y semblaient pas nombreuses, et il a été facile de les supprimer pendant une semaine. On a diffusé six fois cette maudite bande, et presque tous les soldats de la base ont voulu écrire à Nelson Angerhelm, 2322 Ridge Drive, Hopkins, Minnesota. Ils se traitaient même d'Angerhelm, en se demandant ce que diable ça pouvait vouloir dire.

Naturellement, on a fait beaucoup de jeux de mots sur le nom, et même quelques plaisanteries assez gaillardes, ce qui n'a servi à rien.

Le problème, c'est qu'au cours de ces différents tests, nous non plus, on n'arrivait pas à déterminer à quel moment se produisait la transmission subliminale du nom et de l'adresse.

C'était subliminal, sans conteste. Pas grande difficulté à ça. N'importe quel bon psychologue peut transmettre un message sonore ou visuel sans que le récepteur sache au juste comment il l'a reçu. Il s'agit simplement de descendre un tout petit peu au-dessous du seuil de réception consciente, et d'énoncer le message de façon suffisamment claire et forte pour qu'il passe.

On savait donc à quoi on avait affaire. Ce qu'on ignorait, c'est ce que les Russes en faisaient, comment ils l'avaient obtenu, et pourquoi ils étaient si bouleversés.

Finalement, on a tout transmis à la Maison-Blanche pour une conférence. Cette conférence, à laquelle mon patron, M. Spatz, a assisté en tant que rapporteur et modérateur pour sauvegarder les intérêts du directeur du Budget et du contribuable américain, a été des plus brèves.

Tous les chemins menaient à Nelson Angerhelm. Nelson Angerhelm était déjà surveillé par environ la moitié du FBI et une grande partie des forces militaires locales. On avait placé des micros dans toutes les pièces de sa maison, et ils pouvaient enregistrer jusqu'aux battements de son cœur. Les mesures de sécurité prises pour cet homme rappelaient les défenses pour garder Fort Knox.

Angerhelm savait qu'il se passait des choses très bizarres, mais il ne savait pas quoi, et il ne savait pas qui elles concernaient.

Des mois plus tard, il a confié à quelqu'un qu'il avait cru que son frère avait fait des faux en écritures ou de la fausse monnaie, et qu'en conséquence on surveillait tout le voisinage. Il ne réalisait pas que la surveillance exercée sur lui en faisait le plus grand trésor national américain depuis la découverte de la bombe atomique.

Le président a donné l'ordre lui-même. Il a

passé tous les faits en revue. Le Secrétaire d'État a dit qu'il ne croyait pas que Khrouchtchev aurait parlé de blague s'il avait compris les faits.

On avait même mis des Russes à l'épreuve — des Russes de notre bord, bien sûr. Et ils n'avaient pas tiré autre chose de l'enregistrement. Tout le monde entendait toujours la même chose : « Nelson Angerhelm, 2322 Ridge Drive, Hopkins, Minnesota. »

Mais cela ne menait personne nulle part.

La seule chose à faire était de nous adresser à l'intéressé lui-même.

Quand est venue l'heure de choisir des individus passe-partout pour y aller, les services secrets se sont montrés réticents à l'idée de laisser quiconque intervenir dans leur numéro. Mais, d'un autre côté, le territoire ne relevait pas de leur juridiction, surtout depuis que le président avait confié l'affaire à J. Edgar Hoover en lui disant : « Ed, occupez-vous de ça. Ça ne me dit rien qui vaille. »

Quelqu'un du Pentagone, sans doute inspiré par les services secrets de l'aviation, a eu la brillante idée de dire que, si l'armée et le reste de la communauté des services secrets ne pouvaient pas agir en cette occasion, leur meilleure option serait de se venger des services de liaison en les laissant y aller eux-mêmes. Il voulait parler de M. Spatz.

M. Spatz s'était arrangé pour conserver son

poste très longtemps en évitant tout ce qui pouvait être intéressant ou spectaculaire, en surveillant toujours ce qui avait de l'importance au fond — c'est-à-dire le budget et les autorisations pour l'année suivante — et en se débarrassant des personnalités chicanières bien avant que quiconque se soit aperçu qu'elles l'étaient.

C'est pourquoi il s'est bien gardé d'y aller. Si cette affaire Angerhelm se soldait par un fiasco, il ne voulait pas y avoir participé.

C'est donc moi qui ai reçu la mission.

Pour la circonstance, on m'a nommé membre honoraire du FBI et, à la fin, on m'a même laissé porter la bande magnétique. Ils devaient en avoir au moins six autres copies, de sorte que l'honneur n'était pas aussi grand qu'il y paraissait. Nous étions censés nous présenter en tant que personnes ayant connu le frère d'Angerhelm.

L'après-midi était sec et rougeâtre, comme si le coucher du soleil approchait.

On a arrêté la voiture devant une jolie maison préfabriquée. Elle avait des doubles fenêtres, et semblait aussi douillette que le tapis du proverbe — vous savez, celui où les mites se nichent au chaud pour passer l'hiver. On n'était pas en hiver, et ce vieux monsieur ne pouvait manifestement pas se payer la climatisation. Mais la maison n'en avait pas moins l'air bien calfeutrée.

Aucun luxe, aucune ostentation. C'était simplement une maison très vivable.

L'agent du FBI était un noble cœur, et il m'a laissé sonner à la porte. Pas de réponse. J'ai sonné de nouveau. De nouveau, pas de réponse.

On a décidé d'attendre en se baladant dans la cour. On a examiné la voiture ; elle semblait bien entretenue.

On est retournés sonner, puis on a fait le tour de la maison, jetant un coup d'œil à l'intérieur par la fenêtre de la cuisine. On a vérifié si le moteur de la voiture était chaud. On se demandait s'il se cachait et nous surveillait sans être vu. Une fois de plus, on a sonné.

À ce moment, le vieillard a remonté l'allée menant à sa maison.

On s'est présentés, et les préliminaires n'ont rien eu que de très banal. Je me suis rendu compte que mon cœur battait à grands coups. Si quelque chose plongeait dans la perplexité à la fois l'Union Soviétique et le reste du monde, quelque chose de capté dans les profondeurs mêmes de l'espace, quelque chose que des milliers d'hommes avaient entendu et qu'aucun ne pouvait identifier, quelque chose de si mystérieux que le nom de Nelson Angerhelm résonnait sans interruption comme un cri pitoyable au-delà de toutes les limites de la compréhension, qu'est-ce que ce pouvait être ?

On n'en avait pas la moindre idée.

Le vieil homme restait immobile. Il se tenait très droit, brûlé par le soleil, les joues rouges, le nez rouge, les oreilles rouges. Solide comme un roc, suédois jusqu'à la moelle.

On n'a eu qu'à lui dire qu'on se tracassait pour son frère, Tice Angherhelm, et il nous a écoutés. On n'a pas eu de problème, aucun problème.

Ses yeux se dilataient à mesure qu'il nous écoutait, et il a dit : « Je sais que des tas de gens sont venus fouiner par ici et que vous avez eu des tas d'ennuis, et je pensais bien que quelqu'un viendrait pour m'en parler, mais je ne pensais pas que ce serait si tôt. »

L'agent du FBI a marmonné quelques vagues excuses polies, et Angerhelm a continué : « Je suppose que vous êtes du FBI, messieurs. Je ne crois pas que mon frère ait volé. Il n'était pas malhonnête. »

Nouvelle pause, puis il a repris : « Mais il a toujours eu l'esprit curieux et tortueux... toujours l'air de quelqu'un qui va faire une blague. »

Les yeux d'Angerhelm se sont éclairés. « Et s'il a fait une blague, messieurs, il a même pu commettre un crime. Je ne sais pas. Moi, je me contente d'élever des poulets et d'essayer de gagner ma vie. »

Ce n'était peut-être pas la bonne façon de procéder pour les services secrets, mais j'ai pris de vitesse l'agent du FBI. « Êtes-vous un homme heureux, monsieur Angerhelm ? Trouvez-vous votre vie vraiment satisfaisante ? »

Le vieillard m'a jeté un regard incisif. Manifestement, il trouvait que quelque chose n'allait pas et il ne semblait pas avoir grande confiance en mon jugement.

Et pourtant, bien qu'incisif, son regard contenait aussi de la sympathie, et je suis sûr qu'il a compris que je souffrais de surmenage. Ses yeux se sont légèrement dilatés. Il s'est redressé, l'air assez fier.

Il semblait se souvenir qu'il avait des amiraux suédois pour ancêtres et que, bien longtemps avant que le nom d'Angerhelm se dessèche et meure dans ce plat pays à l'ouest de Minneapolis, il avait contenu quelque chose de grand, et que peut-être des étincelles de ce grand nom flottaient encore quelque part dans l'univers.

Je ne sais pas. Il a compris l'importance de l'affaire, je suppose, car il m'a regardé droit dans les yeux.

« Non, jeune homme, ma vie n'a pas été très satisfaisante. Et j'espère que personne n'est obligé de vivre une vie comme la mienne. Mais en voilà assez. Vous n'êtes pas venu pour poser des devinettes, et je suppose que vous avez quelque chose d'assez embêtant à me montrer. »

L'agent du FBI a alors pris la relève.

« Oui, mais cela n'a rien de gênant pour vous, monsieur Angerhelm. Et même le colonel Angerhelm votre frère n'aurait rien à objecter s'il était encore en vie.

— N'en soyez pas si sûr. Mon frère avait des objections pratiquement à tout. En fait, mon frère m'a dit un jour : "Écoute, Nels, je reviendrais de l'enfer même plutôt que de laisser quelqu'un me mettre injustement quelque chose sur le dos." Voilà ce qu'il m'a dit. Et je crois qu'il le pensait. Il avait un curieux orgueil, et si vous avez quelque chose qui concerne mon frère, il vaudrait mieux me le montrer. »

Sur ce, on en est venus au vif du sujet. On a sorti la bande et on l'a mise sur le magnétophone portatif qu'on avait apporté.

On a passé l'enregistrement au vieillard.

Je l'avais entendu si souvent que j'aurais pu le reproduire vocalement, sans le secours de la machine. Les *clic-clic* et les *bizz-bizz*. Aucun bourdonnement, mais des *clic-clic* et des *bizz-bizz*, et de longues périodes de morne silence, ce silence contraint d'une machine enregistreuse en marche quand il n'en sort rien.

Le vieux monsieur a écouté sans réaction apparente, absolument aucune.

Absolument aucune réaction ? Non, pas tout à fait.

Il a effectivement eu une réaction. À la fin de la bande, il a dit très simplement, très directement, et presque froidement : « Repassez-la-moi. Repassez-la, s'il vous plaît. Il y a peut-être quelque chose. »

On l'a repassée.

Après cette seconde audition, il s'est mis à parler. « Alors ça, c'est pas banal. J'entends mon nom et mon adresse, et je ne sais pas où je les entends. Mais je vous jure devant Dieu, messieurs, que c'est la voix de mon frère. C'est la voix de mon frère que j'entends quelque part dans ces bruits et ces grésillements. Et pourtant, j'entends seulement mon nom et mon adresse, Nelson Angerhelm, 2322 Ridge Drive, Hopkins, Minnesota. Mais je l'entends, messieurs, et non seulement c'est net, mais c'est la voix de mon frère, et je ne sais pas où je l'entends. Je ne sais pas d'où elle vient. »

On lui a repassé la bande une troisième fois.

Au milieu de l'enregistrement, il a levé les mains et dit : « Arrêtez l'appareil. Arrêtez. Je ne peux pas le supporter. Arrêtez. »

On arrêta l'appareil.

Assis dans son fauteuil, il haletait. Au bout d'un moment, il a repris d'une voix cassée :

« J'ai du whisky. Là-bas, sur l'étagère près de l'évier. Vous voulez m'en donner un peu, messieurs ? »

L'agent du FBI et moi, on a échangé un regard. Il ne voulait pas être mêlé à un empoisonnement accidentel, alors il m'a laissé y aller. C'était un assez bon whisky, d'une marque connue. J'en ai versé deux doigts et j'ai rapporté le verre. J'ai bu un peu de whisky moi-même. Chose passablement stupide pendant le service, mais je ne voulais pas prendre le risque de l'empoisonner. Après toutes les années que j'avais passées dans le contre-espionnage militaire, je tenais à rester dans le service civil et je ne voulais pas risquer de perdre mon poste en or auprès de M. Spatz.

Il a bu son whisky et dit : « Est-ce qu'on peut enregistrer là-dessus en même temps que la bande passe ? »

On a répondu que non. On n'avait pas pensé à ça. « Je crois être capable de vous répéter ce qu'il dit. Mais je ne sais pas combien de fois je pourrai vous le dire, messieurs. Je suis malade. Je ne me sens pas bien. Je ne me suis jamais senti très bien. C'est mon frère qui a vécu. Moi, je n'ai pas vécu. Je n'ai pas eu une vie très intéressante, je n'ai jamais rien fait et je ne suis jamais allé nulle part. Mon frère a tout eu. Il a eu les femmes, il a eu la fille... la seule fille que j'aie jamais aimée, et après, il ne l'a même pas épousée. Il a eu la vie, il est parti et il est mort. Il faisait des blagues et ne laissait jamais personne lui marcher sur les pieds. Et, messieurs, mon frère est mort. Pouvez-vous comprendre ça ? Mon frère est mort. »

On a répondu qu'on savait qu'il l'était. On ne lui a pas dit qu'on l'avait exhumé, et que le cercueil avait été ouvert, et ses os radiographiés. On ne lui a pas dit que ses os avaient été pesés, qu'on avait refait son identification à partir de ce qui restait de ses doigts, plutôt bien conservés.

On ne lui a pas dit qu'on avait vérifié numéro de série, les circonstances de sa mort, et interrogé toutes les personnes qui y étaient liées de près ou de loin.

On ne lui a rien dit de tout ça, mais simplement que nous savions que son frère était mort. Il le savait aussi.

« Vous savez que mon frère est mort, et voilà qu'il y a sa voix dans ce drôle de truc. Il n'y a rien, mais il y a sa voix... »

On a hoché la tête. On a dit qu'on ne savait pas comment sa voix s'y était retrouvée, qu'on ne savait même pas qu'il y avait une voix.

On ne lui a pas dit qu'on avait nous-mêmes entendu cette voix des centaines de fois, et toujours sans savoir où.

On ne lui a pas dit qu'on avait passé la bande dans une base militaire, et que tous les militaires présents avaient entendu le nom de Nelson Angerhelm, avaient entendu quelque chose dire ça, toujours sans pouvoir préciser où.

On ne lui a pas dit que tout l'appareil des services secrets soviétiques avait maudit cette bande pendant un temps indéterminé, et que nos services avaient eu l'impression désagréable que tout cela venait d'un Spoutnik évoluant quelque part dans l'espace.

On ne le lui a pas dit, mais on le savait. On savait que s'il avait entendu la voix de son frère et que s'il voulait enregistrer, c'était quelque chose de grave.

« Vous pouvez me trouver quelque chose pour dicter ? a demandé le vieillard.

— Je peux prendre des notes », répondit l'agent du FBI.

Le vieillard a secoué la tête.

« Ce n'est pas suffisant. Je crois que vous aimeriez avoir tout au complet, si c'est possible et si j'arrive à recoller les morceaux.

— Les morceaux de quoi ? a demandé l'agent du FBI.

— Les morceaux de ce truc qu'il y a derrière les bruits. C'est la voix de mon frère qui parle. Il dit des choses... ça ne me plaît pas, ce qu'il dit. Ça me fait peur et ça salit tout. Je ne suis pas sûr de pouvoir tout entendre, et je ne l'entendrai pas deux fois. J'irai plutôt à l'église. »

Nouvel échange de regards. « Pouvez-vous attendre dix minutes ? D'ici là, nous nous ferons apporter un autre magnétophone. »

Le vieillard a hoché la tête. L'agent du FBI a regagné la voiture et branché la radio. Une grande antenne est sortie de la Chevrolet, qui, à part ça, ressemblait à une voiture ordinaire. Il a contacté son bureau. De Minneapolis. on a envoyé à Hopkins un appareil d'enregistrement sous escorte policière. Je ne sais pas combien de temps il faut aux ambulances pour faire le trajet, mais l'agent à l'autre bout du fil a annoncé : « Il me faudra bien vingt à vingt-deux minutes. »

On a attendu.

Le vieillard ne voulait pas nous parler, et il ne voulait pas que nous lui repassions la bande. Il attendait en silence, sirotant son whisky.

« Ça va peut-être me tuer, et je veux avoir mes amis autour de moi. Mon pasteur s'appelle Jensen, et si quelque chose m'arrive, prévenez-le, mais je ne crois pas qu'il m'arrive rien. Prévenez-le, c'est tout. Je mourrai peut-être, messieurs, ce sera peut-être trop pour moi. C'est la chose la plus bouleversante qui soit jamais arrivée à un homme, et je ne veux pas que vous interveniez. Vous comprenez que ça peut me tuer, messieurs ? »

On faisait semblant de savoir ce qu'il voulait dire, mais on n'en avait pas la moindre idée, à part le fait qu'il était peut-être cardiaque et pouvait s'effondrer brusquement.

Le bureau avait estimé le trajet à vingt-deux minutes. Il en a fallu dix-huit à l'assistant du FBI pour arriver. Il a apporté une de ces nouvelles petites machines ultramodernes, de celles que j'aimerais avoir chez moi. On peut les emporter partout, et le son est digne d'une salle de concert.

Le vieillard s'est rasséréné en voyant que nous le prenions au sérieux.

« Donnez-moi des écouteurs et laissez-moi relever ce que j'entends et dicter. Je vais essayer de tout reproduire. Ce ne sera pas la voix de mon frère. Ce sera ma voix que vous entendrez. Vous me suivez ? »

On a mis le magnétophone en marche.

C'est alors que le message a commencé. Et c'est par là que j'ai aussi commencé ce récit.

Bizarre, bizarre, bizarre. C'est tout à fait bizarre, bizarre, bizarre de penser sans cerveau — c'est vraiment un tour de passe-passe sans l'être que de penser sans cerveau. Parler sans cerveau est encore plus difficile, mais c'est faisable.

Nels, c'est Tice. Je suis mort.

Nels, je ne sais pas si je suis au Ciel ou en Enfer, mais je crois plutôt que je suis en Enfer. Nels, je vais faire la plus grosse blague que personne ait jamais faite. C'est drôle, je suis officier de l'armée américaine, je suis mort, et ça n'a pas d'importance. Nels, tu ne comprends donc pas ? Quand on est mort, ça n'a pas d'importance d'être américain ou russe, officier ou pas. Et même le rire n'a pas d'importance.

Mais il reste assez de moi, Nels, assez de mon vieux moi pour que je rie encore une dernière fois aux dépens de toi et des autres.

Je n'ai plus de corps pour rire, Nels, et je n'ai

plus de bouche pour rire, plus de joues pour sourire, et il ne reste vraiment rien de moi. Tice Angerhelm est quelque chose de différent maintenant, Nels. Je suis mort.

J'ai su que j'étais mort quand je me suis senti si différent. C'était plus confortable d'être mort, plus détendu. Il n'y a plus rien de tendu.

C'est le problème, Nels, il n'y a plus rien de tendu. Il n'y a plus rien autour de toi. Tu ne peux pas sentir le monde, tu ne peux pas voir le monde, et pourtant, tu sais tout ce qui s'y passe. Tu sais tout sur tout.

C'est terriblement solitaire, Nels. Il y a des coins où tu n'es pas seul, des coins bizarres où tu sens de l'amitié et des choses qui bougent.

Nels, c'est comme des chatons, ou des visages d'enfants, ou l'odeur du vent par beau temps. C'est chaque fois que tu te détournes de toi-même et que tu ne penses plus à toi-même.

Ce sont les fois où tu ne veux rien et où tu veux quelque chose.

C'est ce que tu ne repousses pas, que tu ne hais pas, que tu ne crains pas, que tu n'espères pas. C'est ça, Nels, c'est ça le bon côté de l'intérieur de la mort. Et je suppose que certains l'appelleraient le Ciel. Et je suppose qu'on obtient le Ciel juste en prenant l'habitude de voir le Ciel dans chaque jour de sa vie ordinaire. Car c'est ça. Le Ciel est là, Nels, dans la vie quotidienne, tous les jours, jour après jour, autour de toi.

Mais ce n'est pas ce que j'ai ici. Oh, Nels, je suis bien Tice Angerhelm, ton frère, et je suis mort. Et je pourrais nommer Enfer l'endroit où je suis, car c'est tout ce que je hais.

Nels, ça a toutes les odeurs que je n'ai jamais désirées. Ça sent comme sentait le foin à l'époque où j'avais mon vieux roadster Willys, et où j'ai séduit ma première fille un soir d'août. Tu peux aller lui demander. Elle s'appelle Mme Prai Jesselton maintenant. Elle habite de l'autre côté de Saint Paul. Tu n'as jamais su que je l'avais séduite, et si tu en doutes, tu peux le lui demander toi-même.

Et tu vois, je suis quelque part, et je ne sais pas quelle est la nature de ce quelque part.

Nels, c'est moi, Tice Angerhelm, et je vais le hurler de toutes mes forces avec ce que j'ai maintenant à la place de la bouche. Je vais le hurler si fort que toute oreille humaine qui entendra pourra inscrire mon message sur ce stupide gadget soviétique et le transmettre.

TRANSMETTEZ CE MESSAGE
À NELSON ANGERHELM
2322 RIDGE DRIVE, HOPKINS,
MINNESOTA.

Et je vais le répéter plusieurs fois, pour que tu saches que c'est ton frère qui parle, et que je suis quelque part, dans quelque chose qui n'est ni le Ciel ni l'Enfer, et qui n'est pas vraiment l'espace non plus. Je suis dans quelque chose qui est dif-

férent de l'espace, Nels. C'est juste un quelque part avec moi à l'intérieur, et il n'y a rien d'autre que moi. Et avec moi, il y a tout.

À l'intérieur avec moi, il y a tout ce que j'ai toujours pensé, tout ce que j'ai fait, tout ce que j'ai toujours désiré.

Tous les contraires sont semblables. Tout ce que je haïssais et tout ce que j'aimais, c'est pareil. Tout ce que je redoutais et tout ce que je souhaitais — c'est pareil. Je te l'assure, tout est pareil maintenant, et le châtiment est aussi grand pour un désir réalisé que pour un désir insatisfait.

La seule chose qui compte, ce sont ces moments calmes et heureux de la vie où l'on ne désire rien, Nels. On n'est rien. Quand on ne désire rien, dans le monde où l'on est, et qu'on jouit de choses simples comme la sensation de l'eau sur la peau, quand on se sent innocent et qu'on ne pense à rien d'autre.

La vie, ce n'est rien de plus, Nels. Je suis Tice et c'est moi qui te l'assure. Et tu sais que je suis mort et que je ne voudrais pas te mentir.

Et surtout pas sur ce cylindre soviétique, ce gadget soviétique qui va rentrer chez eux et les tourmenter.

Nels, j'espère que cela ne t'ennuiera pas trop, que tout le monde soit au courant pour cette fille. J'espère que la fille me pardonnera, mais il fallait que je transmette mon message.

Et cependant c'est là le message — tout ce que

j'ai toujours craint — j'ai craint quelque chose dans la guerre, et tu connais l'odeur de la guerre. L'odeur de la guerre est celle d'un abattoir en juillet. La puanteur partout. Il y a des odeurs de brûlé, l'odeur du caoutchouc qui brûle et l'odeur bizarre de la poudre. Je n'ai jamais participé à une guerre atomique. Je ne connais que les explosions à l'ancienne. Je t'en ai parlé, avant, et j'en avais peur. Et au milieu de tout ça, je sens aussi le parfum de cette fille, de cette fille dans cet hôtel de Melbourne, cette fille que je croyais désirer jusqu'au moment où elle a dit quelque chose, où j'ai dit quelque chose, et alors, il n'y a plus rien eu entre nous. Et maintenant je suis mort.

Et, écoute, Nels...

Écoute, Nels, je parle comme par un tour de passe-passe. Je ne sais pas comment je connais l'existence des autres... des autres qui sont morts comme moi. Je n'en ai jamais rencontré un seul, et je ne parlerai peut-être jamais à aucun d'entre eux. J'ai simplement la sensation qu'ils sont là, eux aussi. Ils ne peuvent pas parler.

Ce n'est pas qu'ils ne peuvent pas parler, pas vraiment.

Ils ne désirent même pas parler.

Ils n'ont pas envie de parler. Parler, c'est un tour de passe-passe, c'est tout. C'est un tour de passe-passe que tout le monde peut apprendre, mais, pour cela, il doit falloir être un homme mesquin et vide, un homme qui a vécu sa vie malgré le Ciel et qui est maintenant en Enfer. C'est le genre d'homme capable de se rappeler le tour de passe-passe que constitue la parole. Comme un tour qu'on fait avec des pièces de monnaie ou des cigarettes, quand rien d'autre n'a d'importance.

Alors, je te parle, Nels. Et, Nels, je suppose que tu mourras comme moi. Ça n'a pas d'importance, Nels. Il est trop tard pour changer — c'est tout.

Adieu, Nels. Tu es en assez bonne santé. Tu as vécu ta vie. Tu as senti le vent dans tes cheveux. Tu as vu la belle lumière du soleil, et tu n'as pas trop haï, craint ou aimé.

Quand le vieillard a eu fini de dicter, l'agent du FBI et moi, on lui a demandé de recommencer.

Il a refusé.

On s'est levés tous les trois. On a fait entrer l'assistant.

Le vieillard refusait toujours de dicter une seconde fois les paroles qu'il entendait dans ces bruits et qu'il était seul à entendre.

On aurait pu l'arrêter et le forcer, mais cela ne rimait pas à grand-chose tant qu'on n'avait pas transmis son texte à Washington pour en évaluer l'importance.

Il nous a dit au revoir quand on est partis.

« Je pourrai peut-être refaire ça dans un an. Mais mon problème, messieurs, c'est que j'y crois. C'était la voix de mon frère, Tice Angerhelm, et il est mort. Et vous m'avez apporté quelque chose d'étrange. Je ne sais pas où vous avez trouvé un médium ou un voyant pour enregistrer tout ça, et de telle façon que je l'entende et pas vous. Mais j'ai entendu, messieurs, et je crois que je vous ai dit assez exactement ce que c'était. Et les mots que j'ai employés, ce ne sont pas les miens, ce sont ceux de mon frère. Emportez-les, messieurs, et faites-en ce que vous pourrez, et si vous voulez que je ne dise à personne que le gouvernement américain travaille avec des médiums, je garderai le secret. »

Tel a été son adieu.

On a fermé le bureau local et on est partis sans attendre pour l'aéroport, en emportant la bande avec nous, mais on en transmettait déjà le contenu à Washington par télex.

Telle est la fin de l'histoire et telle est la fin de la blague. Potariskov a reçu une copie de la bande, et l'ambassadeur soviétique aussi.

Et Khrouchtchev s'est sans doute demandé quelle blague démente les Américains lui faisaient. Se servaient-ils d'un médium ou d'un moyen quelconque ayant un rapport avec la perception subliminale afin d'attaquer l'URSS parce qu'elle ne croit pas en Dieu et ne croit pas en la mort ? Est-ce là ce qu'il aura pensé ?

Voilà une occasion où j'espère que l'espionnage soviétique est très fort. J'espère que leurs espions sont assez forts pour savoir que nous aussi, on est perplexes. J'espère qu'ils se rendent compte qu'on a abouti dans un cul-de-sac, et que, quoi qu'ait fait Tice Angerhelm ou un autre parlant en son nom, enregistrant dans l'espace sur un engin soviétique, on n'y est pour rien, nous autres Américains.

Si ce ne sont pas les Russes qui ont fait ça, et si ce n'est pas nous, qui alors ?

J'espère que leurs espions le découvriront.

LES BONS AMIS

La fièvre avait fait de lui comme un petit enfant. Debout derrière le médecin, l'infirmière le contemplait avec un demi-sourire où se mêlaient la tendresse et la perception de son charme viril.

« Quand pourrai-je partir, toubib ?

— Dans deux ou trois semaines, peut-être. Il faut d'abord que vous vous remettiez d'aplomb.

— Je ne parle pas de mon retour à la maison, toubib. Je voulais dire : quand est-ce que je vais pouvoir reprendre l'espace ? Je suis capitaine, toubib. Et un bon. Vous le savez, n'est-ce pas ? »

Le docteur approuva gravement.

« Je veux repartir, toubib. Tout de suite. Je veux guérir. Je veux guérir dès maintenant. Je veux retrouver mon astro et reprendre l'espace. Je ne sais même pas pourquoi je suis ici. Qu'est-ce que vous êtes en train de me faire, toubib ?

— Nous essayons de vous remettre d'aplomb »,

répondit le docteur. Sa voix était douce et ferme en même temps.

« Mais je ne suis pas malade, toubib. Vous vous êtes trompé de client. Nous avions ramené l'astro et tout allait bien, n'est-ce pas ? Ensuite nous avons commencé à sortir, et puis... alors là, plus rien. Le noir. Et je me retrouve ici, à l'hôpital. Il y a quelque chose de pas clair, toubib. Est-ce que je me suis blessé après l'arrivée ?

— Non. Il ne vous est rien arrivé à l'astroport.

— Alors, pourquoi me suis-je évanoui ? Pourquoi suis-je malade et couché ? Il a bien fallu qu'il se passe quelque chose, toubib. C'est évident. Autrement, je ne serais pas ici. J'ai dû avoir un coup dur. Après un si bon voyage ! Bon sang, où est-ce que ça m'est arrivé ? » Une lueur égarée passa dans les yeux du malade. « Est-ce que quelqu'un m'est rentré dedans ? Je ne suis pas blessé, dites, toubib ? Pas infirme ? Je pourrai reprendre l'espace, pas vrai ?

— Peut-être », dit le docteur.

L'infirmière retint brusquement sa respiration, comme si elle était sur le point de dire quelque chose. Le médecin tourna la tête et lui adressa un coup d'œil impératif signifiant *taisez-vous*.

Le malade vit la mimique.

Sa voix prit une intonation désespérée qui en faisait presque un gémissement. « Qu'est-ce qu'il y a, toubib ? Pourquoi ne voulez-vous rien dire ? Qu'est-ce qui ne va pas ? Quelque chose m'est arrivé. Où est Ralph ? Où est Pete ? Et Jock ? Quand je l'ai vu pour la dernière fois, il vidait une canette de bière. Où sont-ils tous ? Larry, Went, Betty ? Où est mon équipage, toubib ? Ils ne sont pas morts ? Je ne suis pas le seul survivant, n'est-ce pas ? Parlez, toubib ; dites-moi la vérité. Je suis capitaine de l'espace, vous savez. J'ai tenu le coup dans de sales moments. Vous pouvez tout me dire. Je ne suis pas mou à ce point, je peux encaisser. Où sont-ils, tous mes copains ? Une fameuse expédition ! Vous ne voulez pas me répondre, toubib ?

— Je vous répondrai, articula gravement le docteur.

— Entendu ! Allez-y.

— Que voulez-vous savoir en particulier ?

— Ne faites pas l'âne, toubib ! Dites-moi les choses carrément. Parlez-moi d'abord de mes amis, et ensuite de ce qui m'est arrivé.

— Pour ce qui est de vos amis... (le docteur choisissait ses mots avec soin) ... je puis vous dire qu'aucun changement n'est intervenu dans la situation des personnes dont vous venez de parler.

— Très bien, toubib. Alors, si ce n'est pas eux, c'est moi. Allez-y. Que m'est-il arrivé ? Un sale coup, forcément, sans quoi vous n'auriez pas cette figure de croque-mort ! »

Le compliment amena sur les lèvres du docteur une petite grimace vite effacée. « Je n'essaierai pas de justifier mon visage, jeune homme. Je l'ai depuis ma naissance. Mais vous, vous êtes dans un état grave et nous essayons pour l'instant de vous remettre d'aplomb. Et je vous dirai toute la vérité.

— Alors, allez-y, toubib ! Tout de suite. Est-ce que j'ai reçu un mauvais coup ? Est-ce que je suis blessé ? Est-ce que c'était un accident ? Parlez donc, à la fin ! »

Derrière le docteur, l'infirmière bougea légèrement. Il se retourna. Elle regardait en direction de la seringue hypodermique posée sur le plateau. Il lui fit un bref signe négatif. Le malade ne perdit rien de cet échange dont il comprit parfaitement le sens.

« Vous avez raison, toubib. Ne la laissez pas me droguer. Je n'ai pas besoin de dormir. J'ai besoin de savoir la vérité. Si tous ceux de l'équipe vont bien, pourquoi ne sont-ils pas là ? Milly est peut-être dans le couloir ? Milly, celle qui a les boucles blondes. Et Jock ? Et pourquoi Ralph n'est-il pas venu ?

— Je vais tout vous dire, mon petit. Ce sera dur, peut-être, mais je compte sur vous pour prendre la chose en homme. Cependant, il serait préférable que vous parliez le premier.

— Vous parler de quoi ? Enfin, vous savez bien qui je suis ? Vous avez bien lu les journaux ? Vous avez entendu parler de Larry ? Un sacré navigateur, Larry ! Sans lui, nous ne serions pas revenus ! »

Le soleil matinal du printemps entrait à flots par la fenêtre ouverte et une brise légère venait caresser le visage jeune et décomposé. Il y avait de la compassion, et davantage, dans la voix du docteur.

« Je ne suis qu'un simple médecin. Je ne suis pas l'actualité de près. Je connais votre nom, votre âge et votre fiche médicale, mais j'ignore à peu près tout de votre expédition. Racontez-la-moi.

— Vous voulez rire, toubib ! Il y a de quoi écrire un bouquin. Nous sommes célèbres. Tenez, je vous parie qu'en ce moment Went est en train de se faire une jolie somme avec les photos et les films qu'il a pris.

— Je ne vous demande pas de tout dire, mon vieux. Si vous me parliez simplement de vos deux derniers jours avant l'atterrissage et de la façon dont vous êtes arrivé à bon port ? »

Le jeune homme eut un sourire gêné qui ajoutait une expression de culpabilité à la joie des souvenirs évoqués. « Oh ! je peux vous en parler, bien sûr. Vous êtes toubib et tout ce que vous entendez, vous le gardez pour vous. »

Le docteur acquiesça d'un signe de tête convaincu. « Voulez-vous que l'infirmière sorte ? demanda-t-il à mi-voix.

— Oh ! non, protesta le malade. C'est une brave fille. Ce n'est pas comme si vous alliez bavarder ensuite à tort et à travers. »

Le docteur acquiesça derechef, imité par l'infirmière qui sourit en même temps. Elle sentait les larmes gonfler ses yeux, mais n'osait pas les essuyer. Ils avaient affaire à un malade extrêmement perspicace. Il aurait vu son geste et l'effet aurait été catastrophique.

Maintenant, il voulait tout raconter et s'exprimait avec une volubilité difficile à suivre. « Vous connaissez l'astronef, toubib. Il se pose un peu là : douze cabines, salle commune, pesanteur artificielle, placards, toute la place qu'on peut souhaiter. »

Le médecin cligna des yeux sans rien dire. Il continua seulement à observer le malade avec une attention pleine de sympathie.

« Eh bien, toubib, quand on a su qu'il ne restait plus que deux jours et que tout était paré, on a organisé une petite fête. On a dansé. Jock a déniché de la bière dans un placard et Ralph l'a aidé à sortir les canettes. Betty est une vieille copine, mais j'ai commencé à m'amuser un brin avec Milly. Ah ! mes amis, ce bonheur ! Un régal ! » Il regarda l'infirmière et rougit jusqu'à la racine des cheveux. « Passons sur les détails. Une vraie ribouldingue, toubib. Nous étions en grande forme. Complètement beurrés. Cette bamboula, monsieur ! Je crois bien que personne n'a jamais autant rigolé que nous l'avons fait cette fois-là, les copains et moi. Et nous sommes arrivés sans bavures. Ce Larry, quel navigateur ! Il avait beau être fin saoul et garder Betty sur ses genoux, il a posé l'astro comme une vieille douairière dépose sa pièce sur la sébile du curé. Tout s'est passé au huitième de poil. D'accord, je n'aurais pas dû être tellement fier de débarquer avec tout mon équipage ivre à tomber par terre, mais c'était bien le plus beau voyage, la plus belle équipe et la plus belle rigolade qu'un capitaine ait jamais connus. Et puis nous revenions mission accomplie, toubib. On n'aurait pas donné un peu de mou à la fin si on n'avait pas été sûrs que rien ne clochait. Donc nous nous sommes posés, prêts pour le débarquement. Après ça, tout devient noir jusqu'au moment où je me retrouve ici. À vous maintenant de me raconter la suite, mais n'oubliez pas de me dire à quel moment Larry, Jock et Went vont venir me voir. Ce sont des types, vous savez, toubib ! Votre petite infirmière sera obligée de les tenir à l'œil. Ils pourraient bien m'apporter une bouteille de ce qu'il ne faut pas. Voilà, toubib. À votre tour.

— Avez-vous confiance en moi ? demanda le docteur.

— Bien sûr. Pourquoi pas ?

— Croyez-vous vraiment que je vous dirai la vérité ?

— C'est moche de votre part de me demander ça, toubib. Vraiment moche. Entendu, allez-y toujours.

— Je préfère que vous ayez d'abord votre piqûre », reprit le docteur en s'efforçant, non sans peine, de garder la même voix ferme et douce qu'auparavant.

Le malade parut stupéfait. Il jeta un regard vers l'infirmière et la seringue posée sur le plateau. Puis il sourit au médecin, mais c'était un sourire empreint d'effroi.

« D'accord, toubib. C'est vous le patron. »

L'infirmière l'aida à relever sa manche et tendit la main pour prendre la seringue.

Le docteur l'arrêta. Il la regarda bien en face, les yeux plantés dans les siens. « Non, intraveineuse. Je vais la faire. Comprenez-vous ? »

Elle avait l'esprit vif.

Elle saisit un garrot de caoutchouc sur le plateau et l'enroula prestement autour du bras du malade, juste au-dessous du coude.

Le docteur attendait, très calme.

Puis il prit le bras à son tour et passa son doigt sur l'épiderme pour repérer la veine.

« Donnez », dit-il.

Elle lui tendit l'aiguille.

Malade, infirmière et docteur — tous trois regardèrent la seringue se vider de son contenu dans la veine qui faisait saillie dans la saignée du bras.

Le docteur retira l'aiguille. Lui-même, à présent, semblait soulagé. « Ressentez-vous quelque chose ? demanda-t-il.

— Pas encore, toubib. Pouvez-vous me dire la vérité, maintenant ? Avec cette drogue dans les veines, je ne risque plus de faire du tapage. Où est Larry ? Où est Jock ?

— Vous n'étiez pas à bord d'un astronef, mon petit. Vous étiez seul dans une fusée de sauvetage monoplace. Votre petite fête n'a pas duré deux jours. Elle a duré vingt ans. Ce n'est pas Larry qui a ramené votre astronef. Ce sont des spécialistes qui ont retrouvé l'épave, depuis la Terre, par télémétrie. Quant à vous, vous étiez au dernier degré de l'épuisement, déshydraté, presque mort. Jamais, dans toute l'histoire de l'espace, on n'a vu un homme aussi près de sa fin. La fusée de sauvetage avait un hibernateur et vous étiez alimenté par le dispositif de secours. En outre, elle était dotée du nouveau masque hypnotique. Vous avez eu certainement une seconde ou deux pour vous le coller au visage avant que les commandes automatiques de la fusée fassent le reste. Vous n'aviez aucun ami avec vous. Ceux dont vous parlez sortent uniquement de votre imagination.

— Ça va, toubib. Je vais bien. Ne vous en faites pas pour moi.

— Il n'y a jamais eu de Jock, ni de Larry, ni

de Milly. Tout cela n'est qu'un effet du masque hypnotique.

— J'ai compris, toubib. Tout va bien. Fameuse, la drogue que vous m'avez donnée. Je me sens partir dans les rêves. Vous pouvez me laisser dormir, maintenant. Vous m'expliquerez tout ça demain matin. Mais n'oubliez pas de m'amener Ralph et Jock dès que ce sera l'heure des visites. »

Il se tourna vers le mur et l'infirmière ramena les couvertures sur ses épaules.

Au dernier moment, comme ils s'apprêtaient à quitter la chambre, elle passa devant le docteur et sortit en courant. Elle ne voulait pas qu'il la voie pleurer.

Anthony R. Lewis

Concordance de Cordwainer Smith

Traduit de l'américain
par Pierre-Paul Durastanti

SOMMAIRE

PRÉFACE
DE LA TROISIÈME ÉDITION

Bienvenue dans la *Concordance de Cordwainer Smith*. J'utilise ce terme, plutôt que celui d'*Index*, car son acception religieuse convient fort bien à cet auteur. Ce travail s'efforce de présenter tous les personnages, objets, lieux et concepts spécifiques aux œuvres de science-fiction de Cordwainer Smith et de les assortir d'exégèses (parfois très spéculatives). Par souci de cohérence, j'exclus de ce corpus les romans *Ria* et *Carola*, publiés sous le pseudonyme de Felix Forrest, ainsi que le thriller d'espionnage *Atomsk*, paru sous celui de Carmichael Smith. Ces livres sont épuisés, mais le lecteur — anglophone — qui se donnera la peine de les localiser chez un bouquiniste (en admettant que vous en ayez un sous la main) ou par le biais d'eBay.com, d'Alibris.com ou d'un autre site spécialisé dans les enchères ou les ventes d'occasion pourra constater qu'ils en valaient la peine. Cette édition de l'index couvre donc tous les textes de science-fiction (les nouvelles, et le roman *Norstralie*) réunis dans les quatre tomes français des *Seigneurs de l'Instrumentalité*.

Je travaille, par intermittence, à cette concordance depuis 1968 et j'ai présenté sa première version en 1970 au congrès « Secondary Universe » de la *Science Fiction Research Association*. Depuis lors, j'ai dû jongler entre les accès d'enthousiasme et la nécessité de gagner ma vie et d'aider à l'organisation de diverses conventions de science-fiction aux États-Unis. Comme les bonnes volontés seront toujours les bienvenues, j'invite tous les lecteurs à offrir leurs réflexions et leurs efforts pour parfaire cette exégèse. J'adresse aussi des remerciements tout particuliers à Sandra Miesel et Richard Harter pour leur assistance et leurs encouragements au fil des ans.

Du point de vue de la critique littéraire, on peut estimer que toutes les histoires réunies au sein du canon sont *vraies* au meilleur sens du terme ; le contraire ne nous conduit qu'à l'absurdité. Doit-on en conclure pour autant que Winston Churchill, Sherlock Holmes et George Bernard Shaw sont des personnages de fiction ? Si le lecteur souhaite croire que Cordwainer Smith était un Seigneur de l'Instrumentalité venu à notre époque depuis le lointain futur et qu'il a rédigé de mémoire les récits et les fables de son propre passé, il ne m'appartient pas d'en discuter. Il incombe au lecteur attentif de traiter les contradictions apparentes dans le corpus de la manière la plus rationnelle possible : autrement dit, de n'en tenir aucun compte. De toute évidence, elles résultent des facteurs suivants :

— Des fautes de composition ou des erreurs de correction dues à des intermédiaires connus ou inconnus entre l'auteur et le lecteur.

— Des oublis de l'auteur... Lequel de ces deux événements s'est produit le premier, la Guerre de succession d'Autriche ou la Guerre de succession d'Espagne ?

— Des tentatives délibérées de l'auteur pour déguiser des événements ou des personnages afin de préserver l'illusion du libre arbitre. (« Le monde n'est pas prêt... », écrivait le docteur John H. Watson, et c'est toujours vrai.)

Pour les cas où dates ou commentaires se contredisent, j'ai choisi ceux qui convenaient le mieux à mes théories. Vous êtes priés de m'imiter.

Dans l'index figurent aussi les titres des textes concernés, assortis d'un bref résumé.

Au long de cet ouvrage, vous trouverez des codes de deux lettres qui font référence au récit dont provient l'information. La liste et la signification de ces abréviations apparaissent tout de suite après cette préface.

ANTHONY LEWIS
Natick, Massachusetts
Août 2000

ABRÉVIATIONS DES TITRES

AH « Angerhelm »
AR « Boulevard Alpha Ralpha »
BA « Les bons amis »
BC « La ballade de C'mell »
BI « Le bateau ivre »
CB « Le cerveau brûlé »
CG « Le crime et la gloire du commandant Suzdal »
CR « Le colonel revient du Grand Néant »
DD « La dame défunte de la ville des gueux »
DE « La dame aux étoiles »
ET « Une étoile pour trois »
FB « Le fifre de Bodhidharma »
G8 « La Guerre n° 81-Q » (version révisée)
GQ « La Guerre n° 81-Q » (version originale)
GU « La planète de Gustible »

JP « Le jour de la pluie humaine »
JR « Le jeu du rat et du dragon »
LA « Lui-même en Anachron »
ME « Mark Elf » (alias « Mark Onze »)
MH « Mère Hitton et ses chatons »
MS « Jusqu'à la mer sans soleil »
NA « Nancy »
NN « Non, non, pas Rogov ! »
NO *Norstralie*
PB « Pensez bleu, comptez deux »
PG « Sur la planète aux gemmes »
PS « Sur la planète des sables »
PT « Sur la planète des tempêtes »
RA « La reine de l'après-midi »
SH « La planète Shayol »
SO « La science occidentale, quelle merveille ! »
ST « Sous la vieille Terre »
SV « Les sondeurs vivent en vain »
VO « Le vaisseau d'or »

CHRONOLOGIE DE L'INSTRUMENTALITÉ

Cette chronologie, qui remet à jour le travail de J. J. Pierce publié dans *The Best of Cordwainer Smith*, se base sur, et corrige, celle créée par Anthony Lewis et Richard Harter. De même que la chronologie des aventures de Sherlock Holmes par le docteur John Watson, elle n'est pas exempte d'incohérences. Certains détails de cet historique restent sujets à caution, et à l'interprétation personnelle.

On ne se souvient du Premier Âge de l'Espace — notre époque — que dans des légendes et des fables.

vers 1945	Les trois sœurs vom Acht lancées dans l'espace.
vers 1950	« La science occidentale, quelle merveille[1] ! »
vers 1950	« Le fifre de Bodhidharma[2] »
1957-1964	« Angerhelm[3] »
vers 1960	« Non, non, pas Rogov ! »

À cette époque, quelques nations se sont unies pour former des groupes et des fédérations ; toutefois, il subsiste de nombreux pays. On règle les différends à l'aide d'une sorte de monomachie technologique administrée par le Conseil de Guerre Universel.

vers 2200 « La Guerre n° 81-Q »

On ne parvient plus à gérer les problèmes par le biais de guerres limitées et courtoises, de sorte que des conflits beaucoup plus généralisés se produisent — les Anciennes Guerres. Des armes avancées comme les menschenjaggers dévastent la plus grande partie de la Terre. Des villes fortifiées deviennent les refuges des Hommes Véritables. Hors de ces bastions, seules les machines de guerre, les Bêtes (qui possèdent des formes animales, mais aussi le langage), les Idiots (les politiciens et les administrateurs) et les Impardonnés (réunis en clans et tribus, ils ne sont pas considérés comme des Hommes Véritables) survivent et, dans une certaine mesure, prospèrent. Seule la Chine subsiste en tant que nation séparée. Des philosophes chinois, les Jwindz, gouvernent la Terre depuis leurs Cités. Dans les faits, ils placent tous les hommes sous tranquillisants. Les sœurs vom Acht (Vomact) reviennent sur Terre et reprennent connaissance. Leurs gènes et leurs comportements anciens donnent naissance à la Bande des Cousins qui combat les Jwindz, les renverse et revitalise le genre humain. Les Jwindz sont exilés sur une autre planète — on les retrouvera sur Mizzer, dans la Cité de l'Espérance Désespérée, au bord du Treizième Nil. L'Instrumentalité du Genre Humain apparaît.

vers 4000 « Mark Elf »
vers 4200 « La reine de l'après-midi »
vers 5000 « La saga de la troisième sœur » [de Genevieve Linebarger seule, inédit en langue anglaise, non repris dans cette édition]

La Terre poursuit sa convalescence, bien qu'il reste de nombreuses zones à l'état sauvage autour des villes. Débute le Second Âge de l'Espace : d'abord l'exploration et la colonisation interplanétaires, puis l'installation dans d'autres systèmes après des voyages à vitesse infraluminique dans d'immenses voiliers photoniques. Les pionniers de Vieille Australie du Nord (Norstralie) découvrent le stroon, une drogue anti-vieillissement qui change toute la structure de la culture humaine. Dans un dernier sursaut, ou presque, le Goonhogo chinois colonise Vénus.

vers 5500 « Nancy[4] »
vers 6000 « Les Sondeurs vivent en vain »
« La dame aux étoiles »
vers 7000 « Le jour de la pluie humaine »

On découvre le voyage supraluminique à travers l'Espace$_2$ grâce aux vaisseaux planoformes (ou jonasoïdaux). À présent, la galaxie entière s'ouvre aux hommes qui colonisent de nombreuses planètes habitables. L'Instrumentalité veille, afin que l'humanité demeure humaine.

vers 8000 « Pensez bleu, comptez deux »
« Le colonel revient du Grand Néant »
vers 9000 « Le jeu du rat et du dragon »
« Le cerveau brûlé »
« Les bons amis[5] »

Une agréable stagnation pèse désormais sur les Mondes de l'Homme. L'Instrumentalité utilise le stroon pour rallonger l'espérance de vie moyenne jusqu'à quatre cents années terrestres. La plupart des travaux déplaisants sont effectués par des robots, ou bien par des sous-êtres, animaux modifiés avant la naissance pour posséder davantage d'intelligence et de dextérité. Ni les uns ni les autres n'ont les moindres droits et les humains peuvent à leur guise mettre un terme à leur existence.

vers 10 000 « La planète de Gustible[6] »

La pantropie augmente proportionnellement à la terraformation. Des planètes jusque-là inaccessibles à la colonisation accueillent désormais des êtres humains modifiés, les hominidés — certains étranges au possible. L'Instrumentalité veille, et n'intervient que si elle l'estime nécessaire. Les Daimoni, d'origine terrienne, resurgissent d'« au-delà des étoiles » pour visiter les Mondes des Hommes. Ils bâtissent de merveilleux édifices tels que Terraport, les Hespérides et le Palais du Gouverneur de la Nuit. Puis ils s'en vont, pour ne plus reparaître.

vers 12000 « Lui-même en Anachron »

L'Empire Étincelant naît. Au prix de quatre flottes de guerre, il parvient à dérober à Norstralie deux de ses moutons géants, malades, producteurs de stroon lors de la Quatrième Bataille de la Nouvelle-Alice. Mais, une fois loin de Norstralie, les moutons se rétablissent et cessent donc de produire la drogue anti-vieillissement. D'autres entités politiques comme l'Arachosie et Raumsog menacent l'Instrumentalité, mais ne récoltent que la destruction.

vers 13 000 « Le crime et la gloire du commandant Suzdal »
« Le vaisseau d'or[7] »
13 582 « Non, non, pas Rogov[8] »

De grands changements se profilent. La fille-chien D'jeanne meurt en martyre sur Fomalhaut III ; les sous-êtres découvrent la Vieille Religion Forte et, par la suite, répandent ce savoir parmi les humains. L'un des juges au procès de D'jeanne, Dame Goroke, entame la lignée des Seigneurs Jestocost.

vers 14 000 « La dame défunte de la Ville des Gueux »

Les changements se précisent. Santuna devient Dame Alice More. On découvre l'Espace$_3$, qui modifie tout le contexte de l'univers.

vers 15 000 « Sous la Vieille Terre »
« Le bateau ivre »

vers 15 400 Le Brave-Capitaine Alvarez découvre Shayol et les Dromozoaires

vers 15 600 Shayol interdite d'accès

On accorde quelques droits aux sous-êtres. L'Instrumentalité entreprend de démanteler son utopie stérile et institue la Redécouverte de l'Homme : elle donne aux gens des noms au lieu de numéros, et permet la maladie et la mort accidentelle à la place des quatre cents ans d'ennui garantis. Le Seigneur Jestocost, septième du nom, par l'intermédiaire de C'mell, montre à l'E'telekeli de la Sainte Révolution des cachettes accessibles aux sous-êtres. Rod McBan achète la Terre et confie ses ressources à la Sainte Révolution via la Fondation Cent Cinquante.

vers 16 000 « La mère Hitton et ses chatons »
« Boulevard Alpha Ralpha[9] »
« La ballade de C'mell »
Norstralie[10]

L'Instrumentalité démantèle L'Empire Étincelant pour violation de leur accord.

« La planète Shayol »

Exilé de sa planète natale Mizzer, Casher O'Neill part en quête pour obtenir vengeance. S'il ne la trouve pas, il découvre la Vieille Religion Forte. Ses voyages tendent à saper subtilement l'interdit de l'Instrumentalité visant l'exportation de la religion d'un monde vers d'autres.

« Sur la planète aux gemmes »
« Sur la planète des tempêtes »
« Sur la planète des sables »
« Une étoile pour trois »

Commence alors, peut-être, l'Ère des Seigneurs de l'Après-midi. Les sous-êtres — sur Terre, au moins — ont des noms et des droits. Les relations entre humains et sous-êtres se sont améliorées, grâce à la Fondation Cent Cinquante, ce qui indique qu'il s'est passé quelque temps.

vers 16 500 ?	« Jusqu'à la mer sans soleil »
vers 16 800	Mort du Seigneur Kemal bin Permaiswari
vers 18 520	L'atmosphère de Pontoppidan doit devenir respirable

NOTES

1. Hélène Amérique [PB, DE] a traduit les Vieux Textes Martiens ; cette nouvelle pourrait donc bien faire partie du cycle des Seigneurs de l'Instrumentalité.

2. Cette nouvelle ne fait sans doute pas partie du cycle des Seigneurs de l'Instrumentalité, mais elle ne présente pas d'incohérences avec ce dernier. Si le satellite n'a pas atteint son orbite, peu importe que les trous du fifre aient été bouchés ou non.

3. Cette nouvelle ne fait sans doute pas partie du cycle des Seigneurs de l'Instrumentalité, mais elle ne présente pas d'incohérences avec ce dernier. Elle se déroule avant le lancement de Spoutnik et la chute de Khrouchtchev.

4. Smith lui-même, dans une lettre du 11 novembre 1961 à la maison d'édition Regency, affirmait que cette nouvelle faisait partie de son histoire du futur, le cycle des Seigneurs de l'Instrumentalité. Les voyages spatiaux existent, dans les limites de notre système solaire, mais pas les Sondeurs. Aucune allusion à des voyages spatiaux n'apparaît dans « La Guerre n° 81-Q », mais ils ont pu reprendre après les guerres limitées.

5. Il est difficile de dater cette nouvelle, faute de contexte. J'ai décidé que le planoformage et les personnalité artificielles existaient, même si elle n'en fait pas mention.

6. Datée de quatre mille ans après l'ouverture de l'espace ; voir « Les Sondeurs vivent en vain ».

7. Cette nouvelle se passe vingt ans après le Grand Scandale des Chats, qui fait peut-être référence aux actes de Suzdal.

8. La date donnée pour le Festival de Danse Inter-Mondes dont Rogov a une vision fugace.

9. « Boulevard Alpha Ralpha », « La ballade de C'mell » et *Norstralie* mettent tous en scène la femme-chat C'mell.

10. C'mell a vingt-neuf ans à ce moment-là ; elle meurt à l'âge de cent trois ans.

A

A'GENTUR

Le pseudonyme d'E'ikasus une fois transformé en singe. Fils de l'E'telekeli, il a reçu une formation de médecin, de chirurgien et de coiffeur, et il a participé à la réduction de Rod McBan. [NO]

jeu de mots sur *agent* — ici, fils agissant pour le compte du père

ABBA-DINGO

Un ordinateur obsolète de Terraport, sur le Boulevard Alpha Ralpha. Les inscriptions sur ses portes sont en anglais (datation possible ?). Il s'agit d'une machine à prédire qui fonctionne toujours si on l'aborde par le nord. Les sous-êtres la considéraient comme un dieu. Elle en savait beaucoup sur Paul et Virginie douze ans avant que leur couple se forme. [AR] Le Seigneur Jestocost avait un lien direct avec cette machine. [NO]

abba (araméen) = père + *dingo* (argot australien) ≠ trahir — père des mensonges ?

moins plausible : d'*abed-nego* = adorateur du nebo (un lieu en altitude)

ACCORD FONDAMENTAL

Par son biais, l'Instrumentalité devait permettre à l'Empire d'exister (?) pendant mille (deux mille ?) ans. Il a été abrogé à l'époque du nettoyage de la planète Shayol. [SH]

ADAMINABY PORT

Un port d'arrivée sur Vieille Australie du Nord. [NO]

ADMINISTRATEUR

Titre de l'Honorable Rankin Meikeljohn (voir ce mot). Il était chargé d'Henriada. [PT]

AGENTS DE L'INSTRUMENTALITÉ

Autre désignation des Sondeurs. [SV]

ÂGES SOMBRES

L'époque antérieure à l'Instrumentalité. On connaissait déjà l'effet Kaskasia. [PG]

AIDE AUX VOYAGEURS

Machine dotée d'une empreinte mentale pour aider les gens égarés dans une ville. Spécifiquement, la machine dotée de l'empreinte mentale de Dame Panc Ashash qu'Élaine a rencontrée. [DD]

AÎNÉS

Les membres de grade supérieur de la Guilde des Voleurs. [MH]

ALAN

Anciennement Maac (voir ce mot). Une fois

la menace posée par Linschoten XV neutralisée, Maac est devenu Alan. Il a alors épousé Ellen et Alma. [ET]

Alan (celte) = harmonie

ALERTE GALACTIQUE — *appel à tous les vaisseaux*

Ce signal ne devait servir qu'en cas d'invasion, mais B'dikkat l'a envoyé lorsque quatre enfants condamnés par l'Empire sont arrivés en déportation sur la planète Shayol. [SH]

ALI ALI

Gendre de Casher O'Neill. [PS]

Ali était le gendre de Mahomet. La répétition du nom reste mystérieuse.

ALICE

Épouse du commandant Suzdal. [CG]

Alice (vieux français) — de *Adélaïde* = noblesse (?) ou du grec = vérité

ALMA

Alma s'appelait auparavant Finsternis (voir ce mot), une oublieuse (voir Oublieur). Une fois la menace posée par Linschoten XV neutralisée, Finsternis est devenue Alma. Elle a alors épousé Alan et Ellen. [ET]

alma (latin) = nourricière, gentille [Bataille d'Alma en Crimée — douteux]

En outre, *alma* (hébreu) = vierge, comme la mère du Messie. Dans ce contexte, voir D'alma.

ALPHA RALPHA, BOULEVARD

Voir Boulevard Alpha Ralpha. [AR]

ALVAREZ, BRAVE-CAPITAINE

Il a découvert la planète Shayol six cents ans avant le début de la nouvelle éponyme. Désormais presque entièrement dromozootique (on notera la contradiction), il reçoit une injection régulière de 6 cm^3 de supercondamine. [SH]

AMARAL, TOSTIG

Négociant d'Amazonas Triste. Possédait un épiderme modifié qui émettait des odeurs hypnotiques. C'mell devait s'occuper de lui en sa qualité de libre-fille. Il a détruit le robot Wush' et essayé de tuer C'mell ; C'rod l'a tué. [NO]

jeu de mots : *amoral* ? + *tostig* — quelqu'un de destructeur

AMAZONAS TRISTE

Une planète de pluies perpétuelles ; on appelle ses habitants des hommes-pluie. Ils possèdent un épiderme modifié. [NO]

Amazonas = l'Amazone, forêt pluviale d'Amérique du Sud + *triste* (l'adjectif français, y compris dans le texte original)

AMBILOXI

Un lieu sur Henriada ; une petite ville, anciennement portuaire. [PT]

jeu de mots : sur *Bi*loxi, Mississippi [*bi* — deux ; *ambi* — l'un et l'autre]. Pierce écrit que Linebarger/Smith a été effrayé par un ouragan alors qu'il se trouvait à Biloxi, Mississippi.

ÂME, L'

Le nom du vaisseau à voiles photoniques que

Hélène Amérique a piloté jusqu'à la Nouvelle-Terre. [DE]

Dans le récit médiéval français, après s'être séparée de son amant Abélard, Héloïse est devenue la mère supérieure du couvent du Saint-Esprit.

AMÉRIQUE

1. Une des parties en litige pour le Monopole de la Chaleur Radiante (voir ce terme). Une des Nations Unies d'Amérique. [GQ]

2. Une nation de la Terre. La menace de ses bases de missiles autour du lac Érié a contraint le Goonhogo chinois à accorder l'indépendance au Tibet. Presque aussitôt, le Tibet et l'Amérique sont entrés en guerre à la suite d'une dispute sur le collecteur d'énergie solaire himalayen. [G8]

AMÉRIQUE, HÉLÈNE

Elle a suivi M. Plusgris sur un voilier photonique. [PB] Elle a traduit les Vieux Textes Martiens [indice de l'appartenance au canon de SC]. Après son arrivée sur la Nouvelle-Terre, elle a épousé M. Plusgris. [DE]

Hélène = l'Héloïse du récit médiéval français. Amérique = nom d'un sous-continent sur Terre.

AMÉRIQUE, JOHN

Mona Muggeridge avait choisi ce patronyme pour son enfant s'il naissait mâle. Puisqu'elle a eu une fille, il n'a pas été utilisé. [PB]

AMI

B'dikkat (voir ce nom). [SH]

AMI DE LA TERRE

Ainsi l'E'telekeli a-t-il appelé Rod McBan. [NO]

AN PREMIER DE L'ESPACE

L'année où un vaisseau est revenu après avoir découvert le Premier Effet (voir ce terme) et y avoir survécu. [SV]

AN 83 DE L'ESPACE

L'année où Henry Haberman a vaincu le Premier Effet (voir ce terme). [SV]

ANACHRON

Ce qui existe — si on considère que ce mot a un sens dans le cas présent — entre les Probabilités. D'autres s'y sont perdus, et Tasco Magnon a été le seul à y survivre. [LA]

anachron = absence de temps

ANCIEN

Une personne vivant dans le passé lointain ou venue de celui-ci. [RA]

ANCIEN ANGLAIS

Langue comparable au Vieil Australien du Nord. [BC] Il a évolué pour donner l'Anglique. [CR]

ANCIEN INGLAIS

Variante orthographique du terme Ancien Anglais. [NO]

ANCIEN PASSÉ

L'époque des Anciennes Guerres qui ont empoisonné la Terre. [RA]

ANCIENNE LOI

Elle permettait à de nombreux télépathes secondaires (voir ce terme) d'éviter un traitement médical. [CR]

ANCIENNES GUERRES

Elles ont empoisonné la Terre voici bien longtemps. [RA]

ANCIENNES RUINES

Elles se trouvent environ cent cinquante kilomètres à l'est du Central Park de New York City. [CR] Cela les situe à l'extrémité orientale de Long Island, dans l'État de New York.

ANCIENS

Ils ont livré les Anciennes Guerres et empoisonné la Terre. [RA]

ANDERSON

Capitale de la planète Pontoppidan (un nom adéquat). [SG]

Vilhelm Rasmus Anderson = biographe du dramaturge danois Henrik Pontoppidan

ANDERSON, MONSIEUR ET DOCTEUR, CHEF ET GUIDE

Le médecin chargé du traitement du colonel Harkening après que celui-ci eut effectué le premier voyage planoforme. Il était froid, hautain et glacial. [CR]

ANDROMÈDE

Un vaisseau planoforme. Les Rats (voir ce mot) ont détruit les âmes de son équipage. [JR]

ANFANG

Nom d'un endroit (?) près de la ville de Meeya Meefla (« Miami, Fla », l'abréviation anglaise de « Miami, Floride »). Quartier général du Programmateur de la Populateur. [DD]

Anfang (allemand) = début. Peut-être *Anyang* = l'important site archéologique shang ?

« ANGERLHEM » (NOUVELLE)

Ce texte se déroule entre la mise en orbite du premier Spoutnik (1957) et la chute de Nikita Khrouchtchev (1964-1965). Tice Angerhelm meurt et expédie un message à son frère Nelson par le biais d'un satellite russe. Les Soviétiques ne sont pas contents. Cette nouvelle ne fait sans doute pas partie du cycle de l'Instrumentalité. [AH] Parution originale en langue anglaise : *Star Science Fiction #6*, décembre 1959.

ANGERHELM, NELSON

Le frère de Tice Angerhelm ; Nelson a retranscrit le message de son frère mort à partir de l'émission d'un satellite russe. Âgé de soixante-deux ans, c'était un éleveur de volailles à la retraite qui avait servi pendant la Première Guerre Mondiale. À l'époque de cet événement, il habitait 2322 Ridge Drive, Hopkins, Minnesota (avant l'instauration du code postal, lequel est à présent 55343). [AH]

Nelson = amiral britannique — il s'agit de l'anglicisation de Nilsson + Ankerhjelm (le nom d'un amiral suédois).

ANGERHELM, TICE

Le frère cadet de Nelson Angerhelm. Diplômé de West Point, farceur. Il a envoyé un message après sa mort par le biais d'un satellite Spoutnik. Colonel à l'époque de sa mort. Descendant de Theiss Ankerhjelm. [AH]

ANGLIQUE

Une langue qui a évolué à partir de l'Ancien Anglais. [CR]

ANKERHJELM, THEISS

Amiral suédois. Voir aussi Angerhelm, Tice. [AH]

ANNONCÉ, L'

Celui sur la venue duquel le robot, le Rat et le Copte sont tombés d'accord. Certains pensent qu'il s'agissait de Rod McBan. [NO]

ANYANG

Nouvelle capitale de la dynastie des Wei du Nord (aussi un site archéologique shang). [FB]

AOJOU NANBIEN

Nom chinois de l'Australie quand elle faisait partie de la Chine. Elle a atteint une population de 30 milliards d'habitants avant de disparaître. [NO]

nan = sud en chinois

AOUDAD

Un mouton, ou plutôt un mouflon à manchettes. Le terme a servi d'allégorie pour Rambo — dans le futur, on se rappellerait son nom et le Bateau Ivre, mais on oublierait ses succès en matière scientifique, de même qu'on se rappelait le nom de l'aoudad mais pas l'animal qu'il désignait. [BI]

APICIEN

Nom des habitants de la Planète de Gustible ; d'une taille d'un mètre vingt à un mètre cinquante, ils ressemblent à des canards. Malhonnêtes, ils aiment la bonne chère, surtout la nourriture et la bière terriennes. Ils ont la capacité de congeler les humains. Ils ont de mauvais goûts, mais bon goût. [GU]

Apicus = nom de trois fameux épicuriens romains

APPOINTÉS

Voir Parents Appointés.

ARACHOSIE

Une planète paradisiaque à deux lunes qui s'est transformée en Enfer. Colonisée par des vaisseaux-coquilles quatre mille ans avant l'histoire du commandant Suzdal. Ses pionniers sont devenus un anti-peuple ; sur la planète, au bout de vingt ans, trois mois et quatre jours, la féminité est devenue carcinogène. Arachosie se trouve à six millions d'années-lumière (du Berceau de l'Homme ?). [CG]

Arachosie = lointaine province orientale de l'Empire Perse et des territoires annexés par Alexandre, et située dans l'actuel Afghanistan. Jadis la plus belle et la plus fertile des provinces, elle a été dévastée par les barbares et reste aujourd'hui encore une étendue désolée. On pourrait comparer les Arachosiens aux Chevaliers Teutoniques (voir Suzdal).

ARAIGNÉE

Sa variété géante contrôlée par B'dank servait d'éboueur au sommet de Terraport. [NO]

ARBRE COMBATTANT

Un arbre conçu par les Hommes Véritables pour aider à nettoyer le sol de la radioactivité laissée par les Anciennes Guerres. Les racines retirent du sol les particules radioactives qui se déposent dans des gousses qui tombent ensuite par terre. Les toucher était tabou et, à une époque, causait la mort. Oda a mangé une gousse sans dommage ; sans doute le sol était-il alors purifié. Les Arbres Combattants luisaient dans l'obscurité. [RA]

ARGENT BAT

Voir BAT, Argent

ARGENT LES

Voir LES, Argent

ARHAT

Voir Lohan, disciple de Bouddha. [SO]

ARIEL

1. L'un des vaisseaux américains engagés dans la Guerre n° 81-Q. [GQ]

2. Un vaisseau de guerre américain. Reardon l'a fait sauter pour abattre le *Ming* et le *Ch'in*. Il a prétendu avoir agi par erreur. [G8]

Ariel est le lutin de *La tempête*, la pièce de William Shakespeare.

AROI

Un groupe de danseurs sur Xanadu, et une sorte de prêtrise du plaisir. Quand on rejoint l'Aroi, tous les descendants vivants du conjoint du candidat, ou le conjoint et un nombre de volontaires en nombre équivalant aux descendants, doivent mourir. La mère de Lari s'est sacrifiée pour le sauver. [MS]

Rano Aroi est un cratère volcanique sur l'île de Rapa Nui ; voir Poike, Raraku.

ARTICLE 376984

Plus spécifiquement, le premier alinéa, paragraphe 34c de l'accord selon lequel Xanadu a rejoint l'Instrumentalité. Il protégeait les coutumes purement locales et autochtones. [MS]

ASILE D'INDIGENTS

L'endroit où les sous-êtres ruinés doivent aller pour être gazés. [BC]

ASSISTANT-CHEF POUR L'ESPACE

Grade d'un Sondeur après la reconversion. [SV]

ASTÉROÏDE ROUGE

Il appartient à Adam Stone ; il s'agit peut-être de son laboratoire.

En hébreu, *adam* signifie *rouge* (et *argile*) ; et la plupart des astéroïdes sont en pierre (*stone*, en anglais).

ASTROPORT DE DÉBARQUEMENT

Une ville sur Terre, protégée contre les Bêtes,

les Impardonnés et les machines (Manshonyagger). Adam Stone y résidait. [SV]

ASTROPORT D'EMBARQUEMENT

Une ville sur Terre. [SV]

ASTROPORT D'ÉMIGRATION

Un astroport d'embarquement pour les capsules et les voiliers photoniques. [PB]

AUDACE, SON (OU VOTRE)

Titre à employer en s'adressant au Chef des Voleurs. [NO]

AUTORITÉ TERRIENNE

Elle contrôlait (?) ou administrait (?) la Terre et Vénus (et peut-être d'autres endroits). [PJ]

AUTOTÉLÉVISION

Dispositif de communication, de contrôle et d'inspection utilisé par le camp américain pour inspecter leurs vaisseaux télécommandés durant le combat des Kerguelen. [GQ]

AUTRE

Ainsi un Sondeur désigne-t-il un humain normal. [SV]

AUTRE QUI VIT À LA LISIÈRE DE L'ESPACE

Adam Stone. [SV]

AVANT-POSTE BAITER GATOR

Proche du bord de la Galaxie. Le Seigneur Crudelta a largué Rambo dans l'espace à quatre sauts de là vers l'extérieur. [BI]

B

B'DANK

Homme-bœuf chargé des araignées charognardes de Terraport ; employé du Commissaire Teadrinker. Il s'est enfui dans les égouts lorsque les araignées ont enlevé un des robots à l'image de Rod McBan dans Terraport. Il a rejoint le Seigneur Jestocost lorsque Rod a appelé ce dernier depuis le Tréfonds. [NO]

B'DIKKAT

Gardien sur Shayol — l'homme-bœuf appelé Ami. Il prélevait les organes surnuméraires et donnait de la supercondamine aux prisonniers. Il a envoyé l'Alerte Galactique lorsqu'on a déporté des enfants sur la planète. Il devait servir mille ans pour racheter sa famille et sa liberté. L'Instrumentalité lui proposait un retour immédiat sur Terre et deux mille ans de salaire, mais il s'est porté volontaire pour finir de prendre soin des gens. [SH]

dikkat (turc) = soin, attention

B'IRINA

Une femme-biche que le Seigneur Kemal bin Permaiswari a connue durant sa jeunesse.

irena = paix

BAARTEK

1. Un as mongol qui contrôlait un des vaisseaux tibétains aux Kerguelen. [GQ].

2. Un mercenaire qui pilotait pour le Tibet. D'ordinaire, il travaillait pour le Liechtenstein. [G8]

BABY

Un mouton malade géant sur la Station de la Fin du Monde. [NO]

BAITER GATOR, AVANT-POSTE

Voir Avant-Poste Baiter Gator.

BALEINE AÉRIENNE

Une baleine terrienne adaptée à la vie dans les tornades d'Henriada. Cet animal est carnivore. [PT]

« LA BALLADE DE C'MELL » (NOUVELLE)

Ce texte raconte la rencontre du Seigneur Jestocost et de C'mell et la manière dont ils ont permis au sous-peuple de disposer de cachettes. Puis le Seigneur Kestocost y rencontre l'E'telekeli. Il s'agit d'une adaptation de la « Romance des Trois Royaumes », de Lo-Kuan Chung (début du XIVe siècle). [BC] Parution originale en langue anglaise : *Galaxy*, octobre 1962.

« LA BALLADE DE LA DÉMENTE DITA »

Cette chanson parle de Tasco Magnon et commémore son sacrifice au Nœud du Temps et sa perte entre les Probabilités. Elle a peut-être été écrite par sa femme, Dita. [LA]

« LA BALLADE DE LA FILLE DU PÈRE »

Une chanson écrite par le père de Lavinia, qui était fou, prétendant que sa femme était folle. [NO]

BALTHASAR

Vrai nom de Charlie-mon-chéri. [DD]

Bel teshazzar = le Seigneur protège ; un des trois Rois Mages

BANDE DES COUSINS

Voir Cousins, Bande des. [RA]

BANQUE

Banque mémorielle, clé de voûte de tout réseau de l'Instrumentalité. Son emplacemen principal se situe sous la Cloche (voir ce mot). Il existe des doubles de la Banque en une trentaine d'endroits sur Terre, un autre maquillé en astéroïde dans l'espace proche de la Terre, et un dernier près du vaisseau d'or (voir ce terme) de cent cinquante millions de kilomètres de long. [BC]

BANQUES SOLAIRES DES CHAÎNES HIMALAYENNES

Cent vingt kilomètres d'accumulateurs solaires installés sur le territoire du Tibet pour alimenter la Réunion Indienne en récompense du soutien qu'elle a apporté à l'indépendance de ce pays. Sitôt leur construction terminée, les Banques Solaires ont été saisies par le Tibet. [G8]

BASHNACK

L'un des conseillers de Philip Vincent, sur Pontoppidan. [PG]

BAT, ARGENT

« Bien Arrivé sur Terre ». Son taux de change final est établi par ordinateur. La monnaie la plus valable qui existe. Elle perd un tiers de sa valeur par trajet en vaisseau planoforme jusqu'à la Terre. [NO]

« LE BATEAU IVRE » (NOUVELLE)

Le Seigneur Crudelta a construit un vaisseau planoforme afin de vaincre l'Espace$_3$. Il a choisi comme pilote Artyr Rambo dont il a placé la chère Élisabeth sur Terre. Rambo traverse l'Espace$_3$ par la seule opération de son système neurologique afin de rejoindre son aimée. Cette histoire se déroule quinze mille ans après la course à l'espace et raconte le premier voyage dans l'Espace$_3$. [BI] Ce texte adapte une partie du poème « Le bateau ivre », d'Arthur Rimbaud. Parution originale en langue anglaise : *Amazing*, octobre 1963.

BÂTON DE COMMANDEMENT

Symbole d'autorité du Sondeur Doyen. [SV]

BEARDEN, ANTHONY

Pseudonyme sous lequel « La Guerre nº 81-Q » a d'abord été publiée. Ancien poète américain (1913-1949) ; C'william avait deux de ses poèmes encadrés et accrochés au mur. [NO]

Anthony Bearden était un pseudonyme que Paul Linebarger utilisait pour sa poésie. Anthony était son troisième prénom, Bearden le nom de jeune fille de sa mère.

BEARDEN, JACK

Pilote américain. Seul individu capable de contrôler trois vaisseaux télécommandés à la fois — l'*Ariel*, l'*Obéron* et le *Titania*. Il a gagné la guerre pour le compte de l'Amérique. [GQ] Voir Reardon, Jack.

BEASLEY, SIEUR ET PROPRIÉTAIRE JOHN

Un des juges lors de l'examen de Rod. Par la suite, il l'a prévenu de ce que tramait l'Onseck. [NO]

BEAUREGARD

La demeure de Madigan. Elle se trouve à l'est d'Ambiloxi sur Henriada ; il n'y fait jamais mauvais temps — tout le domaine est un vaisseau planoforme. [ST]

de *beau* + *regard*, les deux mots français, y compris dans le texte original

BÉBÉ-BÉBÉ

Un sous-être. Une femme-souris potière qui est allée chercher une coupe neuve pour Élaine. [DD]

BÉNÉDICTIONS, LES

Plaisirs subjectifs offerts par l'Instrumentalité aux personnes qui meurent à l'âge de soixante-dix ans. [NO] Voir aussi Éphémère.

BENNETT, DOBYNS

Il a vu le Goonhogo s'emparer de Vénus. Il a épousé Terza Vomact alors âgée de trente-deux ans. Il en avait plus de quatre cents, pour sa part, quand il a raconté son histoire. [JP]

Il y a une Dobyns-Bennett High School à Kingsport, Tennessee. On a ainsi rebaptisé la Central High School en 1926 en l'honneur de deux personnalités locales impliquées dans l'organisation des études. Genevieve Collins Linebarger a fréquenté ce lycée.

BERCEAU DE L'HOMME

La Terre, la Vieille Terre. [BI]

BÊTE

Animal sauvage sur Terre. [SV] Les Bêtes attaquaient les Idiots. Malgré leur forme animale, elles possédaient la capacité de communiquer. [ME]

BETTY

Personnage fictif dans l'esprit du capitaine du vaisseau spatial. [BA]

BEZIRK

Un endroit sous la Vieille Terre (en fait, sous l'océan) ; l'intérieur du Gebiet. Il était fermé depuis cinquante-sept siècles ; aucune loi ne s'y appliquait.

Bezirk (allemand) = zone ou district. Pourrait venir aussi du Vieux Scandinave *bersarkr* = fou. Les deux acceptions sont peut-être voulues — un endroit dément.

BIENHEUREUX BODHIDHARMA

Voir Bodhidharma.

BIL

Une personne issue de chien qui a emmené Juli vom Acht voir le Vieil Ours Sage. C'était le père de Charls et d'Oda. Sa robe caramel s'ornait de taches blanches et noires sur les joues, le nez et la queue. [RA]

BILL

Ouvrier agricole de la Station de la Fin du Monde. [NO]

BIN PERMAISWARI, SEIGNEUR KEMAL

Un Seigneur de l'Instrumentalité (Seigneur de l'Espace) ; héros de la Bataille de Styron IV. Blessé par les machines de terreur et envoyé sur Xanadu en convalescence, il avait à l'époque trente ans nominaux. Guéri par E'duard, il est mort trois siècles plus tard. [MS]

permai (bahasa indonésien) = beau, adorable

BINDAOUD

Identité endossée par Casher O'Neill à son retour sur Mizzer. [SL]

bin Daoud (arabe) = fils de David, autrement dit Salomon

BOGGS

Un guerrier américain. Il était bon, avec six

mini-guerres africaines à son crédit, mais il n'atteignait pas le niveau de Reardon. [G8]

BODHIDHARMA

Saint homme qui a vu le message en Inde et l'a emmené en Chine en l'an 554 de l'ère chrétienne. [FB]

BOL-SCHOYE

Un groupe de danseurs dans l'Ancien Passé. [MS]

bolchoï (russe) = vaste, superbe — le ballet du Bolchoï

BOMBE TÉLÉPATHIQUE

Émet une bouffée d'émotions fortes ; il est interdit d'en utiliser dans l'atmosphère terrestre. [NO]

« LES BONS AMIS » (NOUVELLE)

Un texte parfois très vague. Un pilote est hospitalisé après un voyage spatial ; les gens qu'ils croit être ses amis à bord de son vaisseau sont des personnages fictifs. [BA] Parution originale en langue anglaise : *Worlds of Tomorrow*, octobre 1963.

BORD DU MONDE

Sur Fomalhaut III ; là où la ville basse rencontrait la lumière du jour. Un endroit insolite. [DD]

BOULEVARD ALPHA RALPHA

Une voie processionnelle suspendue dans le ciel, desservant Terraport ; aucun pylône ne la soutient. Elle disparaît dans les nuages. Des dispositifs mobiles y permettent des trajets à vive allure. À l'époque de la Redécouverte de l'Homme, elle est fermée depuis des centaines de siècles, estime-t-on [en réalité, il serait sans doute plus juste de parler d'une trentaine] ; elle comporte une brèche. [AR]

« BOULEVARD ALPHA RALPHA » (NOUVELLE)

Ce texte se situe durant les premières années de la Redécouverte de l'Homme ; on appose le premier timbre sur une lettre en quatorze mille ans. Elle raconte les amours tragiques de Paul et Virginie, qui ont été convertis en Français. Sur le conseil de Maximilien Macht, ils cherchent à connaître leur avenir auprès de l'ordinateur Abba-Dingo sur le Boulevard Alpha Ralpha. Paul découvre qu'il n'est pas toujours sage de savoir ce qui va se passer et que certaines prophéties tendent à se réaliser d'elles-mêmes. [AR] Parution originale en langue anglaise : *The Magazine of Fantasy & Science Fiction*, juin 1961.

BOUTE-LUMIÈRE

À l'origine, une bombe lumineuse guidée. Le terme a fini par s'appliquer aussi aux bombes photonucléaires utilisées contre les Rats/Dragons. Elle utilise un isotope du magnésium. [JR]

BOUTE-LUMIÈRE, CASQUE DE

Cet appareil corrige la télépathie naturelle. Il fait communiquer les synapses de deux cerveaux ou plus. [CR]

BOUTEUR DE LUMIÈRE

Un combattant humain ou félin contre les Rats/Dragons. L'humain dirige le chat qui combat le danger. [CG] On a besoin de deux mois de repos après trente minutes de mission. [JR]

BOZART, BENJACOMIN

Gardien-chef de la Guilde des Voleurs ; il a tenté de dérober le stroon de Vieille Australie du Nord et horriblement échoué. Tué par les défenses norstraliennes, il a valu à Viola Siderea une dette de cent millions de mégannées de travail. C'était un blond aux yeux gris. [MH]

Bozart = les *beaux-arts* en français ? — l'art du voleur ?

BRAVE-CAPITAINE

Assis au cœur du vaisseau planoforme, il le pilote quand l'appareil effectue un trajet (voir aussi Stop-Capitaine). [MH] C'est lui qui commande. [JR] Il guide son vaisseau par l'esprit ; il travaille en transe, aidé par des cartes-cibles. [CB] Il s'y connaît en combat. [AR]

BRAVE-CAPITAINE ALVAREZ

Voir Alvarez, Brave-Capitaine.

BRAVE-CAPITAINE JOHN JOY TREE

Voir Tree, Brave-Capitaine John Joy.

BRAVE-CAPITAINE MAGNO TALIANO

Voir Taliano, Brave-Capitaine Magno.

BUAH

Une des deux variétés d'arbres de Xanadu (voir Kelapa). Il pousse en bosquets d'individus mâles et femelles. Pendant une brève période avant la récolte, son odeur est mortelle. Son fruit permet d'élaborer deux boissons, le pisang et le dju-di. Un bosquet cachait le laboratoire illégal des diehr-morts. [MS]

BURG EISENHOWER

Une ville du Sixième Reich Allemand où l'on construisait les menschenjager. [ME]

Eisenhower (allemand) = forgeron — autrement dit, la ville où on construisait les machines.

C

C'LUTH

Instrument du musicien C'paul. [NO]

C'MACKINTOSH

Grand c'athlète qui a effectué un saut en longueur de cinquante mètres. Père de C'mell.

Les armoiries du clan Mackintosh of Mackintosh (en Écosse) montrent deux chats soutenant le blason et arborent la devise : « Ne touchez pas le chat sans gant. »

C'MELL

Libre-fille, sous-être issu de chat (lot 1138) ; travaillait à Terraport. Amoureuse du Seigneur Jestocost. Elle a procuré des cachettes à la Sainte Révolution. [BC] Elle a sauvé Paul et Virginie d'un homme-bœuf ivre et, par la suite, ramené Paul du Boulevard Alpha Ralpha. [AR] Elle avait vingt-neuf ans lorsque, durant la visite de Rod McBan, elle a joué le rôle de sa femme. Elle pouvait émettre de la musique par télépathie. Rod a usé de sa Fondation pour lui acheter un restaurant. [NO] Elle est devenue chef cuisinier, a eu soixante-treize enfants, et elle est morte à l'âge de cent trois ans. [BC]

C sert de préfixe pour désigner les sous-êtres issus de chat. *Mel* (latin) = miel ou douceur. *Mell* (gaélique) a trait au plaisir. C'mell est une chatte douce, qui procure du plaisir. Paul Linebarger avait une chatte baptisée Cat Melanie.

C'PAUL

Poète-chat, ménestrel fou qui a créé la métrique en cinq tonalités du pentapaul. [ST]

C'RODERICK

Pseudonyme de Rod McBan[151] sur Terre quand il se faisait passer pour un sous-être. [NO]

C'WILLIAM

Le Maître-Chat. Il tenait le Magasin des Désirs du Cœur. Âgé de plus de cinq cents ans, il était, par décision de Dame Goroke, le seul sous-être auquel l'Instrumentalité accordait du stroon. Il a envoyé Rod dans la Chambre de Haine afin de le soigner, puis il lui a donné un appareil pour lui permettre d'inteindre et de kozer. [NO]

CALÉDONIE

Une planète. Underhill y a passé sa convalescence après la bataille avec les Dragons. [JR]

la Calédonie = l'Écosse

CALIBAN

1. Vaisseau américain qui a combattu durant la guerre aux Kerguelen. [GQ]

2. Vaisseau américain. Retiré de la guerre par l'arbitre en même temps que le *Han*. [G8]

Caliban est le monstre de *La tempête*, la pièce de William Shakespeare.

CAPITAINE

Grade de l'Instrumentalité. [CG]

CAPITAINE WOW

Voir Wow, Capitaine.

CARTE-CIBLE DE RETOUR D'URGENCE

Sur un vaisseau planoforme, la carte utilisée pour regagner son port d'attache. [CB]

CEINTURE MAGNÉTIQUE

Il faut en mettre une pour emprunter un puits ascensionnel. [NO]

CELALTA, DAME

Dame de l'Instrumentalité avant sa démission. Elle est allée sur Quel en compagnie de Casher. [PS] Elle a découvert avec lui un danger dans l'espace. [ET]

Celalta — *ceil alta* (espagnol) = haut ciel ; elle était capable d'envoyer et de recevoir des pensées par-delà le ciel. Moins plausible : *c'alta* — l'« Autre » (comme T'ruth). Ou, du turc, *C'* + *elli* (50) + *alti* (6).

CELUI-QUI-N'A-PAS-DE-NOM

Il avait un nom, que l'humanité ne connaissait pas — Vieille Religion Forte. [DD] L'E'telekeli. [NO]

CELUI-QUI-VIT-AU-TRÉFONDS

L'E'telekeli. [NO]

CENOTE

Un profond puits naturel dans le grès. Le vaisseau de Juli s'est écrasé non loin de l'un d'eux. Les rebelles contre les Jwindz s'y sont retrouvés ; ils ont mis de la drogue dans l'eau pour soumettre ces derniers. [RA]

tzonot (maya) = puits

CENTRAL PARK

Un lieu dans l'ancienne cité de New York. Le colonel Harkening y est apparu après son voyage planoforme. [CR]

CENTRE

Salle de réunion des Sondeurs. [SV]

CENTRE DES CONNAISSANCES

Il se situe dans la ville de Jiwndz-Jo. [PS]

« LE CERVEAU BRÛLÉ » (NOUVELLE)

Lorsque la carte-cible de *Retour d'urgence* du *Wu-Feinstein* s'est révélée inutilisable, le Brave-Capitaine Magno Taliana a détruit son cerveau en ramenant son vaisseau planoforme. Il était marié depuis cent soixante-quatre ans. Les Sondeurs avaient disparu depuis des siècles. On connaissait le stroon. [CB]

CHAÏ

Une boisson sucrée des anciens Parosski. [NO]

chaï (russe, dialectes de la Chine du Nord) = thé

CHAMBRE HILARANTE

Terme argotique norstralien pour désigner la Dernière Demeure (voir ce terme). [NO]

CHANG

Un Sondeur chinois. Même cranché, il savait se comporter de manière appropriée. [SV]

CH'AO, DAME

Dame d'ascendance chinoise, peut-être de l'Instrumentalité, elle fut un des deux premiers humains à manger un Apicien. [GU]

ch'ao = peut-être une anglicisation de « chow » = nourriture ?

chao (chinois) = million

Chao était le roi de C'hu à l'époque de Confucius.

« LE CHANT DE LA TOUR »

C'mell le chante à Rod juste avant leur arrivée sur Terraport en provenance de Mars. [NO]

CHARLIE-MON-CHÉRI

Sous-être (issu de bouc ?) de la Ville des Gueux. Son vrai nom était Balthasar. Il a conduit Élaine au Chasseur. Tué par les soldats. [DD]

En anglais, ce nom (*Charley-is-my-darling*) est le titre d'une chanson écossaise composée par Lady Nairne.

CHARLS

Une personne issue de chien ; le frère d'Oda, avec laquelle il a extrait Juli vom Acht de son vaisseau spatial qui venait de s'écraser. [RA]

Charles — adulte

« LA CHANSON DE LA SORCIÈRE »

Six couplets qui racontent comment Élaine voyait sa vie avant de rencontrer Jeanne. [DD]

« CHANT DE JEANNE »

Chanté durant la communication télépathique entre les Seigneurs au procès de Jeanne. [DD]

CHARTE DES DROITS ANCIENS

Ce document qui garantissait certains droits ne s'appliquait pas aux sous-êtres. [DD]

CHASSEUR

L'amant d'Élaine : télépathe, de petite taille, des cheveux bruns bouclés, des yeux noirs, de larges épaules, de longues jambes. Après le procès de Jeanne, Dame Goroke l'a soumis à un lavage de cerveau et assigné à la surveillance du climat en compagnie d'Élaine. [DD]

Il correspond à Saint Michel dans la légende de Jeanne d'Arc.

CHATONS

Nom de code utilisé pour déclencher l'alerte si des gens d'outre-planète effectuent des recherches sur les défenses norstraliennes. FAUX : Il recouvre les moyens organiques utilisés pour provoquer la maladie des moutons mutants qui permet de produire la drogue santaclara (le stroon). VRAI : Il concerne des visons mutants, élevés pour leur férocité, qui émettent leurs émotions dans tout l'espace de la Vieille Australie du Nord en cas de besoin. [MH]

CHAT QUI DORT, LE

Un café pour les nouveaux Français. Paul et Virginie y ont rencontré Macht. [AR]

CHATTERJI, PREMIER MINISTRE EN EXERCICE

Il a introduit la formule des Justes Proportions qui, d'un simple jeu, a fait de la guerre une réalité, entraînant ainsi la dévastation de la Terre. [G8]

CHEF

Grade de l'Instrumentalité. [DD] D'habitude, on appelait les Chefs de l'Instrumentalité des Seigneurs. [NO] Il est possible qu'à une époque ces deux titres aient désigné des grades différents.

CHEF DES OISEAUX (LES ROBOTS)

Chef de la police de Kalma, un nommé Fisi. Il a essayé de faire détruire toute trace de D'jeanne dans les archives. [DD]

CHEF DES VOLEURS

Le meilleur voleur. [NO] Par ruse, le Gouvernement de la Terre l'a amené à accepter un travail honnête — convertir les robots en pickpockets.

CHEF POUR L'ESPACE

Titre du Sondeur Vomact après la reconversion. [SV]

CHEFS DE L'INSTRUMENTALITÉ

Autre terme pour désigner les Seigneurs de l'Instrumentalité. Ils laissaient les gens tranquilles pourvu que ceux-ci fassent leur travail. [JR] Ils ont honoré les Sondeurs en les nommant

Assistants-Chefs pour l'Espace après la reconversion. [SV] Harkening portait le grade titulaire de colonel sous leur autorité. [CR]

CHERPAS, ANASTASIA FYODOROVNA

Une scientifique soviétique qui a épousé Rogov en 1945. [NN]

CHEVAL

L'animal domestique de Perino, qui l'avait rendu immortel ; un poney palomino. Il a effectué une ascension de six kilomètres pour sortir du Creusier des Hanches. On l'a placé à bord d'un satellite en orbite et hypnotisé pour qu'il se croie sur Mizzer. [PG]

CH'IN

Vaisseau de guerre chinois loué au Tibet, mis hors de combat par l'explosion de l'*Ariel.* [G8] Voir Tsin.

Les Ch'in étaient une dynastie chinoise.

CHINE

La dernière nation terrestre à disparaître. Elle a établi les premiers avant-postes sur Vénus. [JP]

CH'ING

Vaisseau de guerre chinois loué au Tibet, détruit par l'*Obéron.* [G8] Voir Tsing.

Les Ch'ing étaient une dynastie chinoise.

CHINOISE

Ancienne culture. [GU]

CHINSHACHIANG

Un fleuve chinois. [SO]

CHIOTS

C'est ainsi que Juli vom Acht appelait les êtres issus de chien — d'abord avec mépris, puis avec amour. [RA]

CHOUICES

Les enfants qui ont pris part à la colonisation de Vénus par la Chine.

chouices (du chinois) — enfants

CHRONOPATHE

Un distorseur temporel qui servait d'ordinaire à préserver un vaisseau de la destruction totale. [CG]

issu de racines latines — sensation du temps

CHRONOPLASTE

Synonyme de planoforme. Tandis qu'on mettait au point le procédé, beaucoup préféraient ce premier terme. [CR]

Le mot implique la possibilité de courber le temps.

CH-TIKKIK

Une femme du peuple-volaille (pas un sous-être) de Linschoten XV employée comme nourrice. [ET]

Son nom évoque l'onomatopée anglaise *chick* qui retranscrit le son émis par un poulet.

CINQUANTE-SIX

Ce nombre apparaît dans plusieurs nouvelles en tant qu'allusion au soulèvement hongrois contre l'oppression soviétique en 1956 ; trente-cinq ans plus tard, l'Union Soviétique s'effondrait. On trouvera d'autres détails sous les articles suivants.

Celalta, Dame
Engkok, Seigneur
Femtiosex, Seigneur
Fisi
Goroke, Dame
Limaono, Seigneur
Livius
McBan[151]
Panc Ashash, Dame
Vaisseau de secours 56
Veesey-koosey

CINQUIÈME RÈGLE POUR TOUS LES HOMMES

Sa deuxième partie déclare : « Les services de toute personne seront à la disposition de tout autre humain véritable dans la détresse ou en danger, sans délai et sans honoraires. » [NO]

CIRCUIT COMMERCIAL DE CRÉDIT

Chambre de compensation située sur la Vieille Terre Originelle. [MH]

CITÉ

Bastion des Hommes véritables après les Guerres Anciennes. On s'y protégeait des Terres Sauvages par le biais d'un bouclier d'électricité statique (l'Ours en possédait la clé). Les Jwindz régnaient depuis les Cités ; ils se désintéressaient du reste du monde. [RA]

CITÉ DE FRANKLIN

Voir Franklin, Cité de.

CITÉ DE L'ESPÉRANCE DÉSESPÉRÉE

Située près du Treizième Nil. Là-bas, presque tout le monde pratiquait la religion. [PS]

CITÉ DES ÊTRES PARFAITS

Voir Jwindz Jo. [PS]

CLOCHE

Une table de situation tridimensionnelle ; les Seigneurs pouvaient y observer n'importe quelle scène appelée manuellement ou télépathiquement depuis la Banque. Elle mesurait environ cinq mètres cinquante de haut. [BC] Casher O'Neill a juré « Par la Cloche ». [PS]

COLEGROVE, CASIMIR

Un poète de l'antiquité terrestre. Rod a lu ses vers dans un ouvrage intitulé *Poèmes en Ancien Inglais Reconstitué*. [NO]

COLLÈGE DE DAME JEANNE

Le meilleur collège féminin du monde atlantique. Hélène Amérique y a suivi ses études. Il faisait partie de Cambridge. Il avait retrouvé ses traditions protohistoriques. [DE]

COLONEL DEMOND HARKENING

Voir Harkening, Colonel Desmond. [CR]

COLONEL GIBNA

Voir Gibna, Colonel.

« LE COLONEL REVIENT DU GRAND NÉANT » (NOUVELLE)

L'histoire du premier homme à avoir planoformé. Le colonel Harkening a piloté son vaisseau jusqu'aux abords de la Lune et planoformé. Il est arrivé nu dans Central Park, à New York. Après son rétablissement, il n'a plus jamais quitté la Terre. [CR] On fait aussi allusion à ce personnage dans [JR]. Parution originale en langue anglaise : *The Instrumentalité of Mankind*, mai 1979.

Ce texte est une première version, longtemps restée inédite, de la nouvelle « Le bateau ivre ».

COLONEL-GÉNÉRAL

Commandant en chef du Service Spatial. Il s'agissait de Wenzel Wallenstein (voir ce nom) au moment du vol de Greene. [NY]

COMMANDANT SUZDAL

Voir Suzdal, Commandant. [CG]

COMMANDEMENT MILITAIRE, IMMEUBLE DU

Dans la Cité de Franklin. Il contenait les commandes des vaisseaux qui combattaient aux Kerguelen. Jack Bearden s'y trouvait. [G8]

COMMENCEMENT DE TOUT

Voir Place de la Paix.

COMMISSAIRE TEADRINKER

Voir Teadrinker, Commissaire

COMMONWEALTH

La planète Vieille Australie du Nord, et son

gouvernement, antérieur à l'Instrumentalité. [NO]

CONDAMINE

1. Le narcotique le plus puissant de l'univers connu ; on ne devait pas mentionner son existence en dehors de l'hôpital (règle 47-B). Il a assommé Rambo. [BI]

2. Une ville de Nouvelle-France où l'on a mis au point la supercondamine (voir ce mot). [BI]

Condamine désigne : le site d'une source d'eau ferrugineuse dans le département du Cantal, en France ; un quartier de Monaco ; et une rivière du Queensland, en Australie. C'est aussi une rue de la capitale australienne près de l'Australian National University, où Linebarger/Smith a enseigné quelque temps.

CONDITIONNEL CONDITIONNEL

Un châtiment de l'Instrumentalité. Tout d'abord, le criminel doit quitter la Terre. Ensuite, il peut y revenir à tout moment, *mais* en cas de conséquences néfastes à son crime, il se voit condamné à des rêves-châtiments ou déporté sur Shayol. Si le crime reste sans conséquences, tout va bien. Jeanjacques Vomact était un conditionnel conditionnel. [NO]

CONFRÉRIE

Voir Honorable Confrérie des Sondeurs.

CONGOHÉLIUM

Composé instable de matière et d'antimatière enfermé dans un fin réseau magnétique. Il explosait sous l'eau. [ST]

Congo — référence possible à l'instabilité politique. Il se peut aussi, étant donné l'importance de la musique dans cette histoire, qu'il y ait là une référence aux *congas*. Hélium — du soleil, référence possible à l'énergie.

CONGO, FÉDÉRATION DES

Une nation terrienne qui a soutenu l'Amérique sur le problème tibétain en échange de son soutien à leurs revendications sur le Sahara. [G8]

CONSEIL

Le gouvernement de Pontoppidan. [PG]

CONSEIL DE GUERRE UNIVERSEL

1. L'autorité qui contrôle les Permis de Guerre. [GQ]

2. Le comité mondial qui délivre les permis de guerre aux antagonistes et définit les conditions du conflit. [G8]

CONSEIL DES VOLEURS

L'organe dirigeant de la Guilde des Voleurs. [MH] Ses chefs prévoyaient de dérober les bagages de Rod, où ils escomptaient trouver du stroon. [NO]

CONSEIL DU COMMONWEALTH

Gouvernement de Vieille Australie du Nord ; aussi appelé le Conseil Temporaire. [NO]

CONSEIL TEMPORAIRE

Voir Conseil du Commonwealth. [NO]

COPTE

Un des trois êtres, avec le robot et le rat, qui ont exploré l'Espace$_3$ et y sont tombés d'accord sur la Vieille Religion Forte. [PT, PS] E'lamélanie s'est référée à la promesse faite par le Copte et au lien de celle-ci avec D'jeanne. [NO]

Les Coptes étaient des chrétiens égyptiens primitifs, successeurs de la secte des Monophysites. Le mot vient de l'arabe *Kibt* ou *Kubt*, terme lui-même dérivé du grec *Aiguptioi*, qui désigne un Égyptien. Il y a encore des Coptes en Égypte.

CORAIL AÉRIEN

Corail modifié par mutation pour vivre dans l'atmosphère plutôt que sous l'eau. Il servait de coupe-vent sur Henriada. [PT]

CÔTE DU CRÉPUSCULE

La Californie. [BC]

COULOIR JAUNE ET BEIGE

Un abri anti-pensées sur Fomalhaut III. Bâti par le Seigneur Engkok, il avait survécu aux guerres d'antan. Des sous-êtres y vivaient. Élaine s'y est rendu sur les instructions de Dame Panc Ashash. [DD]

COUSINS, BANDE DES

Les descendants de Laird et Carlotta vom Acht qui ont refusé de rejoindre les Jwindz et se sont rebellés contre eux. Joachim était l'un de leurs chefs. [RA]

CRANCH, EUSTACE

Inventeur du fil à crancher (voir Cranchage). [SV]

CRANCHAGE

Technique des Sondeurs visant à retrouver

l'usage de leurs sens pendant quelque temps, mise au point par Eustace Cranch. [SV]

CRANCHER

Pratiquer le cranchage. [SV]

CRAWLIE

Un sous-être femelle. Issue de bison, elle avait sa fierté et elle a essayé de tuer Jeanne. Trouvée morte dans le Couloir Jaune et Beige, tuée par la femme-serpent. [DD]

Peut-être de *crawler* (argot australien) — simulateur, faux ou fausse malade. Ou du verbe anglais *to crawl*, ramper, si on la considère sous l'angle du serpent ou du dragon ?

CRÉDIT

De l'argent authentique — autrement dit, informatique.

CRÉDIT PLANÉTAIRE

L'autorisation d'engager les ressources d'une planète entière. [MH]

CRÉPUSCULE FROID

Un coin mal famé de Terraport. [BC]

CREUSIER DES HANCHES

Voir Hanches, Creusier des.

« LE CRIME ET LA GLOIRE DU COMMANDANT SUZDAL » (NOUVELLE)

Ce texte se déroule à l'époque de l'Empire. Les colons d'Arachosie sont devenus antihumains. Afin de les combattre, le commandant Suzdal fait muter des chats et les envoie dans le passé créer une civilisation qui combattra les Arachosiens et sauvera l'Humanité. Ce crime lui vaut de perdre son nom, son grade, la vie, et la mort — on le déporte sur Shayol. Il s'agit d'une adaptation de l'histoire d'Alexandre Nevsky, prince de Suzdal (entre autres). [CG] Parution originale en langue anglaise : *Amazing Science Fiction*, mai 1964.

CROISEUR AU LONG COURS

Un vaisseau de guerre rapide. Le Seigneur Redlady en a utilisé un pour amener Rod sur Mars au prix d'un mégacrédit et demi en argent BAT (à condition que l'aller-retour se passe sans incident).

CROYANT

Un religionnaire avant la Redécouverte de l'Homme. [AR]

CRUDELTA, SEIGNEUR

Le Seigneur de l'Instrumentalité qui a conçu une fusée, choisi Rambo et projeté celui-ci dans l'Espace$_3$. Par la suite, Crudelta a lui-même voyagé dans l'Espace$_3$. [BI] Il connaissait les projets de Jestocost à l'égard du Sous-Peuple et a emporté le vote de la Redécouverte de l'Homme. Il était des Seigneurs qui ont détruit Raumsog. Il avait mille ans de plus que Jestocost. Un des Administrateurs de la Fondation Cent Cinquante. [NO]

crudelta (italien) = cruauté

CRYPTODERME

Un bandage vivant, très cher ; toutes les trousses de premiers secours norstraliennes en contiennent. [NO]

CYGNES CHANTANTS, HÔTEL DES

Un hôtel de Kermesse Dorgueil où Casher et D'alma ont séjourné. [PS]

peut-être une allusion au destin des enfants de Lir, ou à d'autres oiseaux chantants de la mythologie celtique

D

D'ALMA

Vieille femme-chien satisfaite de son sort. Elle possédait le savoir merveilleux ; elle a suggéré une méthode permettant de rendre le cheval heureux. [PG] Envoyée sur Mizzer à cet effet par l'E'telekeli, elle a retrouvé Casher O'Neill près du Neuvième Nil. Elle a séjourné à la Kermesse Dorgueil. [PS]

alma (latin) = nourricière, gentille. En outre, *alma* (hébreu) = vierge, comme la mère du Messie.

D'JEANNE

On l'a brûlée sur un bûcher à Kalma pour crime d'amour. Fille-chien aux yeux bruns, Jeanne était allée sur Terre. Sur Fomalhaut III, elle a partagé l'esprit d'Élaine ; elle a reçu de nombreuses empreintes d'esprit, y compris celui du Chasseur. On l'a forcée à passer de l'âge de cinq ans à celui de quinze ou seize ans en quatre heures à l'aide d'un bain de gelée. Elle a brievement pris le contrôle de l'esprit de Dame Underwood. (DD)

D'jeanne = Jeanne d'Arc

DA, DAME DOUAIRIÈRE

Veuve d'un Empereur précédent, elle a été déportée sur Shayol par le souverain actuel, son beau-fils. Une fois la planète fermée, elle prévoyait d'épouser Mercer. La devise qui l'a soutenue sur Shayol : « Les gens ne vivent pas éternellement. » [SH]

da (russe) = oui ; ou *da* (latin) = donner

DAIMONI

D'origine terrienne, ils revenaient parfois de par-delà les étoiles. Ils ont aidé à construire Terraport et les Hespérides, puis ils sont partis. [BC] La porte et les murs de la maison de Murray Madigan, ainsi que sa chambre, étaient en matériaux daimoni. [PT] La cabane des McBan a été construite à l'aide de poutres daimoni livrées sur Norstralie par voiliers photoniques. Les Daimoni ont construit le Palais du Gouverneur de la Nuit. [NO]

daimon (grec) = esprit gardien (individuel)

DAISY

Une brebis de trois cents tonnes sur la Station de la Fin du Monde. [NO]

Daisy, qui signifie *pâquerette* en anglais, vient de *day's eye*, l'œil du jour, autrement dit le soleil.

DAME ALICE MORE

Voir More, Dame Alice.

DAME ARABELLA UNDERWOOD

Voir Underwood, Dame Arabella.

« LA DAME AUX ÉTOILES »

Ce texte évoque les voiliers photoniques et de M. Plusgris, le premier homme revenu des étoiles sur Terre. Lorsqu'il repart, Hélène Amérique le suit et l'épouse. Les Hespérides et *des* Terraport*s* existent. Ceci se passe à l'époque des nations, avant le stroon, bien avant le planoformage, et même avant les robots à cerveau animal. [DE] Parution originale en langue anglaise : *Galaxy*, avril 1960.

Basé sur l'histoire d'Héloïse et Abélard. Une collaboration avec Genevieve Linebarger.

DAME CELALTA

Voir Celalta, Dame.

DAME CH'AO

Voir Ch'ao, Dame.

DAME DA

Voir Da, Dame Douairière. (Dame de l'Empire.)

« LA DAME DÉFUNTE DE LA VILLE DES GUEUX » (NOUVELLE)

La fille-chien D'jeanne subit un traitement visant à la faire devenir adulte alors qu'elle n'est encore qu'une enfant. Pour crime d'amour, l'Instrumentalité la juge et la condamne au bûcher.

Sa mort est un des événements qui déclenchent la Redécouverte de l'Homme. Une adaptation de l'histoire de Jeanne d'Arc sur Fomalhaut III. [BC] Parution originale en langue anglaise : *Galaxy*, août 1964.

DAME DOLORES OH

Voir Oh, Dame Dolores. (Elle n'était pas Dame de l'Instrumentalité.)

DAME DOUAIRIÈRE DA

Voir Da, Dame Douairière.

DAME FRANCES OH

Voir Oh, Dame Frances.

DAME GOROKE

Voir Goroke, Dame.

DAME JOHANNA GNADE

Voir Gnade, Dame Johanna.

DAME JULI VOM ACHT

Voir vom Acht, Juli. [RA] La première Dame de l'Instrumentalité.

DAME MAY

Voir May, Dame.

DAME MMONA

Voir Mmona, Dame.

DAME PANCH ASHASH

Voir Panc Ashash, Dame.

DAME RU

Voir Ru, Dame.

DAME VOMACT

Voir Vomact, Dame. (Elle n'était pas Dame de l'Instrumentalité.)

DEDEA

Terme norstralien. Dispositif d'évacuation des excréments animaux. [NO]

DÉPHASEUR D'ONDES CÉRÉBRALES ROBOTIQUES ET HUMANOÏDES

Secret de l'Instrumentalité. Le Seigneur Redlady a utilisé ce brouilleur sur Norstralie pour protéger sa réunion des esprits indiscrets. [NO]

DE PRINSENSMACHT

Une planète, colonisée par des humains d'origine terrienne avérée. Ses habitants, d'une grande force, s'attachaient néanmoins à conserver leur apparence humaine. C'mell a accusé une de leurs missions diplomatiques/commerciales de conspiration en vue d'exporter illégalement du matériel homonculaire ; cette manœuvre a permis de pousser la Cloche à révéler des cachettes propices aux sous-êtres. [BC]

Ce terme signifie [*l'objet*] *fabriqué par un prince* (hollandais).

DERNIÈRE DEMEURE

Les humains véritables s'y rendent à l'issue de leurs quatre cents ans de vie pour y périr. [DD] Il en va tout autrement sur Norstralie où on n'envoie les gens là-bas que — 1) s'ils ne peuvent tolérer le traitement de réjuvénation [PG], 2) s'ils jouent les trouble-fêtes [PG], 3) ou s'ils échouent à l'examen de citoyenneté [NO]. La méthode, en tout cas, consiste à mourir d'une surdose de bonheur et d'excitation. [PG, NO]

DESMOND

Prénom du colonel Harkening. [CR]

DEUXIÈME OUBLIÉ

Figure de la Vieille Religion mentionnée par le Chasseur. [DD]

le Fils dans la Trinité chrétienne

DICTATEUR DE MIZZER

Kuraf jusqu'à son renversement. [PG]

DICTATEUR HÉRÉDITAIRE DE PONTOPPIDAN

Philip Vincent (voir ce nom). [PG]

DIEHR-MORTS

Cultivés à partir de bouts de chair congelée d'individus remarquables morts depuis longtemps. Les résultats obtenus au cours de la seconde vie étaient eux aussi remarquables, parfois. Kuat en obtenait illégalement d'êtres vivants pour les substituer aux originaux. E'duard y a mis un terme. [MS]

Dans la science-fiction moderne, on utiliserait le terme de clones.

DIEU CLOUÉ HAUT

Image de la Vieille Religion Forte.

la crucifixion chrétienne

DIRECTEUR DE LA SÛRETÉ

Poste conféré à Casher O'Neill par Rankin Meikeljohn. [PT]

DIRIGEABLES

Vaisseaux de guerre autorisés pour les guerres de classe Q. L'insigne américain était un aigle entouré de cercles rouges, blancs et bleus. L'insigne tibétain était la roue de prières. Le Tibet a loué les siens auprès du Goonhogo. [G8]

DISCIPLINE DE L'ESPACE

Les Sondeurs préservaient l'espace de la guerre. [SV]

DISGRÂCE HONORABLE

L'Instrumentalité offrait des pots-de-vin à ses propres membres. Les Seigneurs pouvaient renoncer à leur honneur, etc., en échange d'une longue vie. [NO]

DITA

Femme de Tasco Magnon. Elle l'a accompagnée en lune de miel jusqu'au Nœud du Temps. Elle était belle, mais idiote. Après le sacrifice de Tasco, elle a ramené son vaisseau au Port Temporel. Par la suite, on a écrit une chanson (« La Ballade de la Démente Dita ») sur leur vol qui sous-entendait qu'elle était devenue folle ; Dita l'a peut-être écrite elle-même. [LA]

Dita vient sans doute de *perdita* = perdue.

DITA DE LA GRANDE MAISON DU SUD

Nièce du Brave-Capitaine Magno Taliano.

Elle a hérité de son talent tandis qu'il se brûlait le cerveau en ramenant son vaisseau à bon port sans l'aide de cartes. [CB]

Dita vient sans doute de *perdita* = perdue (le vaisseau s'était perdu).

DJOHN, SEIGNEUR ARTHUR

Il a agi pour le compte de l'Instrumentalité (terrienne) dans l'affaire des Apiciens.

DJU-DI

Une boisson faite avec le jus distillé du buah, le pisang. Le jus non distillé est un poison. Le dju-di est de couleur rougeâtre et a un goût voisin de la grenade. [MS]

judi — les paris (bahasa indonésien, nouvelle orthographe)

DOBYNS BENNETT

Voir Bennett, Dobyns

DOGWOOD

Un bouteur de lumière. Un Rat l'a eu et lui a arraché l'âme. [JR]

DÔME DE LA VILLE NOUVELLE DE KALMA

Il surmonte la Ville Haute. [DD]

DORIS

Voir Tantine.

DOUGLAS-OUYANG

Sept planètes très vieilles qui suivent en grappe la même orbite, reliées par la musique sauvage du congohélium. Elles partagent une conscience commune et cherchent de la compagnie. Le Seigneur Sto Odin a caché toutes les informations à leur sujet dans un ordinateur isolé, où Petit-Soleil les trouve. Elles utilisent ce dernier comme liaison. [ST]

DOULEUR DE L'ESPACE

Voir Grande Douleur de l'Espace.

DOUZE NILS

Les grands fleuves de Mizzer. La plupart des terres arables se trouvaient dans leur voisinage. [PG]

DOUZIÈME RÈGLE POUR TOUS LES HOMMES

« Tout homme ou toute femme qui découvre qu'il ou elle forme ou partage une opinion non autorisée avec un grand nombre d'autres gens doit en aviser immédiatement le Sous-chef le plus proche afin de se faire soigner. » [NO]

DOYCH OU DOYCHES

La langue préférée du Vieil Ours Sage. Beaucoup l'ont apprise pour tromper les manshonyaggers. [RA] Une langue ancienne. [ET, NO] Des musiciens en recevaient l'empreinte. [NO]

doych = *Deutsch* = la langue allemande

DRAGON DE L'ESPACE

On pouvait en rencontrer un du temps des vieux vaisseaux. [ET]

DRAGONS

C'est ainsi que les Rats (voir ce mot) apparaissent aux humains véritables. La lumière des soleils les tient à l'écart ; les boute-lumière peuvent les détruire. Ils mangent les âmes. [JR]

DREDD, CALVIN

Délégué par le Seigneur Arthur Djohn en tant que chef de la mission diplomatique terrienne pour négocier avec les Apiciens, il a été l'un des premiers humains à en manger un. [GU]

jeu de mots en anglais : *dread* = terreur + Calvin [iste] — peur du plaisir

DROGUE DE POLICE N° 4

Dite « Claire Mémoire ». Elle permet de se souvenir de tout. On l'a utilisée sur un musicien, l'ancien superviseur du Programmateur de la Population, trente-sept ans après son erreur, afin de découvrir la raison de la venue d'Élaine au monde. [DD]

DROITS DU VIVANT

Les voici, exposés par E'duard sur Xanadu : « droit qu'a toute entité à exister selon sa nature pourvu qu'elle ne viole pas les droits des autres, à vivre selon son choix et à prendre ses propres décisions ». [MS]

DROMOZOAIRES

Créatures de la planète Shayol. Elles se plantent dans le corps et provoquent la poussée d'organes surnuméraires, accompagnée d'une vive souffrance. Elles apparaissent sous la forme d'éclairs. Elles prennent soin des humains sur

Shayol : elles les nourrissent, elles les gardent en vie, mais cela fait mal. [SH]

dromos (grec) — qui se déplace rapidement + *zoa* (suffixe) — la vie

E

E'IKASUS

Fils de l'E'telekeli, changé en homme-singe (A'gentur) pour emmener Rod sur la Terre, il a regagné le Tréfonds par le vide-ordure du Magasin des Désirs du Cœur. Retransformé par l'E'telekeli, il est le second oiseau le plus important sur Terre. [NO]

E'ikasus est Jésus ; sa transformation en singe et son retour à la forme d'oiseau évoquent l'incarnation de Dieu en Jésus et la Résurrection du mythe chrétien.

E'LAMÉLANIE

Fille de l'E'telekeli, très dévote, elle a demandé à son père de lui redonner espoir. Elle estimait que Rod McBan pouvait être l'Annoncé et qu'elle ne l'avait peut-être pas reconnu. Elle redoutait que sa foi ne l'ait trahie. [NO]

du grec : l'obscure

E'TELEKELI

Le chef du sous-peuple. Il a obtenu de la Banque et de la Cloche (par l'intermédiaire de C'mell et du Seigneur Jestocost) l'emplacement de diverses cachettes pour le sous-peuple. On ne prononce jamais son nom de vive voix. Il avait des ailes au lieu de bras et des yeux d'un blanc opaque. [BC] Il résulte d'une tentative manquée de produire un Daimoni issu d'aigle. Il a eu une fille, E'lamélanie, et plusieurs fils, même si on ne connaît de ceux-ci qu'E'ikasus. Il a fait cadeau à Rod d'une vie entière subjective en compagnie de C'mell contre l'essentiel de sa fortune pour créer une fondation visant à aider les sous-êtres et les humains véritables. [NO] À l'époque où le Seigneur Kemal bin Permaiswari séjournait sur Xanadu, l'E'telekeli avait une réputation légendaire en tant que chef et conseiller de son peuple. [MS]

L'E'telekeli est Dieu (jusque dans le fait qu'on ne doit pas prononcer son nom de vive voix). On peut voir en lui des échos de Garuda (hindouisme) et de l'Aigle comme oiseau solaire divin. Son nom dérive du grec : le bien lointain — de *tele + kallia*.

E'DUARD

Le vrai nom de M. Stokely-de-Boston ; il descendait de l'E'telekeli. Son frère non modifié a été tué par un dard enduit de pisang tandis qu'il repérait le laboratoire des diehr-morts illégaux. Il croyait à la Vieille Religion Forte. Il a guéri l'esprit du Seigneur bin Permaiswari et tué les diehr-morts. [MS]

EEFUNJUNG

Unité de temps très brève, quasi instantanée :

le délai qu'il faut au pisang pour tuer qui en a absorbé. [MS]

EFFET BATEAU IVRE

La capacité d'utiliser le système neurophysiologique pour contrôler directement des machines. [BI]

EFFET JONASOÏDAL

Voir Jonasoïdal, effet.

EILEEN

La femme aux yeux bruns du Seigneur Sto Odin. [ST]

ÉLAINE

Un nom ancien et interdit. Née par erreur, elle a été envoyée sur Fomalhaut III comme thérapeute. De haute taille, les cheveux bruns, elle a de longs bras, de longues jambes et le torse court. Son numéro se terminait à l'origine par 783. Elle a aimé le Chasseur et partagé l'esprit de D'jeanne. Après le procès, Dame Goroke l'a soumise à un lavage de cerveau et assignée à la surveillance du climat. [DD]

Elle correspond au rôle de Sainte Marguerite dans la légende de Jeanne d'Arc.

« ÉLAINE, ÉLAINE »

Chanson chantée par le superviseur du Programmateur de la Population. [DD]

ELDON

Pseudonyme utilisé par Benjacomin Bozart sur Ttiollé. [MH]

ELEANOR

Servante sur la Station de la Fin du Monde. La chirurgie esthétique lui a permis de se faire passer pour Rod. Ruth Pas-d'Ici voulait l'épouser. Elle est devenue Seigneur de l'Instrumentalité. Voir aussi McBan, Roderick Henry, ainsi que Roderick Eleanor, Seigneur. [NO]

La bonne des Linebarger s'appelait Eleanor (cf. la dédicace du recueil *The Space Lords*).

ÉLÉPHANTS

John Joy Tree a vu « des éléphants bicéphales qui pleurent pour l'éternité dans l'espace intergalactique », un cortège de vaisseaux ouverts montés par des animaux ressemblant à des éléphants qui possédaient quatre pattes antérieures et une tête à chaque bout et qui poussaient des cris de deuil et de lamentation. Ils n'étaient qu'à moitié vivants. [ET]

ÉLISABETH

Blond cendré, intelligente et espiègle ; blessée, elle mourut et fut ramenée à la vie à l'Hôpital Général. C'était la fiancée de Rambo sur Terre Quatre. [BI]

ELLEN

Jadis Folly (voir ce nom). [ET]

une variation sur Hélène = brillante (la beauté et la folie d'Hélène de Troie ?)

ÉLUS, LES

Autre appellation des Sondeurs.

EMPEREURS ORIGINELS

Une dynastie qui a prévalu bien des siècles parmi les étoiles lointaines. C'william porte la tunique de cour de l'un d'eux. [NO]

EMPIRE

Un gouvernement installé (?) ou autorisé (?) par l'Instrumentalité pendant mille (plus probablement deux mille) ans après l'Accord Fondamental. Il a été aboli lors du nettoyage de Shayol déclenché par la déportation des derniers héritiers dudit Empire sur la planète. On les avait envoyés là pour éviter qu'ils ne commettent une trahison à l'âge adulte. [SH] Il existait à l'époque du crime du commandant Suzdal. [CG]

EMPIRE ÉTINCELANT

Entité politique qui a dérobé deux moutons malades en Vieille Australie du Nord lors de la Quatrième Bataille de Nouvelle-Alice ; elle y a laissé quatre flottes de guerre, mais les moutons se sont rétablis et n'ont plus produit de stroon. [NO]

ENFANT-TORTUE

Sauvée par l'E'telekeli. Elle jugeait E'lamélanie stupide. [NO]

ENFER

Une planète à proximité de Khufu VII. [PB]

ENGKOK, SEIGNEUR

Il a construit le Couloir Jaune et Beige pour

servir d'abri anti-pensées pendant les Anciennes Guerres. [DD]

ng + luk (cantonais) — 5 et 6 ; une autre interprétation : *eng + loch* (allemand) — porte étroite, ouverture. « Entrez par la Porte Étroite » — Évangiles.

ÉPHÉMÈRE

Une personne qui meurt aux alentours de cent soixante ans. L'Instrumentalité lui procure des plaisirs subjectifs appelés *les bénédictions*. [NO]

ERISTRATOV

Dirigeant (?) soviétique. Mort après que les Soviétiques ont essayé de mettre fin à la Guerre froide avec les Américains. [NN]

ESPACE$_2$

Le milieu où voyagent les vaisseaux planoformes. [BI]

ESPACE$_3$

Rambo a été le premier à y voyager. [BI] Élaine a précipité sa découverte. [DD] T'ruth s'en est servi pour envoyer O'Neill sur Mizzer. [PT] Le robot, le rat et le Copte l'ont exploré et y sont tombés d'accord sur la Vieille Religion Forte. [NO]

ESPERANZA, GOLFE D'

Site de Beauregard sur la planète Henriada. [PT]

ESSE AIRE

La Sainte Révolution (voir ce terme) ; des initiales S.R. [NO]

ESTHER-ÉLAINE-OU-ELEANOR

Celle que les sous-êtres de la Ville des Gueux attendaient. [DD]

Esther signifie *étoile* tandis qu'Élaine et Eleanor signifient *brillante*.

EUNICE

Servante de T'ruth, qu'elle était venue tuer vingt ans auparavant. Une oublieuse. [PT]

eu + *nike* (grec) — bonne victoire

EUROPE FÉDÉRÉE

Une nation terrienne. La Quatorzième République Française lui a servi d'agent pour louer le Territoire de Guerre des Kerguelen. [G8]

F

FARRER, PETER

Allemand de la Volga. Chef d'une mission militaire soviétique au Yunnan. Sous-lieutenant, et athée militant. [SO]

FÉDÉRATION DES CONGO

Voir Congo, Fédération des. [G8]

FEMME-OURS

Infirmière du Seigneur Crudelta. [NO]

FEMME-SERPENT

Sous-être issu de serpent qui a soutenu D'jeanne lorsque cette dernière a regagné la Ville des Gueux. Elle a tué Crawlie et fini congelée par les soldats. [DD]

FEMTIOSEX, SEIGNEUR

Blond, arrogant, juste et impitoyable, il a choisi de condamner Jeanne au bûcher sur Fomalhaut III. [DD]

femtiosex (suédois) — 56

FENNINE

Une drogue qui ruine et tue. Monsieur et Docteur, Chef et Guide Anderson en avait fait l'expérience. [CR]

FESTIVAL DE DANSE INTER-MONDES

Il s'est tenu en 13 852 de l'ère chrétienne. [NN]

FIFRE DE BODHIDHARMA

Un fifre antique en or et métal de miroir, doté de quatre trous. Des vibrations supersoniques affectent le cerveau. Joué une fois, tous les trous bouchés — la sainteté ; joué deux fois, tous les trous ouverts — l'amplification des émotions.

dérivé du sanscrit *budh* — être éveillé, savoir ; *dharma* — vertu bouddhiste

« LE FIFRE DE BODHIDHARMA » (NOUVELLE)

Dans une antique culture de la vallée de l'Indus, un orfèvre crée par accident un fifre dont les notes peuvent apporter la mort, la joie ou la terreur selon les combinaisons utilisées. Des millénaires plus tard, on installe le fifre sur un satellite en guise de chambre de résonance reliée à un micro qui émettra vers toutes les stations de radio terriennes. Cette nouvelle peut s'insérer dans le canon des Seigneurs de l'Instrumentalité si on considère que la mise en orbite a échoué. [FB] Parution originale en langue anglaise : *Fantastic*, juin 1959.

FIL À CRANCHER

Accessoire utilisé par les Sondeurs qui cranchent (voir Cranchage). [SV]

FIN DU MONDE, LA

Voir Station de la Fin du Monde.

FINSTERNIS

Un cube de cinquante mètres d'arête, capable d'éteindre des soleils et de geler des planètes. Lancé d'un vaisseau planoforme avec Folly et Maac. Psychotique. Devenu Alma sur Linschoten XV après la dissolution du cube.

Finsternis (allemand) = obscurité, ténèbres

FISHER, JOHN[100]

Sieur et Propriétaire de la Station du Bon Vieux Joey. Secrétaire des Finances du Commonwealth. [NO]

St. John Fisher exécuté par Henry VIII ? (c. 1469-1535)

FISI

Chef des Oiseaux (les Robots) sur Kalma. Chef de la police, Sous-chef de l'Instrumentalité. [DD]

visii (finlandais) — 5 ; ou, en anglais, *fi*(*ve*) *si*(*x*) — 56

FLAVIUS

Robot du Seigneur Sto Odin, il a reçu l'empreinte de l'esprit du chef de la Quatorze-B (voir ce terme), un conseiller de Sto Odin. Détruit avec Petit-Soleil. [ST]

Cneius (Caius) Flavius, juriste romain, écrivit un des

premiers recueils de lois publié. Il y eut aussi un empereur romain nommé Flavius.

FLOTTE DE DÉFENSE

Terrienne. Un de ses bataillons protégeait le domaine du Seigneur William Pas-d'Ici tandis que Roderick/Eleanor rendait visite à Ruth Pas-d'Ici. [NO]

FOLLY

Jadis une femme ; puis, après son suicide, un petit vaisseau spatial de onze mètres de long. Elle a alors pris le nom de Folly (Folie). À l'origine, elle avait les cheveux roux et la peau ivoirine. Elle est devenue Ellen (voir ce nom) après que le vaisseau est devenu une maison. [ET]

FOMALHAUT III

C'est là qu'on a brûlé D'jeanne. Les nombres de tous les personnages importants finissent par 5 ou 6 comme pour le Seigneur Femtiosex.

fomalhaut (arabe) = bouche du poisson. Voir Signe du Poisson pour le sens. Le III représente la Trinité chrétienne.

FONDATION CENT CINQUANTE

Créée par Rod McBan à l'instigation de l'E'telekeli pour aider les humains véritables et les sous-êtres. Les Administrateurs en sont les Seigneurs Jestocost[7], Crudelta, et Dame Johanna Gnade. La Fondation a acheté un restaurant pour C'mell. [NO]

FORMEL

Un des deux types de Probabilités mentionnés

par Tasco Magnon ; l'autre est le Résolu. Il semble que notre monde se trouve sur la Probabilité Subformelle Gauche. [LA]

FRAGMENTS DE LA PAROLE

Portions de la vérité au-delà de la vérité. Accessibles aux sous-êtres. Voir Fragments du Livre. [NO]

FRAGMENTS DU LIVRE

Le message écrit sur lequel le robot, le rat et le Copte sont tombés d'accord. [NO]

FRANKLIN, CITÉ DE

Emplacement du dispositif américain de contrôle des vaisseaux qui combattaient aux Kerguelen. [GQ]

Cette ville porte le nom d'un des pères fondateurs des États-Unis, par analogie avec Washington.

FRÈRE

Titre par lequel les Sondeurs s'adressaient les uns aux autres. [SV]

G

GALERIE DES PLAISIRS

Située dans l'Astroport de Débarquement. On allait y admirer de jolies femmes. [SV]

GARDIEN-CHEF

Grade de la Guilde des Voleurs. [MH]

Il y a une certaine ironie à gratifier un voleur du titre de gardien, qu'on utilise plutôt pour un surveillant de prison.

GAUCK, B.

Un policier soviétique. [NN]

GAUSFOGER

Une policière soviétique. Tombée amoureuse de Rogov, elle est devenue folle au cours du Projet Télescope. [NN]

GEBIET

Sur Terre, une zone souterraine de non-droit, une réserve où ne s'appliquaient ni règle, ni châtiment. Petit-Soleil y a séjourné. [ST]

Gebiet (allemand) — district

GENEVIÈVE

La riche nièce de Philip Vincent, le dictateur de Pontoppidan. Les yeux gris, les cheveux blond argenté. Elle a aidé Casher O'Neill. [PG]

La seconde Mme Linebarger s'appelait Genevieve (Collins).

GIBNA, COLONEL

Un des colonels qui a renversé Kuraf ; il disparaît, sans doute éliminé par Wedder.

Gibna vient, par inversion des syllabes, de Naguib, un des hommes qui ont renversé le roi Farouk d'Égypte en 1952. Nasser l'a écarté du pouvoir par la suite. Naguib était général.

« LA GLOIRE ET L'AFFIRMATION DE L'HOMME »

Interprétée au Festival de Danse Inter-Mondes en 13 852 après J.-C. [NN]

GNADE, DAME JOHANNA

Elle participait à la réunion au cours de laquelle l'E'telekeli a obtenu les informations nécessaires pour cacher les sous-êtres. [BC] Elle a rejeté les idéaux de Jestocost à l'égard des sous-êtres. Âgée d'un peu moins de six cents ans à l'époque de la visite de Rod, la personnalité la plus orgueilleuse et la plus volontaire de l'Instrumentalité est devenue Administratrice de la Fondation Cent Cinquante. [NO] Après que la Dame Douairière Da est entrée en contact avec elle, Dame Johanna Gnade a organisé la fermeture de Shayol. [SH]

Gnade (allemand) — grâce, faveur ; Joanne (de Jean) = Jéhovah a été aimable.

GOGLE

Le cheval de course du Gouverneur Kuat. Ce dernier a fait transplanter les muscles des mollets de Lari dans ses pattes antérieures pour permettre à Gogle de remporter une dernière compétition. [MS]

GOONHOGO

1. Gouvernement chinois indépendant qui régnait sur dix-sept milliards de personnes. Il a largué en parachute des millions de Chinois sur Vénus pour la coloniser. [JP]

2. Gouvernement chinois. Il a loué des vaisseaux de guerre au Tibet lors de la guerre contre l'Amérique. [G8]

goonhogo (chinois) — république/État/gouvernement

GOROKE, DAME

Mère du Seigneur Jestocost[1]. Elle a découvert trente-sept ans après le procès de Jeanne comment Élaine était venue à la vie. Elle ne savait pas prier, mais elle songeait aux mystères de l'existence. Elle a témoigné beaucoup de gentillesse aux sous-êtres. Dame Arabella Underwood la trouvait prude. Elle est devenue folle durant quelques années après le procès de Jeanne. [DD] Elle était morte à l'époque de la venue de Rod sur Terre. [NO]

go (sino-japonais) = 5 ; *roku* (sino-japonais) = 6

GOSIGO

Un oublieur ; jadis, un roi qui a commis une

faute impardonnable. Il a servi de chauffeur à Casher O'Neill pour le conduire à Beauregard. [PT]

GOUVERNEUR DE LA NUIT

Le dirigeant de la moitié de Khufu II toujours cachée par rapport à son soleil. [NO]

GOUVERNEUR KUAT

Voir Kuat, Gouverneur.

« LE GRAND BAMBOU »

La chanson que chantait le superviseur du Programmateur de la Population. [DD]

GRANDE DOULEUR DE L'ESPACE

Elle tuait les hommes ordinaires et rendait nécessaire de bâtir des Sondeurs pour piloter les vaisseaux. [SV]

GRAND EXTÉRIEUR

L'espace. Les Sondeurs s'y déplacent et y survivent, mais il induit le Premier Effet, la Grande Douleur de l'Espace. [SV] L'espace — il abrite les Rats dans les intervalles de vide entre les étoiles. [JR] L'espace. [PB] L'espace profond. [CR, NY]

GRAND NÉANT

Le lieu (qui n'est pas un lieu) où le colonel Harkening est allé quand il a planoformé. On a persuadé ceux qui étaient là (?) de le restituer (ou de restituer son âme). [CR] Le Seigneur Crudelta y est allé, lui aussi. [NO]

GRAND ŒIL

Le centre de télécommunications interstellaires sur Terre. Les sous-êtres ne sont pas censés y avoir accès. [PB, NO]

GRAND NETTOYAGE

Dernière crise politique en Vieille Australie du Nord. Il a fallu confier tous les articles de luxe au gouvernement et les racheter — à condition d'en obtenir la permission — vingt mille fois leur valeur estimée. À cette occasion, Rod McBan[130] a dissimulé tous ses trésors. [NO]

GRAND-ONDEUR

Un télépathe capable d'inteindre et de kozer de manière erratique, y compris à très haute intensité. Rod McBan[151] et le Seigneur Redlady étaient des grands-ondeurs. [NO]

GRAND PLONGEON

Vol spatial en dehors de la galaxie. John Joy Tree a effectué le tout premier. [PT]

GRAND SCANDALE DES CHATS

Il s'est produit vingt ans avant la guerre contre Raumsog. [VO]

GREENE, GORDON

Un lieutenant du Service Spatial. Instable, il a activé son virus *sotka*. Il a raconté son histoire à son cousin alors qu'il était saoul. [NA]

GRISELDA

Grand félin de monte sur Xanadu. Son cavalier, le Seigneur Kemal bin Permaiswari, l'adorait. Elle a été tuée par un dard empoisonné au pisang. [MS]

GROSBECK, CITOYEN DOCTEUR

Un des médecins de l'Hôpital Général où est arrivé Rambo. Partisan (parfois) de solutions drastiques.

gros bec (français) — grand nez

GROSBECK, MONSIEUR ET DOCTEUR

Un des médecins qui traitait le colonel Harkening ; il allait droit à l'essentiel. Il avait l'esprit brillant, puant, vivant, pétulant, remuant. [CR]

gros bec (français) — grand nez

GUERRE, CLASSES DE

Les conflits armés étaient classés par le Conseil de Guerre Universel selon leur durée prévue. Une Classe A pouvait durer quatre jours ; une classe Q, jusqu'à deux heures. Plus la guerre était longue, plus elle coûtait cher. [G8]

GUERRE CONTRE RAUMSOG

L'Instrumentalité l'a gagnée grâce au Vaisseau d'Or (voir ce terme). [VO]

GUERRE DE CLASSE A

Voir Guerre, classes de. [G8]

GUERRE DE CLASSE Q

Voir Guerre, classes de. [G8]

GUERRE DE DEUX MINUTES

Le nom donné à la bataille qui s'est produite lorsque Rambo a pris le commandement des troupes du Seigneur Crudelta. [BI]

« LA GUERRE N° 81-Q » (VERSION ORIGINALE) (NOUVELLE)

La bataille entre l'Amérique et le Tibet pour le Monopole de la Chaleur Radiante. Elle s'est déroulée le 21 janvier 2127 aux îles Kerguelen, de deux heures à cinq heures de l'après-midi. L'Amérique l'a emporté. [GQ] Parution originale en langue anglaise : *The Adjutant*, juin 1928.

Publiée sous le pseudonyme d'Anthony Bearden. Paul Linebarger était âgé de quinze ans.

« LA GUERRE N° 81-Q » (NOUVELLE)

L'Amérique, avec le soutien de la Réunion Indienne et de la Fédération des Congo, aide le Tibet à se libérer du Goonhogo chinois. Pour récompenser le soutien indien, l'Amérique construit une enfilade de cent trente kilomètres d'accumulateurs solaires — les Banques Solaires de la Chaîne Himalayenne — le long de la crête sud de l'Himalaya au Tibet. Les travaux achevés, le Tibet s'en empare. L'Amérique lui déclare alors une guerre de classe Q qui se déroule sur le Territoire de Guerre des Kerguelen et qu'elle remporte. [G8] Parution originale en langue anglaise : *The Rediscovery of Man*, mai 1993.

Cette version révisée d'un texte de 1928 date de 1961.

GUILDE DES VOLEURS

Voir Voleurs, Guilde des.

GUNUNG BANGA

Force qui gardait l'arche de Mortoval ; la machine et l'être cachés derrière.

gunung (indonésien) — montagne

GUSTIBLE, ANGARY J.

Découvreur de la Planète de Gustible (voir ce mot) environ quatre mille ans après la conquête de l'espace. Il était Sous-chef de réserve de l'Instrumentalité. [GU]

L'angarie est le droit pour un État belligérant ou neutre, en temps de paix ou de guerre, de saisir des navires et des biens situés sur son territoire, y compris ses eaux territoriales, en échange de compensations adéquates. Le mot, d'origine babylonienne, a été hellénisé puis latinisé ; il désignait à l'origine un messager qui avait le droit de réquisitionner un moyen de transport.

GUSTIBLE, PLANÈTE DE

Découverte par Angary J. Gustible environ quatre mille ans après la conquête de l'espace. Habitée par les Apiciens. [GU]

gustible, de *gustis* (latin) — goût

H

HABERMAN

Homme coupé de son corps. Il a besoin d'instruments pour observer ses réactions. Ce processus permet de rester conscient et vivant dans l'espace, mais interdit les sensations et les sentiments. Il vit par la volonté des Sondeurs, condamné à plus que la mort. Tué par les Sondeurs s'il découvre des secrets ; déconnecté lorsque son vaisseau est au port. [SV]

Le *Haberfeldtreiben* était une sorte de cour de justice paysanne en Allemagne au Moyen Âge qui avait pour but principal de dénoncer et de châtier des actes dont les cours ordinaires ne s'occupaient pas en temps normal. « Là où le prêtre ou le juge protège un malfaisant, nous intervenons » — attribué à Andreas Niedermair de Maxtrain, Maître des Haberers de 1862 à 1864. Les accusations étaient portées au nom de « l'Empereur sous la Montagne », autrement dit Charlemagne, le petit-fils de Charles Martel (voir Martel). On appelait les membres de ces organisations des *Haberers* ou des *Habermen*. Le mot *Haberfeld* vient de *haff, caper* qui signifie *bouc*, et de *fell* qui signifie *peau*. Les membres se déguisaient d'habitude avec des peaux de bouc.

Ajoutons à titre d'hypothèse parallèle ou supplémentaire que *halb* (allemand) = moitié : moitié d'homme ?

HABERMAN, HENRY

Il a vaincu le Premier Effet en l'An 83 de l'Espace, par la création des habermans. [SV]

HADRIAN, PETIT HARRY

Un robot doté d'un cerveau de hibou, gardien des armes de Madigan. [PT]

HAN

1. Un des vaisseaux tibétains ou mongols qui combat aux Kerguelen. [GQ]

2. Un vaisseau de guerre loué par la Chine au Tibet. Éperonné par le *Prospéro*, il est retiré de la guerre par l'arbitre en même temps que le *Caliban*. [G8]

Les Han étaient une dynastie chinoise.

HANCHES, CREUSIER DES

Un creusier sur Pontoppidan. L'ermite et son cheval y vivaient, dans une maison près d'un lac. Après la mort de Perino, le cheval a effectué l'ascension. [PG]

HARKENING, COLONEL DESMOND, LE

Colonel Desmond, le Harkening, tel est bien son patronyme. Premier homme à planoformer, il est le meilleur navigateur spatial de son temps. Il réapparaît dans Central Park. Liana a dit que les étoiles avaient capturé son âme ; il souffrait d'un plaisir inhumain à l'état brut. Après sa sortie de l'hôpital, il n'a plus jamais quitté la Terre. Sa femme et lui ont adopté Liana. [CR]

to harken (anglais) = écouter, prêter attention à

HARVEY, HOPKINS

Un Norstralien qui a quitté la planète pour gagner un combat de lutte contre un « lourd » de Wereld Schemering. [NO]

HECHIZERA DE GONFALON

Le titre d'Agatha Madigan. [PT]

gonfalon = bannière de guerre
lien possible entre Hechizera et la déesse grecque Hécate ?

HENDERSON, SONDEUR

Il obtient que l'assemblée des Sondeurs devienne un Comité d'Urgence faute du quorum nécessaire de vingt et un Sondeurs présents. [SV]

HENRIADA

La planète des tempêtes, au ciel marron et jaune, colonisée à l'origine par une coopérative de type post-soviétique. La population est tombée de six cents millions d'habitants à quarante mille à cause des tornades. T'ruth y vit, sur le domaine de Beauregard. [PT]

HÉRAUT

Il annonce les visiteurs au Conseil de la Guilde des Voleurs. [NO]

HÉRITIER PRINCIPAL DE LA STATION DE LA FIN DU MONDE

Rod McBan. [NO]

HERKIE

Sous-être : une femme-chat manquée (d'où l'absence du préfixe C) ; une personne expérimentale. Blonde, les yeux bleus, elle tient la maison du Vieil Ours Sage. [RA]

HÉROS DES MONDES FRONTALIERS

Les premiers individus à porter de nouveau un nom. Le père de Jeanjacques Vomact, qui comptait parmi eux, était un éphémère. [NO]

HESPÉRIDES

Site de la Cité des Plaisirs. [BI] Îles situées en dessous des Bermudes et soulevées par le poids de Terraport. Aménagées par les Daimoni. Visibles à l'horizon, du sommet de Terraport (à 560 kilomètres, si on ne tient pas compte de la réfraction atmosphérique). [NO]

Les Hespérides sont les Îles Occidentales.

HITTON, BENJAMIN

Né en l'an 10 179 de l'Ère chrétienne ; mort en 17 213. [MH]

HITTON, KATHERINE

Voir Hitton, Mère.

HITTON, MÈRE

Maîtresse des Armes de Vieille Australie du Nord — Katherine Hitton à l'époque de la nouvelle. [MH] Elle avait épousé le grand^{11}-oncle de Rod McBan^{151}. [NO]

HOMINIDÉS

Humains d'outre-planète (la planète en question étant la Terre). [BC] Modifiés pour répondre aux conditions de mille mondes. [AR]

HOMME-ÉLÉPHANT

Sur Fomalhaut III. Il a apporté des fruits à Élaine et au Chasseur en souvenir de Jeanne. [DD]

Un éléphant n'oublie jamais.

HOMME-OURS

Il tenait un restaurant pour sous-êtres sur Terre. [NO]

HOMME SUR LES DEUX BOUTS DE BOIS

Un symbole de la Vieille Religion Forte.

identifié au Christ en croix

HOMMES DES AIRS

Des humains qui se sont adaptés de manière à vivre dans les tempêtes et les ouragans d'Henriada. Ils adorent le canard cru. Six de leurs enfants reçoivent une empreinte mentale partielle de Casher O'Neill — l'empreinte de sa volonté, de sa détermination, de son esprit de décision. [PT]

HOMMES NON-AUTORISÉS

Des gens issus d'animaux ; ils ont une queue. Ce ne sont pas des sous-êtres. [RA]

HOMMES-SERPENTS

Ils servent de gardes (de soldats, sur Terre), mais aussi de pilotes à bord de vaisseaux planoformes... *automatiques*. [NO]

HOMMES VÉRITABLES

Des êtres humains ; ils vivaient en général dans les Cités des Jwindz. [RA] Des télépathes ; ils avaient besoin de calme et d'un état contemplatif. Ils ne vivaient pas dans la nature. [ME]

HOMONCULES

Les sous-êtres. [CM, AR]

HONORABLE CONFRÉRIE DES SONDEURS

L'organisation des Sondeurs. [SV]

HONORABLE SONDEUR-PILOTE

Grade des Sondeurs. [SV]

HOPKINS

Un petit faubourg de Minneapolis. Nelson Angerhelm y vivait. [AH]

HOPPER

Ouvrier agricole sur la Station de la Fin du Monde ; tué par le Seigneur Redlady. [NO]

HÔTEL DES OISEAUX CHANTEURS

À Terraport ; Tostig Amaral y séjournait.

HOWARD

L'homme, d'origine terrienne, qui a accueilli Casher et Dalma à la Kermesse Dorgueil. [PS]

HUENE, WOLFGANG

Membre des Jeunesses Hitlériennes, mort d'avoir joué du Fifre de Bodhidharma. [FB]

Hune (allemand) = géant ; désigne aussi un tumulus funéraire. Relation possible avec Herne, le chasseur de la légende anglaise de la Chasse sauvage, et son cor.

I

IDIOT

Sur Terre, les Idiots étaient les politiciens, les administrateurs. [ME]

IDIOT CHRONOPATHE

Monté à bord du *N'importe-qui* en compagnie du Seigneur Moncanard, il a emmené le vaisseau trois ou quatre secondes à rebours dans le temps pour échapper aux défenses de la planète de Raumsog. On a par la suite effacé tous ses souvenirs de la guerre. [VO]

INDIENNE, RÉUNION

Une nation terrienne qui a soutenu l'Amérique sur le problème tibétain. En récompense, les Américains lui ont construit les Banques Solaires des Chaînes Himalayennes. [G8]

IMPARDONNÉS

Membres de tribus qui errent dans la nature ? [SV] Attaquent les Idiots et les hommes ordinaires. [ME] Ils vivent hors des villes. L'Instrumentalité des Jwindz en capture parfois pour ses laboratoires. [RA]

INSTRUMENTALITÉ, OFFICE DE LA RECHERCHE DE L'

Il a inventé le vaisseau planoforme (ou chronoplaste).

INSTRUMENTALITÉ DE LA TERRE

Elle gère les « aspects moins plaisants » de la Terre. [MH] Elle contrôlait les voiliers photoniques. [DE]

INSTRUMENTALITÉ DU GENRE HUMAIN

Établie après le succès de la rébellion de Laird, Juli vom Acht et la Bande des Cousins contre les Jwindz, elle a pour but de servir l'humanité de manière bienveillante, sans manipulations. [RA] Il s'agit du gouvernement (de l'administration ?) du plus clair de l'humanité. [BI] « Surveille, mais ne gouverne pas ; arrête la guerre, mais ne la déclare pas ; protège, mais ne contrôle pas ; et, par-dessus tout, survis ! » [BI] Elle nous protège, ainsi que nos mondes, des Arachosiens. [CG]. Elle laisse ses agents commettre des erreurs, des crimes, et se suicider. Elle agit comme un ordinateur ne le peut pas envers les humains. [CG] Elle lutte pour que l'homme reste l'homme. [ST] Elle refuse d'agir à l'encontre de Wedder, mais délivre un passeport universel à Casher O'Neill. [SG] Elle donne des pots-de-vin à ses propres membres. [NO]

INSTRUMENTALITÉ DES JWINDZ

Les Hommes Véritables qui, servant de police aux Jwindz, traquaient les Hommes Non-Autorisés, les Impardonnés et même d'autres Hommes Véritables pour leurs laboratoires. [RA]

INTEINDRE

Recevoir par télépathie. Terme norstralien. [NO]

INTERFÉRENCE ÉTIOLOGIQUE DE CLASSE TROIS

Une petite fille folle dotée de pouvoirs psioniques à bord du vaisseau du Seigneur Moncanard. Enfant change-chance, elle a semé le chaos sur la Planète de Raumsog. L'Instrumentalité, qui n'a pu la guérir, a effacé de sa mémoire tout souvenir de la guerre. [VO]

etios (grec) — cause

ISLANDE

Une nation terrienne, devenue très riche et très puissante du fait que son guerrier licencié, Sigurd Sigurdssen, a battu tous ses adversaires lors des guerres. [G8]

J

JAPON

Une ancienne nation terrienne, disparue à l'époque de « Nancy ». [NA]

JAPONIQUE

Adjectif se rapportant à une ancienne nation terrienne, le Japon. [CB]

JARDIN DE MORT

Une grande caravane ou roulotte dans laquelle les Norstraliens passent leur examen. Les candidats recalés reçoivent une injection de drogue pour mourir dans la joie. [NO]

JEANNE

Voir D'jeanne. [DD]

JENSEN

Le pasteur de Nelson Angerhelm. [AH]

JESSELTON, MME PRAI

La première fille séduite par Tice Angerhelm ; ce fait lui permet de justifier de son identité et donc d'authentifier son message. [AH]

JESTOCOST[1], SEIGNEUR

Fils de Dame Goroke (voir ce nom) qui l'a appelé ainsi après l'incident de D'jeanne. [DD]

jestocost (russe) — cruauté

JESTOCOST[7], SEIGNEUR

Il initie le grand complot avec C'mell. [DD] Il a un bureau à l'extérieur de la Quatrième Valve de Terraport. Amoureux de la justice, il est au service du gouvernement depuis deux cents ans lorsqu'il rencontre C'mell et l'E'telekeli. Soucieux des droits du sous-peuple, il contacte l'E'telekeli par l'intermédiaire de C'mell. Lui aussi aime C'mell, à sa manière. Il est l'une des quarante-deux personnes à savoir lire l'Ancien Anglais. Il possède le dernier Rembrandt, une pièce de Shakespeare, un poème de Colegrove (voir ce nom) et deux pages de l'Ecclésiaste. [BC] Il initie la Redécouverte de l'Homme. Il a une liaison directe avec l'Abba-Dingo (voir ce mot). [AR] Il taxe Rod afin d'utiliser l'argent pour donner du stroon aux sous-êtres. Mécène de C'william depuis 426 ans (lui et ses ancêtres). Un des Administrateurs de la Fondation Cent Cinquante. [NO]

jestocost (russe) — cruauté

« JE T'AI AIMÉE, JE T'AI PERDUE »

Titre d'une chanson que le Chasseur chante à Élaine. [DD]

JEU, LE

La bataille entre les bouteurs de lumière et les Rats/Dragons. [JR]

« LE JEU DU RAT ET DU DRAGON » (NOUVELLE)

Sous l'espace vivent des entités qui attaquent les vaisseaux planoformes et dévorent les âmes des personnes embarquées. La lumière est leur ennemie. Les télépathes humains les perçoivent comme des dragons et leurs partenaires — félins — comme des rats. Des bombes photonucléaires — les boute-lumière — les détruisent. Le vaisseau planoforme qui figure dans ce texte a à son bord des bouteurs de lumière de la troisième génération, ce qui établit une limite à l'introduction de la technologie planoforme. [JR] Parution originale en langue anglaise : *Galaxy*, octobre 1955.

JOACHIM

Petit-fils de Laird et petit-neveu de Juli ; baptisé en l'honneur de son arrière-grand-oncle Joachim vom Acht, il est l'un des chefs de la Bande des Cousins qui se révolte contre les Jwindz, qu'un de ses frères a rejoint. [RA]

JOCK

Personnage fictif dans l'esprit du capitaine du vaisseau spatial. [BA]

JOHNNY

Enfant norstralien tué par Bozart (voir ce

nom) pour obtenir le secret des défenses de sa planète. [MH]

JONASOÏDAL, EFFET

Il permet le planoformage, et les voyages supraluminiques. [CB]

JONASOÏDAL, VAISSEAU

Un vaisseau planoforme. [CB]

« LE JOUR DE LA PLUIE HUMAINE » (NOUVELLE)

Ce texte raconte la colonisation de Vénus par le Goonhogo — le gouvernement de la Chine, dernière nation survivante en tant que telle — trois cents ans avant le présent de la narration. La drogue santaclara vient d'être découverte. Les nations existaient du temps de l'histoire, mais, lorsque le narrateur raconte ce qu'il a vécu, il ne reste que l'Instrumentalité. [JP] Parution originale en langue anglaise : *Galaxy*, avril 1959.

JOUR DU CHÂTIMENT

Une coutume impériale. On retransmettait les hurlements des prisonniers de Shayol dans tout l'Empire. [SH]

JOURNÉE DE MASSACRE

Lorsque les colonels Wedder et Gibna ont pris le pouvoir sur Mizzer, mille trois cent onze personnes ont été tuées rien que dans le palais. [ST]

JUDSON, E. Z. C.

Ancien poète américain (1823-1866). C'william a une de ses œuvres encadrée et accrochée au mur du Magasin des Désirs du Cœur. [NO]

Edward Zane Carroll Judson a écrit plus de quatre cents ouvrages, dont certains sous le pseudonyme de Ned Buntline. Il était aussi organisateur de spectacles, notamment pour Buffalo Bill.

« JUSQU'À LA MER SANS SOLEIL » (NOUVELLE)

Le Seigneur Kemal bin Permaiswari est venu sur Xanadu en convalescence à l'issue d'une guerre sur Styron IV. Là, le sous-être E'duard déjoue les tentatives du Gouverneur Kuat de créer et d'utiliser des diehr-morts illégaux. E'duard soigne aussi l'esprit du Seigneur bin Permaiswari. L'histoire se déroule après l'époque de Rod McBan et à peu près en même temps que la dictature de Philip Vincent sur Pontoppidan. Les relations entre humains véritables et sous-êtres paraissent indiquer qu'elle se situe après la série de textes consacrés à Casher O'Neill. Il pourrait s'agir d'un des récits des Seigneurs de l'Après-Midi. [MS] Parution originale en langue anglaise : *The Magazine of Fantasy & Science Fiction*, octobre 1975 ; il s'agit d'une collaboration posthume avec Genevieve Linebarger.

JUSTES PROPORTIONS

Formule présentée aux autorités par le Premier Ministre en Exercice Chatterji. Elle a fait du jeu de la guerre une réalité. Après la dévastation, ne sont restés que les saints, les crétins et les menschenjäger. [G8]

JWINDZ

Ces philosophes chinois gouvernaient la Terre depuis leurs Cités, après les Anciennes Guerres. Après avoir cherché à refaire les hommes à leur image et échoué, ils leur ont donné des tranquillisants. Le retour des sœurs vom Acht dans l'histoire humaine a causé leur perte. Juli vom Acht a suggéré de les envoyer sur une autre planète. [RA] Ce peuple habite la Cité de l'Espérance Désespérée, sur la rive Treizième Nil ; ils sont parfaits. [PS]

Il n'y a sans doute aucun rapport avec les Djinns.

JWINDZ, RÈGNE DES

Voir Règne des Jwindz. [PS]

JWINDZ-JO

La Cité de l'Espérance Désespérée. [PS]

K

KAE

La mère de Charls et d'Oda. Issue de chien, elle était brun fauve avec des yeux verts. Elle a aidé à emmener Juli vom Acht chez le Vieil Ours Sage. [RA]

KAHEER

La capitale de Mizzer. [PG]

Kaheer (arabe) — Le Caire

KAHN

Le fondateur de la planète Xanadu. Il a apporté beaucoup d'articles de luxe de la Terre. [MS]

KALMA

Ville nouvelle sur Fomalhaut III. [DD]

Kalma est une ville de Suède. (Et y a-t-il un rapport avec le karma ?)

KARPER, V.

Un ministre-délégué en Union Soviétique,

venu inspecter le Projet Télescope après l'effondrement de Rogov. [NN]

KELAPA

Une des deux variétés d'arbres de Xanadu (voir Buah). Normalement, il pousse en bosquets dans les cratères des petits volcans. [MS]

kelapa (bahasa indonésien) — noix de coco

KERGUELEN, ÎLES

1. Emplacement du Territoire de Guerre appartenant à la Ligue Australe. [G8]

2. Territoire de Guerre loué aux adversaires par la France en tant qu'agent de l'Europe Fédérée. On envoie tous les moutons en Antarctique pour leur sécurité. La Quatorzième République Française réclame un loyer de quatre millions de livres d'or par heure pour une guerre de classe Q. [G8]

Les îles Kerguelen sont un petit archipel du sud de l'océan Indien.

KERMESSE DORGUEIL

Un endroit sur Mizzer. Ici convergent toutes les choses agréables du monde, et l'homme cloué sur ses deux bouts de bois ne pénètre jamais. [PS]

La kermesse (mot d'origine hollandaise) est la messe dite pour l'anniversaire de la fondation d'une église et le plus souvent en l'honneur de son saint patron. Un tableau de Breughel qui représente une fête paysanne porte ce titre ; c'est aussi le sujet d'une poème de William Carlos William : « La danse ». Dorgueil est formé à partir du mot français qui signifie *fierté, arrogance*. Le tout évoque vaguement le lieu des païens vertueux chez Dante.

KHUFU II

Une planète dont le même pôle pointe toujours vers son soleil. On exploite les Montagnes Pileuses sur son côté obscur. [NO]

Khufu : le Pharaon du Haut Royaume, bâtisseur de pyramides.

KHUFU VII

Une planète à proximité d'Enfer (une autre planète). [PB]

KLOPTS

Nom pris par les habitants d'Arachosie. [CG]

Klopf (allemand) — coup ; *Klopfecter* — truand

KOSER

Verbe utilisé pour la transmission télépathique. [RA] Transmettre par télépathie. Terme norstralien. [NO]

déformation de *causer*

KRAUS, ASTARTÉ

Doctoresse qui s'est changée en mâle afin de rester en vie sur Arachosie, elle a aussi métamorphosé toutes les autres femelles en mâles. Elle a mis au point un système de naissances qui permettait aux hommes d'avoir des garçons. [CG]

Astarté : déesse phénicienne de l'amour ; *Klause* (allemand) — cellule, ermitage

KUAT, GOUVERNEUR

Gouverneur de Xanadu ; il cultivait des diehr-morts illégaux pour posséder un pouvoir absolu sur sa planète et en conquérir d'autres. Il a dressé une barrière mentale universelle et torturé des prisonniers. Il se plaisait aussi à fouetter les félins de monte. [MS]

kuat (bahasa indonésien) — fort

KUNGSUN

Le secrétaire du Parti à Pékin, un ancien aristocrate. [SO]

KURAF

Dirigeant de Mizzer renversé par les colonels Gibna et Wedder. Il possédait une vaste collection de livres peu recommandables. Il s'est retiré à Solval sur Ttiollé. Il n'a jamais tué un homme. [PG]

Kuraf (inversé) — Faruk = Farouk, dernier roi d'Égypte

KURAF-O'NEILL

Dynastie régnante de Mizzer avant la révolte des colonels. [PS]

L

LAC ASSÉCHÉ D'IRÈNE LA DAMNÉE

À deux vallées (2 kilomètres) de la Kermesse Dorgueil. Howard y a vu Casher et Celalta dans une vision. Il prend les gens au piège à force de paix.

irene (grec) = paix.

LAC DE LA RIVIÈRE-AUX-HUIT-BOUCHES

Un endroit en Chine. [SO]

LAC MENZIES

En Norstralie. [NO]

du nom d'un Premier ministre australien

LAIRD

Télépathe, il découvre un ancien vaisseau en orbite, le ramène sur Terre avec l'aide de l'ordinateur Tong et épouse son occupante, Carlotta vom Acht. [ME] Carlotta et lui ramènent la fusée de Juli vom Acht. Après la mort de Carlotta (il a alors plus de trois cents ans), il épouse Juli. Ils dirigent la rébellion contre les Jwindz. Après qu'ils ont ramené la fusée de Karla vom Acht, Juli et lui meurent ensemble. [RA]

laird (écossais) — seigneur, noble. Voir les commentaires concernant la famille Vomacht.

LAITEUX

L'état des vaisseaux qui disparaissent dans l'Espace$_2$; Rod a perdu ses parents dans un accident de ce type. [NO]

LANGUE DE LA REINE

L'Ancien Inglais. [NO]

LANSDALE, SERGENT

Soldat des troupes gouvernementales du Berceau de l'Homme, il a été le premier à comprendre l'embrouillamini dans le Vieil Hôpital Général. [BI]

LAODZ

Un vieux sage. [ST]

Laodz = Lao-Tseu

LARI

Fils de la quatrième femme du père de Kuat (demi-frère consanguin de Kuat). Danseur, il idolâtrait le Seigneur bin Permaiswari. Kuat a prélevé les muscles de ses mollets pour les transplanter sur son cheval de course, Gogle. [MS]

lari (bahasa indonésien) — courir, fuir

LARRY

Personnage fictif dans l'esprit du capitaine du vaisseau spatial. [BA]

LAUT D'OR

Une place dans le quartier des tanneurs de Kaheer. La fille de Casher O'Neill et le mari de celle-ci y vivaient. [PS]

Laut (allemand) — son, bruit. Peut-être un jeu sur la Corne d'Or à Constantinople ?

LAVAGE DE CERVEAU

Technique d'amnésie sélective utilisée sur Élaine et le Chasseur. [DD]

LAVENDER

Agent de la police secrète norstralienne, il a emmené Bozart sur Vieille Australie du Nord (ou du moins en orbite autour de la planète) ; ancien capitaine des Patrouilles Spatiales Impériales. [MH]

lavender (anglais) — lavande

LAVINIA

Cousine de Rod McBan[151]. Amoureuse de lui, elle le sauve du moineau mutant d'Onseck. Puis elle l'épouse et lui donne au moins trois enfants. [NO]

Livia — femme de César

LES, ARGENT

« Livré Et Sûr ». Toute monnaie pourvue d'une bonne garantie. [NO]

LHASSA

1. Capitale du Tibet où se trouvaient les contrôleurs tibétains des vaisseaux qui combattaient au-dessus des Kerguelen. [GQ]

2. Ville du Tibet. Reardon pensait que les contrôleurs des dirigeables tibétains s'y trouvaient. [G8]

LI

Mesure itinéraire sur Xanadu. [SS]

mesure itinéraire chinoise valant approximativement 576 mètres

LI

Camarade capitaine, rondelet et jovial, responsable de l'expédition au Pakouhu ; il s'est évanoui face au Démon. [SO]

LIANA

Une jeune télépathe secondaire, membre des Quakers Orientaux Orthodoxes Post-soviétiques. Les médecins et elle ont utilisé des casques de boute-lumière pour ramener l'âme du colonel Harkening sur Terre. Le colonel et sa femme l'ont adoptée par la suite. [CR]

liana (anglais) = liane

LIBRE-FILLE

Hôtesse de Terraport, une sorte de geisha ; elle appartient toujours au Sous-Peuple. C'mell exerçait ce métier.

LIEU DU TRÉPAS

Surnom donné par les Enfants du vent à Beauregard, où le vent ne soufflait jamais. [PT]

LIGUE AUSTRALE

Un État ou groupe d'États détenteur du bail sur le Territoire de Guerre des Kerguelen. Ils le louaient pour des guerres au tarif de quarante millions de dollars l'heure. [GQ]

LIMAONO, SEIGNEUR

Il s'opposait aux sous-êtres, qu'il jugeait potentiellement dangereux. Un des Seigneurs au procès de D'jeanne. [DD]

Dans la plupart des langues austronésiennes (le fidjien, le samoan, etc.), *lima, ona* signifie cinq, six.

LINSCHOTEN XV

Une étoile à la lueur bleuâtre ; sa troisième planète abritait des mangeurs d'hommes, croyait-on. L'Instrumentalité y a envoyé Maac, Finsternis et Folly détruire la menace potentielle. [ET]

Linschoten, Jan Huyghen van (c.1563-1611), a beaucoup voyagé en Asie. Auteur de *Navigatio ac itinerarium*. Moins plausible : *Schoten* (allemand) = cosses, gousses.

LIVERANT

Agent de la police secrète norstralienne à Solval, il a dirigé Bozart vers Olympie (voir ce nom). [MH]

LIVIUS

Robot du Seigneur Sto Odin, il a reçu l'empreinte mentale d'un psychiatre devenu général. À son avis, il fallait éviter le Bezirk ; il est parti avec Santuna.

Tite-Live — historien ; de plus, en chiffres romains, LVI = 56

LIVRE DE RHÉTORIQUE

Second livre de formation sur Nostralie. [NO]

LIVRE DES MOUTONS ET DES NOMBRES

Premier livre de formation sur Nostralie. [NO]

LOHAN

Voir Arhat.

LOUDIES

Indigènes de Vénus, ils flottaient à deux mètres du sol et mesuraient environ quatre-vingt-dix centimètres de diamètre. Ils se nourrissaient d'espèces microscopiques. On les étudiait depuis au moins trois cents ans. Si on les tuait, chacun contaminait cinq cents hectares de terrain. Les Chinois les ont réduits en les affamant. [JP]

loudie (chinois) = un ancien

LOYANG

Vieille capitale des Wei du Nord. [FB]

LUCI

Épouse du Sondeur Martel. [SV]

« LUI-MÊME EN ANACHRON » (NOUVELLE)

Tasco Magnon et sa femme Dita mettent à profit leur lune de miel pour découvrir l'emplacement et la nature du Nœud du Temps pour le compte de l'Instrumentalité. Leur vaisseau temporel se retrouve pris dans le Nœud et Tasco doit se jeter dans l'anachron entre les Probabilités afin de permettre son retour. Il se matérialise sur une planète dont il remonte le cours du temps. Il vieillit et finit par mourir. Du point de vue des habitants de la planète, cet événement se présente sous la forme d'une résurrection miraculeuse, d'un rajeunissement, et enfin d'une plongée dans l'anachron. Le vaisseau regagne le Port Temporel de l'Instrumentalité intact et pourvu de toutes les informations nécessaires. Dita devient sans doute folle de chagrin. Par la suite, quelqu'un — peut-être Dita elle-même — écrit une chanson sur cet incident. Les allusions à la Vieille Religion Forte et le fait qu'aucun autre récit du cycle ne parle de ce type de voyage temporel tendraient à situer ce texte assez tard dans la chronologie interne de la série, voire à l'époque des Seigneurs de l'Après-midi. L'utilisation de *Cranch* dans une exclamation relève de l'archaïsme. [LA] Parution originale en langue anglaise : *The Rediscovery of Man*, mai 1993.

Mac/Mc

MACARTHUR

Famille norstralienne dans l'ascendance matrilinéaire de Rod. [NO]

MACARTHUR, WILLIAM, LE DÉCHAÎNÉ

Grand^{22}-père (matrilinéaire) de Rod McBan. Il a acheté le Palais du Gouverneur de la Nuit et l'a placé sur la Station de la Fin du Monde pour abriter l'ordinateur familial. [NO]

MCBAN

Vieille famille norstralienne. [NO]

Ban signifiait en anglais convoquer, proclamer, commander, et ce sens survit essentiellement dans la langue juridique, grâce à l'expression *posting the banns* (publier les bans), pour annoncer un mariage. Mais ce verbe signifie aussi prohiber, interdire, maudire, proscrire, etc. Le verbe français *bannir* recouvre certains de ces sens. Voici donc une fois de plus la thèse et l'antithèse incarnées en une seule personne. Rod McBan doit proclamer (en quelque sorte) la vérité révélée des sous-êtres. Il est aussi banni de sa planète, Norstralie, puis de la race humaine, lorsqu'il adopte le déguisement de C'rod. La similarité dans la contradiction conduit à se demander si les McBan et les Vomact n'ont pas des ancêtres communs.

MCBAN, CASHEBA

La fille de Rod[151] et de Lavinia. Elle a réussi l'examen du Jardin de la Mort. [NO]

MCBAN, RICH

Un des fils jumeaux de Rod[151] et de Lavinia. Il a raté l'examen du Jardin de la Mort. [NO]

MCBAN, ROD[26]

Il avait expédié du stroon à Terraport. Le paquet s'est perdu dans un entrepôt souterrain. [NO]

MCBAN, ROD[117]

Il a sauvé la Station de la Fin du Monde en faisant s'y écraser un astéroïde de glace afin de bénéficier d'une réserve d'eau. [NO]

MCBAN, ROD[130]

Il vivait du temps du dernier vol de stroon sur Norstralie. [NO] Voir aussi Empire Étincelant, et Nouvelle-Alice, Quatrième Bataille de La.

MCBAN, ROD[135]

Il a laissé en place les commandes personnelles de l'ordinateur de la famille McBan quand elles sont devenues obsolètes.

MCBAN, ROD[136]

Il a relié l'ordinateur familial au réseau de défense. [NO]

MCBAN, ROD[140]

Il a ordonné à l'ordinateur familial de ne révéler à personne sa capacité à s'emparer de Norstralie. Cet ordre pouvait être annulé par les chefs de famille ultérieurs. [NO]

MCBAN, ROD[150]

Il a rejeté son fils qui ne pouvait pas koser ni inteindre normalement. Sa femme et lui ont péri dans l'Espace$_2$.

MCBAN, RODERICK FREDERICK RONALD ARNOLD WILLIAM MACARTHUR[151]

[Quand aucun nombre n'apparaît, c'est à ce Rod McBan que l'on se réfère.]

Cinquante-six ans avant le début de ce roman, il découvre les trésors familiaux cachés. Il achète la Terre. L'Instrumentalité le réduit et l'envoie sur Mars où une opération de chirurgie esthétique lui donne l'apparence d'un homme-chat, pour sa sécurité. Il passe par la Salle de la Haine. Il tue Tostig Amaral pour protéger C'mell. Premier humain véritable à rencontrer l'E'telekeli en chair et en os, il partage un rêve associé avec C'mell, puis rentre chez lui et épouse Lavinia. Sur Terre, il a établi la Fondation Cent Cinquante pour aider aussi bien les sous-êtres que les humains véritables. [NO]

MCBAN, ROD[152]

Fils de Rod McBan[151]. Il a réussi à l'examen du Jardin de la Mort et il est devenu Rod McBan[152]. [NO] Voir aussi McBan, Ted.

MCBAN, RODERICK HENRY

Nom adopté par Eleanor sur Terre. [NO] Voir

aussi Roderick Eleanor, Seigneur, ainsi qu'Eleanor.

MCBAN, TED

Un des fils jumeaux de Rod[151] et de Lavinia. Il a réussi à l'examen du Jardin de la Mort, pour devenir Rod McBan[152]. [NO]

M

MAAC

Module à Auto-Action Compensée. Un homme de métal flexible d'une taille de deux cents mètres avec des réacteurs dans le dos. Il s'est porté volontaire pour la mission sur Linschoten XV car il était fatigué de la vie. Après avoir réussi cette mission, il est devenu Alan ; le robot qui l'abritait est devenu une horloge. [ET]

MABEL

Le premier sous-être à avoir rencontré Élaine sur Fomalhaut III. [DD]

amabilis (latin) — aimable

MACHINES DE LA TERREUR

Le Seigneur Kemal bin Permaiswari les a combattues sur Styron IV. Il les a vaincues, mais il en a gardé des séquelles spirituelles. [MS]

MACHT, MAXIMILIEN

Un croyant ; grand, mince, bronzé, moustachu, les cheveux roux. Il parle avec Paul et Virginie au café. Virginie s'écrie : « Où est Macht ? » [*Wo Macht ?* Voir Vomact.] Sur le Boulevard Alpha Ralpha, projeté des câbles dans le vide par le vent. [AR]

Macht (allemand) — puissance ; son nom pourrait signifier « le plus grand jamais créé », ce qui correspond à Lucifer, son rôle dans le texte.

moins plausible — *mach* et *sa* = 5 et 6 en étrusque ; plus « million »

MADIGAN, PROPRIÉTAIRE ET CITOYENNE AGATHA

T'ruth a reçu son empreinte mentale ; Agatha était la femme du Sieur et Propriétaire Murray Madigan, et l'Hezichera de Gonfalon, la *sorcière de l'espace*. Elle est morte onze cents ans avant que Casher rencontre T'ruth. [PT]

MADIGAN, SIEUR ET PROPRIÉTAIRE MURRAY

Un renégat (voir ce mot) de Vieille Australie du Nord, le plus gros propriétaire terrien d'Henriada. Il a choisi la catalepsie et les soins de T'ruth plutôt que la mort. Il est conscient durant le combat entre Casher O'Neill et John Joy Tree. [PT]

MADU

Cette parente éloignée de Kuat était douce et gentille. Elle aimait Lari et elle a sans doute tué Kuat. [MS]

MAGASIN DES DÉSIRS DU CŒUR

C'était en partie un musée ; tous les titres de propriété appartenaient au Seigneur Jestocost.

Tenu par C'william, il contenait la Salle de la Haine. [NO]

MAGNAT DE L'INSTRUMENTALITÉ

Apparemment un grade ; Adam Stone était un Magnat de l'Instrumentalité. [SV]

MAGNON, TASCO

Le pilote d'un vaisseau temporel de l'Instrumentalité. Lui et sa jeune épouse Dita partent en lune de miel découvrir l'emplacement du Nœud du Temps pour le compte de l'Instrumentalité. Une fois leur vaisseau pris au piège, Tasco s'éjecte pour que sa femme puisse rapporter les informations recueillies. Après son passage dans l'anachron entre les Probabilités, il se matérialise sur une planète dont il remonte le cours du temps, de telle sorte que, du point de vue des habitants, il surgit du néant à l'état de squelette, ressuscite, rajeunit et enfin disparaît dans l'anachron ; donc, pour eux, c'est un dieu. « La ballade de la Démente Dita » commémore son souvenir. [LA]

MAISON DE GUÉRISON

Un hôpital, général et psychiatrique. [DE]

MAISON D'ENFANTS

Institution terrienne au sein de laquelle on élève les enfants. [DD]

MAISON DE KURAF-O'NEILL

Voir Kuraf-O'Neill, Maison de.

MAISON NON-AUTORISÉE

Une maison pour Hommes Non-Autorisés. Le Vieil Ours Sage en occupait une. [RA]

MAÎTRE-CHAT

Voir C'william. [NO]

MAÎTRESSE DES ARMES DE VIEILLE AUSTRALIE DU NORD

Voir Hitton, Mère. [MH]

MANNEQUIN-AMOI

Mannequin d'« analyse médicale opérationnelle et intime ». Il utilise l'électroencéphalogramme et surveille le système endocrinien afin de diagnostiquer le patient pour lequel il est conçu. Son code de couleurs est le suivant : noir pour les zones mortes, bleu pour les prothèses, violet pour la réserve organique, rose pour la douleur effective, brun foncé pour la douleur potentielle. De petits éclairs signalent qu'un effondrement total peut survenir dans les vingt-quatre heures. [ST]

MANSHONYAGGER

Une sorte d'ancien chasseur. [SV] Il ressemblait à une tortue de trois mètres, à trois têtes. Il chassait et tuait les ennemis du Sixième Reich Allemand. Il a parlé à Carlotta. L'Effet Kaskasia l'arrêtait net. [ME] Il en restait encore quelques-uns deux cents ans plus tard. Beaucoup de gens avaient appris le Doych pour les berner. [RA]

de *Menschenjäger* (allemand) — chasseur d'hommes

MARCHAND DE MENACE

Ainsi les générations futures surnommeraient-elles Petit-Soleil. [ST]

MARCHÉ AUX CHEVAUX

Situé dans la ville de Kaheer, sur Mizzer. [PG]

MARCHÉ DES VOLEURS DE PARIS

Une vieille institution recréée par l'Instrumentalité en tant qu'aire de *jeu*. Elle utilisait de l'argent en papier et en métal (et non la véritable monnaie informatique). S'ils remplissaient certaines conditions, les sous-êtres avaient le droit de le traverser. [NO]

MARCIA

Héroïne de *Marcia et les Hommes de la Lune*, projetée du cube de Veesey-koosey pour la soutenir psychologiquement. [PB]

Une des filles de Linebarger/Smith se prénomme Marcia.

MARCIA ET LES HOMMES DE LA LUNE

La meilleure série-cube (en trois dimensions) pour adolescentes, diffusée l'année précédant le départ de Veesey-koosey. [PB]

MARGOT, TANTE

Une parente de Rod McBan. Elle a choisi le Retrait à l'âge de neuf cent deux ans. [NO]

MARIBEL

Une femme de la famille McBan. [NO]

MARIN

Quelqu'un de courageux qui pilotait les vaisseaux dans l'espace. On vieillissait de quarante ans en un mois subjectif ; on était réveillé, nourri et ainsi de suite par tubes. [DE]

« MARK ELF » (NOUVELLE)

Pour la sauver de l'Armée Rouge qui approche, son père place sa fille Carlotta vom Acht dans une fusée qu'il expédie en orbite. Seize mille ans plus tard [la date est sans doute fausse], le vaisseau décroche et s'écrase. La plus grande partie de la Terre est en ruine ; tout autour tournent des débris spatiaux, vestiges d'anciennes guerres atomiques. Il n'y a plus de nations ; quatre civilisations se sont succédé. [ME] Parution originale en langue anglaise : *Saturn*, mai 1957.

Mark (allemand) et *mark* (anglais) — modèle ; *Elf* (allemand) — onze, et *elf* (anglais) — elfe ou lutin

MARTEL

Le Sondeur 34, seul à être marié, et ancien Sous-chef de l'Instrumentalité. Opposé à la mort d'Adam Stone, il a, pour sauver ce dernier, tué son confrère Parizianski. Le premier Sondeur à bénéficier de la reconversion.

martel (vieux français) — un marteau

MARTIEN

Métamorphe, il affirmait être la 1 387 229e Incarnation Subordonnée Orientale d'un Lohan ; il a aussi pris l'apparence du président Mao. Il s'asseyait sur des tigres. Il a passé deux mille ans en Chine, mais il a fini camion laitier à Waterbury, au Connecticut. [SO]

MAY, DAME

Une bouteuse de lumière (féline). [JR]

MEEYA MEEFLA

Une ville du Vieux Sud-Orient ; la seule cité encore vivante dotée d'un nom pré-atomique. [DD]

Meeya Meefla — Miami, Fla [l'abréviation américaine de *Florida* — Floride]

MEIKELJOHN, L'HONORABLE RANKIN

Administrateur d'Henriada et ancien Seigneur de l'Instrumentalité, il voulait que Casher tue T'ruth. Il se saoulait sans cesse au schnaps terrien. Il venait de Terre Deux. [PT]

Son nom signifie *grand homme/guerrier*.

MÉNAGÈRE AUTOMATIQUE

Un lave-linge. [DD]

MENERIMA

Le prénom de Virginie avant la Redécouverte de l'Homme. [AR]

mene (hébreu) — compté ; *rim* (anglo-saxon) — nombre.

MENSCHENJÄGER

Il y en avait en Australie après la chute de Nanbien ; ils tuaient les survivants. [NO] Voir aussi Manshonyagger.

MER SANS SOLEIL

Océan sur la planète Xanadu (qui n'a pas de

soleil). La quatrième femme du père de Kuat s'y est noyée. [MS]

Le nom vient du poème de Coleridge, « Xanadu ». La Mer sans Soleil engloutit le fleuve sacré Alph qui traverse Xanadu.

MERCER

En châtiment d'un crime, on l'a déporté sur Shayol, où il se trouvait depuis quatre-vingt-quatre ans, sept mois, trois jours, deux heures et onze minutes et demie lorsqu'il a posé la question à B'dikkat. Il a survécu pour épouser la Dame Douairière Da. [SH]

mercer (moyen anglais) — marchand de textile (*mercier*, en français) ; autre possibilité : dérivé de *mercia* (latin) — la pitié

MÈRE HITTON

Voir Hitton, Mère.

« MÈRE HITTON ET SES CHATONS » (NOUVELLE)

Benjacomin Bozart, de la Guilde des Voleurs, escompte dérober d'énormes quantités de stroon à Vieille Australie du Nord. Il effectue des recherches sur son système de défense et tue un petit garçon pour en découvrir les secrets. Toutefois, la sécurité de la planète est bâtie sur un mode stratifié et Bozart ne la pénètre pas suffisamment. Sa Guilde et lui s'en mordront les doigts. [MH] Parution originale en langue anglaise : *Galaxy*, juin 1961. Selon Cordwainer

Smith, ce texte est une adaptation d'« Ali Baba et les quarante voleurs ».

MÉROCHRON

Un appareil de mesure à bord des vaisseaux temporels de l'Instrumentalité. Apparemment, il met en corrélation le temps externe avec le temps interne du vaisseau et de ses passagers. [LA]

mero — apparemment du latin *merus* : pur ; *chron* de *chronos*, le temps (chronomètre)

MESSAGE INSTANTANÉ

Un moyen de communication interstellaire qui utilise le sous-espace ; extrêmement coûteux. [PT] Le prix d'un message de Norstralie jusqu'à la Terre : 1 kilocrédit LES. [NO]

MIEL DE PARADIS VII

Voir Paradis VII, miel de.

MILLANAIRE

Une personne qui troque sa carrière, sa réputation et son autorité contre un supplément de vie. [NO]

MILLY

Personnage fictif, une fille aux cheveux bouclés, dans l'esprit du capitaine du vaisseau spatial. [BA]

MIMOMINET

Un animal jouet, capable de changer de forme. [DE]

MING

Vaisseau de guerre loué par la Chine au Tibet.

Éperonné par le *Prospéro* et endommagé, il a été détruit peu après par l'explosion de l'*Ariel*. [G8]

Les Ming étaient une dynastie chinoise.

MINICRÉDIT

Subdivision d'un crédit (une monnaie). [NO]

MINISTÈRE DE LA DÉFENSE SPATIALE

Branche du Gouvernement de la Terre. [VO]

MIZZER

Planète touristique aride au ciel rouge, où coulent les Douze Nils. Kuraf, son dictateur, a été renversé par les colonels Gibna et Wedder. Ce dernier en est devenu le tyran. [PG] Casher O'Neill l'a libérée. [PS]

Mizzer (arabe) — *Misr* — l'Égypte. On notera les similarités avec le climat égyptien et l'histoire de ce pays dans les années 1950.

MMONA, DAME

De l'Instrumentalité. En désaccord avec le Seigneur Sto Odin sur le bonheur et sur la vie. [ST]

Son nom vient du gaélique — *noble*.

MODÈLE ZÉRO

Une classe de dirigeable utilisée dans les guerres de classe Q. [G8]

MODULE À AUTO-ACTION COMPENSÉE

Voir Maac. [ET]

MOINDRE MER TERRIENNE

L'océan Atlantique. [BC]

MOINEAU

Cet oiseau a muté sur Norstralie pour atteindre vingt kilos. On s'en servait parfois d'arme. Houghton Syme en a lâché un sur Rod McBan. [NO]

MONCANARD, PRINCE

Il avait un ancêtre chinois. Il a piloté son vaisseau jusqu'à la Planète de Raumsog, qu'il a empoisonnée. Dix-sept millions de personnes (95 % de la population) ont péri en une nuit. Après lui avoir donné de l'argent et décerné une médaille, l'Instrumentalité a effacé de sa mémoire tout souvenir de l'incident. [VO]

MONCANARD, SEIGNEUR

Ancêtre du prince Moncanard ; il adorait le canard laqué. Ainsi surnommé par sa femme (?), une dame anglaise. [VO]

MONSIEUR ET DOCTEUR, CHEF ET GUIDE

Titre complet d'Anderson, un des médecins qui soignaient le colonel Harkening. [CR]

M. LE COMMISSAIRE

Voir Meikeljohn, Honorable Rankin.

M. STOKELY-DE-BOSTON

Voir Stokely-de-Boston, M. [MS]

MONTAGNES PILEUSES

Voir Pileuses, Montagnes.

MONT VERNON

Une montagne terrestre ; le vaisseau planoforme *Wu-Feinstein* était construit à son image. [CB]

MOONTREE, PAPA

Un bouteur de lumière. Vieux pour ce métier (quarante-cinq ans) ; il avait débuté à quarante ans. [JR]

MORE, DAME ALICE

Anciennement Santuna (voir ce nom). [ST] Une des dirigeantes de la Redécouverte de l'Homme. [AR]

Alice vient du mot grec qui signifie *vérité*, et *more* signifie *plus* en Anglais ; son nom peut donc se lire : « plus de vérité ». La femme de Thomas More, l'auteur de *L'utopie*, s'appelait Alice.

MOTL

Une boisson. [BC]

MOTTILE

Une localité d'Henriada, à l'origine un lieu de villégiature. [PT]

Apparemment un jeu de mots sur la ville de Mobile, en Alabama.

MOUTONS MALADES

De couleur marron-beige, ils fournissent le stroon. [MH]

De même que la grâce vient de Dieu (l'Agneau pascal/*Agnus Dei*), le stroon vient des moutons malades de Norstralie. Voir Santaclara pour de plus amples informations. Linebarger/Smith, de santé fragile, a produit une prose immortelle depuis son lit de malade.

MUGGERIDGE, MONA

Une féministe ; elle a donné naissance à Hélène Amérique. Morte dans une collision spatiale. [DE]

MURKINS

Engagés dans la course à l'espace avec les Paroskii. [BI]

par élision, les Américains

MURR

La partenaire d'Underhill pendant son noviciat ; il en était très épris, au point d'essayer de tricher à la loterie pour tâcher d'être apparié avec elle. Une bouteuse de lumière (féline).

de la couleur *murrey* (anglais) — rouge sombre ; ou de *myrrhe*, le parfum ; ou la retranscription d'un ronronnement

MUSÉE DE L'HOMME

Situé sur la Nouvelle-Mars. [NO]

MUSÉE DE LA TERRE

Sur Terre. Il prêtait des objets à C'william pour qu'il les copie ; certains « s'égaraient ». [NO]

MUSÉE NATIONAL DU MALI

Ses collections entreposées sous terre ont été redécouvertes par un homme-rat doté d'un QI de 300 et, du temps de la Redécouverte de l'Homme, ont servi à restaurer la culture française. [NO]

N

NACHTIGALL

Un poète. Il a dit de la planète Olympie : « Au temps où nous pouvions voir, l'éclat du jour avait la couleur de la souffrance. Si ton œil t'offense, arrache-le, car le péché n'est pas dans l'œil mais bien dans l'âme. » [MH]

Nachtigall (allemand) = rossignol

NANBIEN

Ville chinoise qui recouvrait la Vieille Australie terrienne. Elle comptait cent cinquante mille fois la population de Terraport-Ville. [NO] Voir aussi Aojou Nanbien.

nan (chinois) = sud

NANCY

L'hallucination — une jeune fille — provoquée par l'action du virus *sotka* sur le cerveau. [NY]

« NANCY » (NOUVELLE)

Le Service Spatial implante un cristal imprégné du virus *sotka* dans le cerveau de ses employés. S'ils n'arrivent plus à supporter une situation quelconque, ils peuvent le faire détoner et vivre au sein d'une hallucination le restant de leur vie. Ce texte se situe avant l'époque des voyages interstellaires. L'espérance de vie atteint cent cinquante ans. Le Japon a disparu. [NY] Parution originale en langue anglaise : *Satellite*, mars 1959. J. J. Pierce signale que, dans une lettre à la maison d'édition Regency du 11 novembre 1959, Linebarger affirmait que « Nancy » appartenait à son Histoire du futur, le cycle des Seigneurs de l'Instrumentalité.

NATIONS UNIES D'AMÉRIQUE

L'État (ou le groupement d'États incluant l'Amérique) qui combat l'Alliance Mongole pour le Monopole de la Chaleur Radiante. [GQ]

NÉO-ASPHALTE

Le revêtement des routes sur Henriada — il se répare de lui-même. [PT]

Ce « nouvel asphalte » est plutôt un ciment bitumineux.

NEUHAMBOURG

Une planète (?) suggérée à Bozart comme l'endroit par lequel entamer sa mission ; il a préféré aller sur Olympia. [MH]

neu (allemand) = nouveau ; « La Nouvelle-Hambourg », d'après la ville allemande sur la Vieille Terre

NEUVIÈME NIL

Sur Mizzer. Essentiellement un dépôt de verre

volcanique. Quand il y est allé, O'Neill y a retrouvé D'alma. [PS] De là, Casher et Celalta ont perçu la menace des mangeurs d'hommes. [ET]

NEW YORK

Une ville ancienne ; c'est là, dans Central Park, qu'on a retrouvé le colonel Harkening. [CR]

NIDIES

Chinoises qui ont aidé à coloniser Vénus. [JP]
nidies (chinois) — les femmes

N'IMPORTE-QUI

Vaisseau (ou véhicule) du prince Moncanard attaché à l'Office des Statistiques et des Enquêtes. [VO]

NŒUD, LE

Le Nœud du Temps (voir ce terme) en abrégé. [LA]

NŒUD DU TEMPS, LE

Une sorte de dérangement majeur des Probabilités ; le récit ne nous éclaire guère à ce sujet. On doit en découvrir l'emplacement et la nature afin que l'Instrumentalité puisse agir de manière à sauver un million de vies. Le vaisseau temporel de Tasco et Dita s'y retrouve pris au piège et ne s'en libère que grâce au sacrifice de Tasco. [LA]

NONDIES

Chinois qui ont aidé à coloniser Vénus. [JP]
nondies (chinois) — les hommes

NON-ESPACE

Une autre dimension ? Les vaisseaux d'or s'y dissimulaient. Il n'est pas certain qu'il s'agisse de l'Espace$_2$, ni de l'Espace$_3$. [VO]

« NON, NON, PAS ROGOV ! » (NOUVELLE)

Ce texte se passe au début des années 1960 et en 13 582 de l'Ère chrétienne. Le savant soviétique Rogov construit un « télescope temporel » — un appareil mental qui permet de voir dans le futur. Ce qu'il voit, c'est le Festival de Danse Inter-mondes. L'extase de la danse détruit son esprit. [NN] Parution originale en langue anglaise : *Worlds of If*, février 1959.

NORDNACHT

Un bureau du Troisième Reich spécialisé dans les projets secrets. L'un d'eux a construit une fusée lunaire. Vom Acht y travaillait. [ME]

Nordnacht (Allemand) — nuit du nord

NORSTRALIE

Par élision, Vieille Australie du Nord (voir ce terme).

NORSTRALIE (ROMAN)

Ou comment Rod McBan a acheté la Terre, l'a visitée, y a créé la Fondation Cent Cinquante, puis a regagné Norstralie. Cette histoire se déroule au premier siècle de la Redécouverte de l'Homme. [NO]

NOUVELLE-ALICE, QUATRIÈME BATAILLE DE

Elle a opposé l'Empire Étincelant et Norstralie. Le premier s'est emparé de deux moutons malades au prix de quatre flottes de guerre, mais les animaux se sont rétablis et n'ont plus produit de stroon. [NO]

D'Alice Springs, une ville du nord de l'Australie qu'on appelle souvent Alice tout court.

LA NOUVELLE-CANBERRA

Capitale de Vieille Australie du Nord. [NO]

Sur Terre, Canberra est la capitale de l'Australie.

NOUVELLE-FRANCE

La planète sur laquelle on a mis au point la supercondamine. [PS]

Condamine (voir ce mot) se trouve en France.

LA NOUVELLE-MADRID

Cité des plaisirs dans le centre de l'Espagne. Hélène Amérique et M. Plusgris s'y sont rencontrés. [DE]

NOUVELLE-MARS

Planète colonisée par les humains. C'mell a dû un jour surveiller deux pionniers venus de là, pour le compte d'une femme policier. [BC] Elle abrite le Musée de l'Homme, des boutiques et des jardins zoologiques — qui renferment des éléphants miniatures. [NO]

LA NOUVELLE-MELBOURNE

Ville de Norstralie. [NO]

Melbourne est une ville d'Australie, sur Terre.

NOUVELLE-MELBOURNE, BOURSE DE LA

Ordinateur financier à La Nouvelle-Melbourne.

NOUVELLE-TERRE

Première planète extrasolaire colonisée. La rejoindre par voilier photonique prenait quarante ans. La colonisation a débuté un siècle avant le voyage d'Hélène Amérique. [DE]

NUMÉRO NANCY, LE

L'utilisation du virus *sotka* cause des hallucinations qui maintiennent les astronautes en vie ; il recourt à leur imagination, leur créativité, etc. Ce procédé ne fonctionne qu'à bord du vaisseau. [NY]

NURU-OR, SEIGNEUR

Un jeune et sage membre de l'Instrumentalité ; il a exposé la politique de l'Instrumentalité à l'égard du sous-peuple. [ST]

O

OBÉRON

1. Un des vaisseaux américains aux Kerguelen. Contrôlé par Jack Bearden, il a explosé par erreur. [GQ]

2. Un vaisseau de guerre américain, le dernier en état lorsqu'il a éperonné le Ch'ing et remporté la victoire. [G8]

Obéron est le roi des fées dans *Le songe d'une nuit d'été*, la pièce de William Shakespeare.

OCÉAN DU CRÉPUSCULE

Sans doute l'océan Pacifique sur le Berceau de l'Homme. [NO]

OCÉANS

À l'époque de la révolte contre les Jwindz, ils sont remplis d'herbe pour purifier la Terre des anciens poisons. Ils contenaient jadis de l'eau. [RA]

ODA

Issue de chien, elle a mangé sans mal une

gousse d'Arbre Combattant. Elle posait toujours des questions. Son frère Charls et elle ont emmené Juli à l'écart de la fusée qui s'était écrasée.

ODIN, SEIGNEUR STO

Il s'inquiétait du déclin de la population, du bonheur et de la vie. Il avait environ mille ans lorsqu'il a rencontré Petit-Soleil, qu'il a vaincu, mais il a perdu la vie dans l'inondation. [ST]

sto odin (russe) — *cent un*

Odin était aussi le chef des dieux scandinaves.

OFFICE CENTRAL DES URGENCES

Ordinateur norstralien régulant l'usage des réserves d'urgence. [NO]

OFFICE DE LA RECHERCHE DE L'INSTRUMENTALITÉ

Voir Instrumentalité, Office de la Recherche de l'.

OFFICE DES STATISTIQUES ET DES ENQUÊTES

Le vaisseau *N'importe-qui* était attaché à cette administration pour le Trésor de la Terre. [VO]

OH, DAME DOLORÈS

Elle avait une drôle d'histoire d'amour avec le Brave-Capitaine Magno Taliano. [BC] Épouse de Taliano, elle a refusé la réjuvénation ; de ce fait, elle est devenue laide : elle voulait savoir si les gens l'aimaient pour elle-même ou pour sa beauté. [CB]

dolores (espagnol) — chagrins, peines

OH, DAME FRANCES

Amie du Seigneur Jestocost$_7$, elle a accepté d'ordonner à C'mell et Rod ce que C'mell lui demandait. C'rod et C'mell devaient passer pour ses serviteurs. [NO]

OLASCOAGA, SEIGNEUR ISSAN

Il a présidé la réunion au cours de laquelle l'E'telekeli a obtenu des informations sur des cachettes possibles pour les sous-êtres. [BC]

Olascoaga est une ville de la province de Buenos Aires, Argentine.

i (chinois) = 1 ; *san* (chinois) = 3

OLYMPIE

Une planète dont l'industrie principale est le recel. Les habitants, aveugles, portent des yeux radars. [MH] Des artistes aveugles en sont venus sur Pontoppidan pour peindre les portes de l'hôpital. [GU]

Le mont Olympe est la demeure des dieux grecs.

OMAHA

Une ville d'Amérique depuis laquelle Jack Reardon contrôlait les dirigeables de la Guerre n° 81-Q. [GQ]

O'NEILL, CASHER

Il a soif de justice. Neveu de Kuraf, il est venu sur Pontoppidan chercher une arme qui lui permettra de renverser Wedder. Il connaît un peu la « science sombre et merveilleuse » (de la Vieille Religion Forte). [PG] Il veut obtenir un croiseur cuirassé en surplus de Meikeljohn. Il effraie le

Brave-Capitaine John Joy Tree. Par la suite, T'ruth imprime en lui les connaissances de l'Hechizera. Il endosse l'identité de Bindaoud à son retour sur Mizzer. [PT] Il libère cette planète par l'amour. Il se rétablit près du Neuvième Nil en compagnie de D'alma. Il trouve la paix auprès de Dame Celalta. [PS] Il découvre la menace des mangeurs d'hommes avec Celalta. [ET]

Qasr el-Nil est un bâtiment du Caire.

Casher : vient de son désir de « cash » (de crédits). Et *kasher* (hébreu) — purifier.

O'Neill (irlandais) — fils des ténèbres ; se rapporte peut-être à son rôle de vengeur

ONGLE PARLANT

L'ongle effilé de l'index droit d'un Sondeur, qui sert à écrire sur une tablette. [SV]

ONSECK

Il s'occupe de l'administration de Norstralie pour le compte de Son Absente Majesté la Reine et tient les comptes pour le Vice-président du gouvernement du Commonwealth. [NO]

Onseck vient d'*Hon. Sec.* — Honorable Secrétaire

ORBITE INFORMATIQUE

Utilisée pour le stockage des archives médicales des hôpitaux terriens. [BI]

ORDINATEUR CENTRAL

Sur Terre, il gérait les affaires courantes. Il enregistrait les transactions financières entre les mondes. [NO] Il était relié à de nombreuses stations, même dans le Bezirk. [ST]

ORDINATEUR DE LA FAMILLE MACARTHUR-MCBAN

Un ordinateur purement mécanique, sans organes d'origine animale. Accordé à l'esprit de l'héritier McBan, il s'agissait de l'unique ordinateur construit pour pouvoir mentir. Il prédisait le climat spatial et il a acheté la Terre pour le compte de Rod. Le Commonwealth devait le confisquer, mais, de toute évidence, il ne l'a pas fait. [NO]

ORNITHOPTÈRE

Un appareil qui vole en battant des ailes. Utilisé sur Fomalhaut III [DD], Pontoppidan [PG], Xanadu [MS] et Norstralie [NO].

ORSON

L'homme-ours qui a arraché Crawlie à D'jeanne. Par la suite, les soldats l'ont abattu. [DD]

OUBLIEUR

Un criminel convaincu d'un crime grave, auquel on accorde l'amnésie totale au lieu de le condamner à mort ou pire. [PT]

OUBLIEUSE

Voir Oublieur.

OURS DE TAILLE MOYENNE

Ami des Hommes Véritables ; il a rencontré Carlotta et apaisé ses angoisses. [ME] Il est aussi le Vieil Ours Sage (voir ce nom).

OURS SAGE, VIEIL

Voir Vieil Ours Sage.

P

PAHOU, LAC (PAKOUHU)

Le Démon (ou le Martien) est arrivé sur Terre près de cet endroit, situé en Chine. [SO]

PALAIS DU GOUVERNEUR DE LA NUIT

Bâti à l'origine sur Khufu II par les Daimoni pour le compte dudit Gouverneur, il n'est visible qu'à la lumière ultraviolette. William MacArthur le Déchaîné l'a acheté et apporté sur Norstralie pour abriter l'ordinateur familial. [NO]

PANCH ASHASH, DAME

Une Dame de l'Instrumentalité dont l'empreinte mentale occupe un appareil d'Aide aux Voyageurs. C'est elle qui a donné des indications à Élaine sur Fomalhaut III. Son corps robotique coûtait l'équivalent de quarante ou cinquante atterrissages de vaisseau spatial ; les soldats l'ont congelé. [DD]

Elle correspond au rôle de Sainte Catherine dans la légende de Jeanne d'Arc.

En hindi, *panc* = 5 et *ashash* = 6

PAPA MOONTREE

Voir Moontree, Papa

PARADIS VII

Une planète épouvantable. Les pionniers qui y ont survécu sont allés sur Norstralie. La nature des horreurs qu'ils ont vécues n'est jamais explicitée.

PARADIS VII, MIEL DE

Il a un effet hypnotique sur l'esprit humain — il confère le pouvoir de prédire l'avenir, etc. On le mélange à du stroon pour le rendre inoffensif. Lavinia en a pris un peu et vu Rod sain et sauf avec C'mell. Elle a aussi aperçu les Daimoni sur leur planète, mais tante Doris n'était pas intéressée. [NO]

PARDUBICE

La fusée qui emportait Carlotta vom Acht a été lancée de cet endroit le 2 avril 1945. [ME]

Une ville de Bohême orientale ; beaucoup moins plausible, de *pard-ubi-ce* : où est la panthère ?

PARENTS APPOINTÉS

Sur Vieille Australie du Nord, ils enseignent aux enfants les sept arts libéraux, les six sciences pratiques et les cinq recueils d'études sur la défense nationale et la police, nécessaires pour réussir l'examen du Jardin de la Mort. Les Parents Appointés mettent leur vie en jeu au même titre que les candidats. [NO]

PAR CRANCH

Exclamation utilisée par Tasco Magnon (voir Cranchage). [LA]

PARFAITS, CITÉ DES

Voir Jwindz-Jo. [PS]

PARFAITS, LES

Le nom que se donnaient les Jwindz. [RA]

PARIZIANSKI

Un Sondeur polonais, opposé à l'exécution de Stone. Il a été choisi pour cette tâche, mais Martel l'a tué avant. [SV]

PAR JEANNE

Exclamation utilisée par Casher O'Neill (fait référence à D'Jeanne). [PG]

PARLOPHONE

Un vieil appareil qui diffuse des sons enregistrés. [CB]

du français *parler* (y compris dans le texte original) + *phone* (du grec *phonos*) — le son

PAR L'OUBLIÉ

Exclamation utilisée par Tasco Magnon. L'Oublié est une figure de la Vieille Religion Forte. [LA]

PAROSKII

Une des langues anciennes. [DD] Une des nations engagées dans la course à l'espace. [BI]

po-russki (russe) — la langue russe

PARTENAIRE

Un bouteur de lumière (félin). Chaque partenaire occupe un vaisseau d'attaque d'un kilo et demi lancé contre les Rats ; il possède les réflexes rapides nécessaires à l'exercice. [JR]

PAS-D'ICI, RUTH

Fille du Seigneur William Pas-d'Ici. Elle ne tenait pas à retourner sur Norstralie. Elle poursuivait Rod de ses assiduités. [NO]

PAS-D'ICI, SEIGNEUR WILLIAM

Sa famille est retournée de Norstralie sur Terre bien des générations avec l'époque de C'mell. Il se trouvait à la réunion pendant laquelle des cachettes pour les sous-êtres ont été dévoilées à l'E'telekeli. Un numismate enragé. [BC] Il voulait que sa fille Ruth épouse Rod afin qu'ils puissent tous regagner Norstralie. Il a parrainé l'entrée du Seigneur Roderick Eleanor (voir ce nom) dans l'Instrumentalité. [NO]

PASSARELLI

Famille de Norstralie. [NO]

PASSEPORT UNIVERSEL

Ce document délivré par l'Instrumentalité, qui offrait à son porteur la faculté de voyager entre tous les mondes de l'Humanité, était presque impossible à acquérir. Casher O'Neill en avait reçu un. [PT]

PAUL

Son aimée Virginie et lui sont devenus français. Il colle le premier timbre sur une lettre en quatorze mille ans. Sauvé par C'mell sur le Boulevard Alpha Ralpha. [AR] Il a connu C'mell lors d'une histoire d'amour malheureuse (avec Virginie). Il pratique le Récurage de Cerveau d'une femme aux opinions illégales à l'égard de Rod McBan. [NO]

PAUVRE OFFICIEL

Sur Norstralie, quiconque abandonne tous ses devoirs et soucis de Propriétaire en renonçant à sa fortune. [NO]

PAYS DES CHATS

Une des lunes d'Arachosie. Suzdal envoya seize chats la coloniser deux millions d'années dans le passé pour créer une civilisation qui, dans le présent, allait combattre les klopts. [CG]

PERINO

L'ermite (un renégat norstralien) qui avait loué douze hectares sur Pontoppidan, pour douze fois le revenu annuel de la planète, au fond du Creusier des Hanches, pour n'être dérangé par personne. Il avait un cheval. [PG]

Pietro Buonaccorsi, dit Perino del Vaga (1500-1547) — peintre de l'école romaine.

PERMAISWARI, SEIGNEUR KEMAL BIN

Voir Bin Permaiswari, Seigneur Kemal. [MS]

PERMIS DE GUERRE

1. Une autorisation du Conseil de Guerre Universel permettant à des nations de s'affronter. [GQ]

2. Une licence accordée par le Conseil de

Guerre Universel permettant à des antagonistes de s'affronter ; elle définit clairement les conditions du conflit et les gains du vainqueur. [G8]

PERSONNE EXPÉRIMENTALE

Un sous-être défectueux auquel on permettait néanmoins de vivre. On ne lui donnait pas le préfixe habituel. Herkie (voir ce nom) en était une. [RA]

« PENSEZ BLEU, COMPTEZ DEUX » NOUVELLE

Les habitants de Wereld Schemering devenaient si laids qu'ils ont réclamé des individus plus beaux à l'Instrumentalité. Veesey-koosey — avec son potentiel filial de 999,999 — était l'une d'elles. Durant le trajet, un problème survient qui nécessite l'intervention d'un cerveau de souris laminé. Ce texte se situe avant les vaisseaux planoformes, mais après le voyage d'Hélène Amérique. [PB] Parution originale en langue anglaise : *Galaxy*, février 1963.

PETE

Personnage fictif dans l'esprit du capitaine du vaisseau spatial. [BA]

PETIT HARRY HADRIAN

Voir Hadrian, Petit Harry.

PETIT-SOLEIL

Nom adopté par le joueur Yebayee pour revivre l'existence d'Akhenaton (*aton* — soleil). Il était en communication avec les planètes de

Douglas-Ouyang. Il a péri dans l'inondation. [ST]

PEUPLE-VOLAILLE

Ces êtres, issus d'un cargo de poulets qui s'est écrasé sur Linschoten XV, ont muté jusqu'à devenir une espèce intelligente et télépathe. [ET]

PHOTONIQUES, VOILES

Viola Siderea a été colonisée grâce à leur utilisation. [MH] On envoyait encore des embryons par le biais de ce moyen de transport. [DD] Elles ont permis la colonisation de plus de deux cents planètes, dont Norstralie. Elles mesurent en moyenne cent mille kilomètres de long sur trente mille de large. [PB] Le navire d'Hélène Amérique, *L'Âme*, était propulsé par des voiles photoniques. [DE] C'est ainsi qu'on a apporté la cabane McBan sur Nostralie. [NO]

PILEUSES, MONTAGNES

Montagnes de Khufu II recouvertes d'un lichen qui, une fois récolté, donne un tissu luxueux. [NO]

PILLOW HILL

Une colline située sur la Station de la Fin du Monde. [NO]

PILOTE DES MONDES EXTÉRIEURS

Il a parlé à Suzdal de la fête de Noël et suggéré qu'il en organise une pour les enfants-tortues. [CG]

PISANG

Le jus non distillé, et vénéneux, du fruit du buah. [MS]

pisang (bahasa indonésien) — banane

PLANÈTE AUX GEMMES

Pontoppidan. [PG]

PLANÈTE COMPACTE

Une planète à gravité élevée. Les hommes y faisaient la taille d'une coquille de noix. [NO]

PLANÈTE DE GUSTIBLE

Voir Gustible, Planète de.

« LA PLANÈTE DE GUSTIBLE » (NOUVELLE)

Les Apiciens, télépathes et odieux, ressemblent à d'énormes canards. Ils mangent aussi en quantité prodigieuse. Leur ambassadeur trouve la mort dans un incendie accidentel... et se révèle délicieux. Ce texte se déroule juste après le quatre millième anniversaire de la conquête de l'espace. [GU] Parution originale en langue anglaise : *Worlds of If*, juillet 1962.

PLANÈTE DE LA DOULEUR

Cachée dans l'espace ; il s'agit sans doute de Shayol. [DD]

PLANÈTE DES SABLES

Mizzer. [PS]

PLANÈTE DES TEMPÊTES

Henriada. [PT]

« LA PLANÈTE SHAYOL » (NOUVELLE)

Shayol sert de lieu de châtiment à l'Empire (et à d'autres entités politiques ?). Elle abrite des dromozoaires qui se plantent dans le corps humain et provoquent la poussée d'organes surnuméraires. B'dikkat récolte ces organes et donne ensuite de la supercondamine aux prisonniers. La planète sera fermée par l'Instrumentalité. [SH] Parution originale en langue anglaise : *Galaxy*, octobre 1961. Ce texte se base sur la *Divine Comédie*, de Dante.

PLANOFORME

Le colonel Harkening a été le premier à voyager ainsi. [CR] On se déplace en deux dimensions. Le planoformage a ruiné Viola Siderea. [MH] Il permet le voyage dans l'Espace$_2$. [BI] Sur Terre, les vaisseaux planoformes se posaient à Terraport. [BC] Ils étaient protégés par les bouteurs de lumière. [JR]

plano — plan, plat

PLUGG, COLONEL

Le G-2 (un service secret) lui a signalé le problème Angerhelm via les Soviétiques. Il était en contact avec le colonel Potariskov. [AH]

PLUSGRIS, M.

Hélène Amérique l'a suivi en voilier photonique. [PB] Le premier homme né sur une planète extrasolaire à regagner la Terre. Hélène Amérique a eu une vision de lui à bord du vaisseau où elle se trouvait. Il l'a épousée sur la Nouvelle-Terre. [DE]

Il est l'Abélard du récit médiéval français.

POÈMES EN ANCIEN INGLAIS RECONSTITUÉ

Titre d'un recueil que possédait la famille McBan parmi ses trésors cachés. Il contenait une œuvre de Casimir Colegrove. [NO]

POIKE

Un village de Xanadu. L'aroi y a dansé après Raraku. [MS]

Rano Poike est un cratère volcanique sur l'île de Rapa Nui. Voir aussi Aroi et Raraku.

POISSON, SIGNE DU

Signe de la Vieille Religion Forte. [PT]

POLICE AUXILIAIRE

Une force composée de sous-êtres (au moins des loups), à Terraport, sans doute utilisée à l'encontre du sous-peuple et non parmi les humains véritables. [NO]

POLICE SPATIALE

Une organisation chargée du maintien de l'ordre, peut-être limitée au Berceau de l'Homme. [BI]

PONTOPPIDAN

La planète aux gemmes, dont la capitale est Andersen. Elle possède un petit soleil couleur lilas. Du temps de Casher O'Neill, son atmosphère était irrespirable et le resterait encore pendant deux mille cinq cent vingt ans. Elle comptait alors soixante mille habitants. On y trouvait des gemmes, ainsi que des zones radioactives. Elle importait des vers de terre au prix d'un diamant de huit carats l'un. [PG]

Henrik Pontoppidan, un dramaturge danois, a écrit la trilogie *La terre*. Ironiquement, la terre est la seule ressource dont Pontoppidan manque.

PORT TEMPOREL

Le terminal des vaisseaux temporels de l'Instrumentalité. [LA]

POTARISKOV, LIEUTENANT-COLONEL

Attaché militaire soviétique. Il a demandé aux États-Unis de cesser de jouer avec le réseau de radars soviétique. [AH]

POTENTIEL FILIAL

La capacité de voir un adulte normal, quel que soit son sexe, vous accepter comme son enfant et décider de vous garder en vie par tous les moyens. [PB]

POUSSIN

Casher O'Neill trouvait que la vue depuis la fenêtre de Madigan évoquait un paysage de Poussin. [PT]

Il s'agit sans doute d'une référence au peintre français Nicolas Poussin (1594-1665), dont les œuvres sont connues pour leur équilibre et leur harmonie.

PREMIER EFFET

Il amenait la Grande Douleur de l'Espace malgré les obstacles des coupures de l'haberman. Il engendrait la nostalgie de la mort. Henry Haberman y a mis un terme. [SV]

PREMIER MINISTRE EN EXERCICE CHATTERJI

Voir Chatterji, Premier Ministre en Exercice.

PREMIER NIL

Un fleuve sur Mizzer ; Kaheer, ville natale de Casher O'Neill, s'étend sur sa rive. [PS]

PREMIER OUBLIÉ

Figure de la Vieille Religion mentionnée par le Chasseur. [DD]

Dieu le Père dans la Trinité chrétienne.

PREMIÈRE BASE LUNAIRE DE L'ALLEMAGNE NATIONALE-SOCIALISTE

Le projet Nordnacht ; il a échoué. [ME]

PREMIERS-HOMMES

Dirigeants (?) de la planète De Prinsensmacht. [BC]

PRINCE DU CRÉPUSCULE

L'un des premiers-hommes de De Prinsenmacht. Voir Prins van de Schemering. [BC]

PRINCE MONCANARD

Voir Moncanard, Prince.

PRINS VAN DE SCHEMERING

Le Prince du Crépuscule de De Prinsenmacht (voir ce nom). Certains le croyaient l'amant de C'mell. Elle l'a accusé à tort de contrebande pour être amenée devant la Cloche. [BC]

Prins van de Schemering (néerlandais) — prince de l'ombre

PRISE MENTALE

Position (?) ou technique (?) utilisée pour placer une personne en état d'hypnose avant un récurage de cerveau. [NO]

PROBABILITÉS

Apparemment la totalité de ce qui existe et de ce qui pourrait exister. Il en existe d'au moins deux types : le Formel et le Résolu. À l'aide d'un vaisseau temporel et du Sélecteur de Probabilité, il est possible de s'y déplacer. L'anachron se situe entre les Probabilités. [LA]

PROCÈS DE HUMPHREY, LE

Une terre en friche voisine de la Station de la Fin du Monde. La famille Humphrey était en procès depuis des siècles à son sujet. [NO]

PROGRAMMATEUR DE LA POPULATION

Machine située à An-Fang, sur Terre. Elle calculait les naissances, et elle a commis l'erreur qui a engendré Élaine. [DD]

PROJECTION

Art perdu permettant de se dédoubler durant un combat ; T'ruth l'a enseigné à Casher O'Neill. [PT]

PROJET TÉLESCOPE

Conçu par Rogov et Cherpas, deux savants soviétiques, comme un appareil à lire les esprits, il a en fait donné accès au Festival de Danse Inter-Mondes. [NN]

PROSPÉRO

1. L'un des vaisseaux américains engagés dans la Guerre n° 81-Q. [GQ]

2. Un vaisseau de guerre américain. Le premier appareil mis hors de combat pendant la bataille. [G8]

Prospéro est le vieux magicien de *La tempête*, la pièce de William Shakespeare.

PUANT HUMIDE

Terme désobligeant à l'égard d'un natif d'Amazonas Triste. [NO]

PUITS DE MONTÉE NUMÉRO QUATRE

Le puits ascensionnel utilisé par C'rod pour rejoindre l'Hôtel des Oiseaux Chanteurs. [NO]

Q

QUAKERS ORIENTAUX ORTHODOXES POST-SOVIÉTIQUES

Un groupe religieux russe. Monsieur et Docteur H. H. Timofeïev en était membre, ainsi que Liana. [CR]

peut-être lié à la coopérative post-soviétique qui a colonisé Henriada

QUATORZE B

Un service secret de l'Instrumentalité. [ST]

QUATORZIÈME RÉPUBLIQUE FRANÇAISE

Une nation terrienne. Elle louait le Territoire de Guerre des Kerguelen aux combattants pour le compte de l'Europe Fédérée. [G8]

QUATRIÈME VALVE

Le Seigneur Jestocost avait son bureau à l'extérieur de cette valve. Il en existait à l'origine soixante-quatre à Terraport, servant à évacuer et à transporter les gaz issus des fusées qui décollaient. [BC]

QUEL DU TREIZIÈME NIL

La source du Treizième Nil. [PS]

Quell (allemand) = source

R

RADIATION III

Un événement traumatisant sur Terre, sans doute une guerre. [MS]

RALPH

Personnage fictif dans l'esprit du capitaine du vaisseau spatial. [BA]

RAMBO, ARTYR

Originaire de Terre Quatre. Le Seigneur Crudelta l'a placé dans un vaisseau planoforme et expédié à travers l'Espace$_3$. Il a perdu le navire en transit (il l'a laissé derrière lui pour rejoindre Élisabeth) ; il affirmait être devenu le vaisseau. [BI]

Artyr Rambo — Arthur Rimbaud, auteur du poème « Le bateau ivre »

RARAKU

Un village de Xanadu. L'aroi y a dansé, puis s'est rendu à Menace. [MS]

Rano Raraku est un cratère volcanique sur l'île de Rapa Nui. Voir aussi Aroi et Poike.

RAT

Un des trois êtres, avec le robot et le Copte, qui ont exploré l'Espace$_3$ et y sont tombés d'accord sur la Vieille Religion Forte. [PT, PS]

RATS

Ils vivent sous l'espace et attaquent les vaisseaux planoformes ; ils dévorent les âmes de l'équipage. Voir aussi Dragons. [JR]

RAUMSOG

Peut-être le nom de la planète (ou de la nation) gouvernée par le Seigneur Raumsog.

RAUMSOG, SEIGNEUR

Le maître du Monde de Raumsog. Il tente d'attaquer la Vieille Terre, veut acheter l'Instrumentalité (cela ne sert jamais à rien), emprisonne les Braves-Capitaines, tue les bouteurs de lumière [mais pas leurs Partenaires, est-on en droit d'espérer] ; le Vaisseau d'Or y met un terme. Tué sur sa planète. [VO]

Raumsog (allemand) : *Raum* — espace + *sog* — téter, sucer ; autrement dit, il voulait l'espace entier

REARDON, JACK

L'Américain qui contrôlait les vaisseaux américains qui combattaient durant la Guerre n° 81-Q. C'était le meilleur guerrier américain licencié. [G8] Voir Bearden, Jack.

RÉBELLION

Elle libère la Terre du Règne des Jwindz. La Bande des Cousins met des placebos dans la nourriture synthétique pour libérer les Hommes Véritables, puis drogue les Jwindz. [RA]

RECONVERSION

Processus qui permet de retransformer les Sondeurs en êtres humains normaux. [SV]

RECUL DANS LE TEMPS

Le texte n'éclaire guère sa nature. Tasco a expliqué à Dita que, si elle ne pouvait maintenir le vaisseau sur Probabilité Subformelle Gauche, elle devrait essayer de ralentir le recul dans le temps. Il peut s'agir d'une technique de voyage temporel à rebours de l'écoulement normal et elle peut ou non équivaloir à remonter le temps. Vu par le hublot d'un vaisseau temporel, l'espace paraît gris pendant le recul dans le temps. [LA]

REDÉCOUVERTE DE L'HOMME

Un projet de l'Instrumentalité, qui consiste à ramener les gouvernements, l'argent, les journaux, les langues, la maladie, la mort... mais qui oublie de traiter le problème des sous-êtres. [BC] Sa mise en place survient après l'incident impliquant Petit-Soleil et les planètes de Douglas-Ouyang. [ST] Les gens réutilisent les langages et reprennent les noms et les coutumes d'antan.

[PG] Ce projet réintroduit les cultures, les langues et les problèmes d'antan. [AR]

REDLADY, SEIGNEUR

Jadis Seigneur de l'Instrumentalité, il a été ramené au grade de Commissaire parce qu'il était grand-ondeur. Un des juges lors du passage de Rod McBan, et plus tard des enfants de celuici, à l'examen du Jardin de la Mort. Il envoie Rod sur Terre pour le mettre en sûreté. Le représentant de l'Instrumentalité sur Norstralie. [NO]

RÉDUCTION

Processus consistant à déshydrater le corps et à embaumer la tête afin qu'un passager de vaisseau occupe le moins de volume possible ; on peut inverser le processus à destination. [NO]

RÈGLE DES EXCEPTIONS

Un point de droit norstralien. L'héritier survivant, s'il était le dernier de sa famille, pouvait être présenté quatre fois à l'examen du Jardin de la Mort. S'il échouait quand même, il partait pour la Dernière Demeure et un héritier désigné recevait son nom et son domaine. [NO]

REICHSANGEHÖRIGER

Membre du Sixième Reich Allemand. [ME]

en allemand, littéralement : parent de l'État

« LA REINE DE L'APRÈS-MIDI » (NOUVELLE)

Comment Juli vom Acht est revenue sur Terre, a épousé Laird et aidé à établir l'Instrumentalité du Genre Humain. [RA] Parution originale en langue anglaise : *Galaxy*, avril 1978.

RELAIS DES SONDEURS

Le bureau d'enregistrement des Sondeurs. [SV]

RENÉGAT

Un habitant de Norstralie qui décide de vivre sur une autre planète pour jouir de sa fortune. Une fois ce choix effectué, il est difficile de revenir. [PG, PT]

RÉSOLU

Un des deux types de Probabilités mentionnés par Tasco Magnon ; l'autre est le Formel. [LA]

RETRAIT

Sur Norstralie. Euthanasie volontaire ? [NO]

RÉUNION INDIENNE

Voir Indienne, Réunion. [G8]

RÊVE ASSOCIÉ

L'union de deux esprits dans un univers subjectif. Rod et C'mell en ont vécu un ensemble. [NO]

RIDGE DRIVE

Nelson Angerhelm vivait au numéro 2322 de cette rue d'Hopkins, Minnesota. [AH]

RITTER VOM ACHT

Voir Vom Acht, Heinz Horst, Ritter.

ROBOT

Un des trois êtres, avec le rat et le Copte, qui

ont exploré l'Espace$_3$ et y sont tombés d'accord sur la Vieille Religion Forte. [PT, PS]

ROBOTS DES DOUANES

Envoyés sur Shayol — ils voyagent à très grand vitesse — pour répondre à l'Alerte Galactique, ils y ont réuni des données et des informations.

RODERICK ELEANOR, SEIGNEUR

À l'origine, la servante Eleanor. Elle s'est fait passer pour Rod McBan grâce à des interventions chirurgicales. Par la suite, elle a adopté ce nom. Vingt ans après la visite de Rod sur Terre, on l'a invitée à rejoindre l'Instrumentalité. Voir aussi Eleanor, et McBan, Roderick Henry. [NO]

ROGOV, NIKOLAI

Savant soviétique. Il a épousé Cherpas en 1945. Assister au Festival de Danse Inter-Mondes par le biais du Projet Télescope lui a détruit l'esprit. [NN]

RU, DAME

Elle détestait Viola Siderea et ses habitants ; elle est morte bien avant la tentative de Bozart. [MH] Elle disait qu'on avait découvert des fragments de savoir depuis le début — ce qui paraît une allusion à la Vieille Religion Forte. [NO] Le Seigneur Kemal bin Permaiswari l'a citée sur Xanadu. [MS]

Ruh (allemand) — la paix, la tranquillité

RUPERT

Fils d'Alan, Ellen et Alma. [ET]

Rupert (vieil allemand) — gloire, renommée

RUTH PAS-D'ICI

Voir Pas-d'Ici, Ruth.

RUTHIE

Un sous-être réconforté par D'jeanne. [DD]

S

SABLES INTERMÉDIAIRES

Les terres de Mizzer, où les Douze Nils creusent leurs lits. [PT]

SAINTE RÉVOLUTION

Le gouvernement occulte du sous-peuple, dirigé par l'E'telekeli. Ses membres aimaient l'Homme. Surnommé l'« Esse Aire », d'après ses initiales. [NO]

SALLE DE COMBAT

Sur un vaisseau planoforme, la zone où travaillaient les bouteurs de lumière. [JR]

SALLE DE LA HAINE

Approuvée par Dame Goroke il y a bien longtemps dans le Magasin des Désirs du Cœur. Elle révèle les gens à eux-mêmes. Rod McBan en est sorti purgé. [NO]

SA MAJESTÉ LA REINE

Reine d'Angleterre, et chef de l'État norstralien. Disparue depuis quinze mille ans. Identifiée comme étant la reine Élisabeth II. [NO]

SANCTUAIRE DES SANCTUAIRES

Voir Quel, et Treizième Nil. [PS]

SANDER

Famille norstralienne. [NO]

SAN SHIGONANDA

Dessinateur célèbre, notamment pour ses dessins au trait continu et surtout pour celui de D'jeanne et Élaine face au sous-peuple. Sa peinture du procès a été réalisée pendant sa période conventionnelle. [DD]

peut-être un nom inspiré par l'artiste japonais Shigenaga ; *san* est le suffixe honorifique

SANTACLARA

Une drogue qui prolonge la vie, de quarante à soixante années supplémentaires par once. Sa forme cristallisée s'appelle le stroon. [MH] On l'a découverte à l'époque où les Chinois faisaient la conquête de Vénus. [JP] On ne la produit que sur Norstralie, à partir de moutons malades. [NO]

On doit noter que Smith fait allusion au stroon comme à la *drogue santaclara*, mais que la drogue n'est jamais appelée *santaclara* tout court. Les données historiques qui suivent devraient apporter sur ce choix un éclairage significatif.

Sainte Claire (Santa Clara) naît à Assise, en Ombrie, vers 1193. À l'âge de dix-huit ans, du temps d'Innocent III, inspirée par François (plus tard Saint François) d'Assise, elle quitte le foyer familial et crée un couvent voué, entre autres, à la pauvreté absolue. Par la suite, lorsque Grégoire IX statue que les ordres, monastères et autres institutions religieuses doivent posséder des terres, elle se rend à Rome pour combattre cette décision et, en 1228, obtient une dispense spéciale qui permet à son ordre de rester dans une pauvreté absolue et de rejeter le privilège de posséder terres ou fortune. Elle reçoit une dispense similaire d'Innocent IV en 1247. On la considère comme la fondatrice du Second Ordre de Saint-François (les Clarisses). Elle meurt en 1253.

Il paraît judicieux de souligner les parallèles entre Sainte Claire et les habitants de Norstralie. Les Norstraliens imposent une taxe fantastique (20 000 000 %) sur les biens importés, si élevée qu'elle équivaut pratiquement à une interdiction pure et simple d'acheter des produits d'outre-planète autres qu'essentiels. Ils refusent délibérément les *bonnes choses* afin de mener la vie qu'ils entendent mener. Le stroon de Sainte Claire est la grâce qu'on peut utiliser pour aider les autres mais dont la source ne subsiste que par le sacrifice que consentent ceux qui la proposent. Pour Sainte Claire comme pour les Norstraliens, recevoir une récompense matérielle en échange de la possession d'un trésor finirait par réduire à néant ce bien précieux.

Pour résumer, le terme santaclara se réfère à l'effet de la possession de la drogue sur ceux qui la fournissent à l'humanité, mais ne décrit en rien ses propriétés intrinsèques (anti-gériatriques).

SANTUNA

La fille mille fois heureuse. Elle avait des yeux bruns et adorait Petit-Soleil. Quelques siècles plus tard, elle est devenue Dame Alice More (voir ce nom), un des principaux architectes de la Redécouverte de l'Homme. [ST]

Lady Una — incarne la vérité dans la pièce de Spencer, *La reine des fées* ; Alice dérive du grec *aletheia* — vérité. Una (gaélique) — Agnès ; Santuna — Sainte Agnès ; ou

Santuna (du latin) — la sainte. Le nom pourrait aussi venir du français *cent une* (pour 101, voir Sto Odin, Seigneur).

SATELLITE-HÔPITAL

En orbite autour de Shayol. On y préparait les prisonniers pour la surface de la planète en durcissant leur peau, leurs ongles, etc. Se faire brûler le cerveau et crever les yeux n'était qu'optionnel. [SH]

SAUVAGERIE, LA

La zone hors des Cités, où vivent les Hommes Non-Autorisés et les Impardonnés. [RA] Sur Terre, les contrées laissées à l'abandon (peut-être toute la planète à l'exception des Caraïbes). [SV]

SCANDALE DES CHATS

Vingt ans avant la guerre avec Raumsog, il menaçait de couper la Terre de son approvisionnement en drogue santaclara (le stroon). [VO]

SCHMECKST

Chef des Apiciens sur Terre. [GU]

Schmeckst (allemand) — léchage de babines

SCHMIDT

Famille norstralienne. [NO]

SCHNAPS DE LA VIEILLE TERRE

Une boisson alcoolisée, plutôt forte. [PT]

« LA SCIENCE OCCIDENTALE, QUELLE MERVEILLE ! » (NOUVELLE)

Ce texte débute en 1945 et se poursuit plus ou moins jusqu'en 1955. Un Martien (ou un

Démon) atterrit en Chine et se retrouve dans le Connecticut. [SO] Parution originale en langue anglaise : *Worlds of If*, décembre 1958.

SCIENCE SOMBRE ET MERVEILLEUSE

La Vieille Religion Forte. D'alma l'a donnée à Casher. On s'en est servi pour rendre le cheval heureux. [PG]

SECRÉTAIRE DES FINANCES DU COMMONWEALTH

Fonctionnaire gérant la comptabilité et les crédits du gouvernement de Norstralie. [NO]

SEIGNEUR AMIRAL TEDESCO

Voir Tedesco, Seigneur Amiral.

SEIGNEUR ARTHUR DJOHN

Voir Djohn, Seigneur Arthur.

SEIGNEUR CRUDELTA

Voir Crudelta, Seigneur.

SEIGNEUR DE L'ESPACE

Le titre sous lequel on connaissait le Seigneur Kemal bin Permaiswari sur Xanadu, peut-être utilisé couramment à cette époque. [MS]

SEIGNEUR ENGLOK

Voir Englok, Seigneur.

SEIGNEUR FEMTIOSEX

Voir Femtiosex, Seigneur.

SEIGNEUR HAUT ADMINISTRATEUR DE LA RÉGION SOIXANTE-TREIZE

Un Idiot ; il a trouvé Carlotta vom Acht. [ME]

SEIGNEUR INGINTAU
Voir Ingintau, Seigneur.

SEIGNEUR ISSAN OLASCOAGA
Voir Olascoaga, Seigneur Issan.

SEIGNEUR JESTOCOST
Voir Jestocost, Seigneur (le 1er et le 7e).

SEIGNEUR KEMAL BIN PERMAISWARI
Voir bin Permaiswari, Seigneur Kemal.

SEIGNEUR LAIRD
Voir Laird, Seigneur.

SEIGNEUR LIMAONO
Voir Limaono, Seigneur.

SEIGNEUR MONCANARD
Voir Moncanard, Seigneur.

SEIGNEUR NURU-OR
Voir Nuru-or, Seigneur.

SEIGNEUR RAUMSOG
Voir Raumsog, Seigneur.

SEIGNEUR REDLADY
Voir Redlady, Seigneur.

SEIGNEUR RODERICK ELEANOR
Voir Roderick Eleanor, Seigneur.

SEIGNEUR STARMOUNT
Voir Starmount, Seigneur.

SEIGNEUR STO ODIN
Voir Odin, Seigneur Sto.

SEIGNEUR WAITE
Voir Waite, Seigneur.

SEIGNEUR WILLIAM PAS-D'ICI

Voir Pas-d'Ici, Seigneur William.

SEIGNEURS DE L'APRÈS-MIDI

Pendant leur période historique, la destinée commune des humains véritables et des sous-êtres atteint à une apogée religieuse. « Jusqu'à la mer sans soleil » pourrait être une des nouvelles consacrées à cette époque.

SEIGNEURS DE L'INSTRUMENTALITÉ

Chefs de la Terre. [GU] Raumsog leur a offert des pots-de-vin (bien essayé). Ils se battaient bec et ongles pour des questions de vie et de mort. [VO] Ils s'y connaissaient en combat. [AR] Ils pouvaient tuer sans procès. [BI]

SÉLECTEUR DE PROBABILITÉ

Un instrument à bord du vaisseau temporel de Tasco Magnon. Il permettait au véhicule de voyager de Probabilité en Probabilité. [LA]

SEPTIÈME NIL

Une escarmouche s'est produite là (sur Mizzer) pendant que Casher O'Neill se trouvait sur Henriada. [PT]

SERGENT 587

Soldat de Terraport. Il interroge C'mell après que les araignées se sont emparées d'un des faux Rod (un robot). [NO]

SERVICE SPATIAL

Une organisation militaire d'avant l'ère interstellaire qui se consacrait à l'exploration de l'espace profond et peut-être à d'autres aspects du voyage dans l'espace. [NY]

SESCHTEN DEUTSCHEN REICHES

Voir Sixième Reich Allemand.

SHAYOL

La planète de la douleur (et peut-être la Planète de la Douleur), habitée par des dromozoaires qui provoquent la croissance d'organes surnuméraires chez les humains. Il s'agit d'un lieu de châtiment dont l'existence résulte d'un accord entre l'Instrumentalité et l'Empire. On l'a déclarée interdite d'accès quatre cents ans avant l'arrivée de Mercer ; elle avait été découverte par le Brave-Capitaine Alvarez deux siècles plus tôt. Elle comptait une population de 1 321 prisonniers humains fournisseurs d'organes et d'environ 700 autres personnes totalement absorbées. Fermée par l'Instrumentalité. [SH] La punition qu'elle offrait était pire que le bûcher, selon le Seigneur Femtiosex. [DD]

Shayol (de l'hébreu/arabe) — Shéol — le lieu des oubliés [et non l'Enfer (la Géhenne)]

SHERMAN

La planète où Dita est montée à bord du *Wu-Feinstein*. [CB]

SH'SAN

Un inconnu projeté par le cube de Veesey-koosey. Le cube avait reçu l'empreinte mentale de cinq ou six officiers spatiaux et contenait aussi le cerveau laminé d'une souris. [PB]

shi san (chinois) — treize

SIEUR

Titre norstralien. [NO]

SIEUR ET COMMISSAIRE

Titre du Seigneur Redlady. [NO]

SIEUR ET PROPRIÉTAIRE

Titre norstralien du propriétaire d'une station fermière. [NO]

SIGNE DU POISSON

Voir Poisson, Signe du.

SIGURDSSEN, SIGURD

Le plus grand guerrier licencié de l'époque. Il a combattu pour l'Islande et vaincu l'Europe Fédérée, le Maroc, le Japon et le Brésil trente-deux ans avant la Guerre n° 31-Q.

SIXIÈME REICH ALLEMAND

État terrien. Il a mis au point le manshonyagger en 2495. [ME] Il a inventé le manshonyagger pour tuer tous ceux dont les pensées ne se conformaient pas à ses préceptes. [RA]

SMITH, CORDWAINER

Pseudonyme d'un Seigneur de l'Instrumentalité qui s'est projeté seize mille ans dans le passé. Il a écrit des nouvelles et un roman basés sur ses souvenirs. Peut-être un membre de la famille Vomact. [NO]

Pseudonyme pour toutes ses œuvres de science-fiction de Paul Linebarger (1913-1966). Cordwainer (anglais) — cordonnier + Smith (anglais) — forgeron.

Le mythe du cordonnier : Hermès vole, tue et écorche les vaches d'Apollon. Avec leurs peaux, il fabrique des chaussures qu'il vend à Apollon pour lui impartir la sagesse. Une autre possibilité : *cord* (anglais) — câble + *wain* (anglais) — barge.

« Je crois que Cordwainer Smith est un visiteur du lointain futur, qui vit parmi nous en exilé de sa propre époque ou peut-être en simple touriste, et qui se distrait en donnant à sa connaissance d'événements historiques la forme de récits de science-fiction. » Robert Silverberg, *Amazing Stories*, juin 1965.

SMITH, SONDEUR

Il réclamait la mort d'Adam Stone. [SV]

SOCIÉTÉ POST-RIESMANIENNE

Stade ultérieur d'un monde colonisé, où un thérapeute passe pour une nuisance. [DD]

SOLGARDE 4234

L'ancien numéro de Martel avant qu'il devienne Sondeur 34. [SV]

SOLVAL

Lieu de villégiature sur Ttiollé. C'est là que Bozart trouve le premier indice à propos des titis chatons. [MH] Kuraf s'y retire après la révolution sur Mizzer. [PG]

SON ABSENTE MAJESTÉ

La reine de Norstralie. Nul ne sait où elle se trouve. [NO]

SONDEUR CHANG

Voir Chang, Sondeur.

SONDEUR DOYEN

Chef de la Confrérie. À l'époque de la Reconversion, Vomact occupait ce poste. [SV]

SONDEUR HENDERSON

Voir Henderson, Sondeur.

SONDEUR MARTEL

Voir Martel, Sondeur.

SONDEUR SMITH

Voir Smith, Sondeur.

SONDEUR VOMACT

Voir Vomact.

SONDEURS

Des habermans supérieurs. L'esprit et les yeux séparés du corps, ils devenaient des machines pour unir les Terres de l'Humanité. Tous volontaires, ils pilotaient les vaisseaux spatiaux, et protégeaient et tuaient les habermans. Soixante-huit d'entre eux ont retrouvé leur humanité sous l'égide d'Adam Stone, avant d'être nommés Assistants-Chefs pour l'Espace. [SV] Ils ont gardé par la suite leurs prérogatives d'antan à bord des vaisseaux à voiles photoniques. [PB]

« LES SONDEURS VIVENT EN VAIN » (NOUVELLE)

Ce texte se déroule en l'an 782 de l'Espace, avant la colonisation de Vénus par le Goonhogo. Les gens avaient encore des noms. Les nations avaient disparu, mais l'Instrumentalité existait. On voyageait jusqu'à Terre Quatre ; certains trajets prenaient des mois. Les Sondeurs parvenaient à supporter la Grande Douleur de l'Espace, qu'Adam Stone a vaincue avant de les rendre à l'humanité. [SV] Parution originale en langue anglaise : *Fantasy Book*, janvier 1950.

Le titre vient peut-être de l'hymne anglican « La lumière brille dans les ténèbres », de William Cowper, dont un couplet paraît assez pertinent :

La foi aveugle n'est qu'un leurre
Qui sonde Ses œuvres, en vain.
Dieu est Son propre traducteur
Et Il rendra leur sens certain.

SOONG

Un as mongol qui a combattu durant la guerre aux Kerguelen. [GQ] Voir Sung.

SORCIÈRE

Une thérapeute, comme Élaine. [DD]

SORCIÈRE DE L'ESPACE

Voir Madigan, Propriétaire et Citoyenne Agatha.

SOURCE

Voir Quel. [PS]

SOURCEROCHE

Le quartier militaire d'habitations et de bureaux sur Fomalhaut III. [DD]

Moïse a tiré de l'eau de la roche dans le désert ; dans le Nouveau Testament, cet épisode sert à annoncer la grâce qui s'écoulera du Christ. Dans la nouvelle, Élaine suit la

Voie de Sourceroche quand elle aboutit dans la Ville des Gueux par accident.

SOURCEROCHE, VOIE DE

L'artère qui conduit à Sourceroche dans la Ville Nouvelle sur Fomalhaut III.

SOUS-CHEF

Grade de l'Instrumentalité. L'un d'eux, dont on ignore le nom, a essayé de dissuader Tasco Magnon et sa jeune épouse Dita de localiser le Nœud du Temps. [LA]

SOUS-COMMISSAIRE

Grade de l'Instrumentalité. [ST] Il s'occupe des affaires impliquant le meurtre des sous-êtres. [AR]

SOUS-ESPACE

Les défenses de Norstralie s'étendaient jusque-là. [NO]

SOUS-ÊTRES

Des animaux en forme d'humains. On appelle un spécimen raté une Personne Expérimentale. [RA] Des animaux à forme humaine. Tués s'ils tombent malade ; ils n'ont pas le droit d'aller à l'hôpital. Leur révolte fomentée par D'jeanne a débuté sur Fomalhaut III. [DD] Leur taille maximale est de six fois la taille humaine, la minimale de la moitié. [DD, CM]. Ils peuvent donner des ordres aux robots. [PT]

Les sous-êtres vivent majoritairement *sous* terre et sont considérés comme *inférieurs* au humains véritables. Smith a voulu l'analogie avec les problèmes raciaux contemporains.

« SOUS LA VIEILLE TERRE » (NOUVELLE)

Petit-Soleil utilise le congohélium dans le Bezirk Gebiet sous l'océan de la Vieille Terre pour danser en communication avec les planètes Douglas-Ouyang. Le Seigneur Sto Odin le détruit pour empêcher la contamination possible de l'humanité. Ce texte se déroule avant la Redécouverte de l'Homme. [ST] Parution originale en langue anglaise : *Galaxy*, février 1966.

SOUS LE RÉSEAU

Cranché (voir ce terme). [SV]

SOUS-PEUPLE

L'ensemble des sous-êtres (voir ce terme).

SOUTERRAIN SUPÉRIEUR

Le niveau, proche de la surface, où les humains véritables, les sous-êtres et les hominidés ont le droit de se côtoyer. [AR]

SPATZ, M.

Officier de liaison sous l'autorité du Directeur du Budget, entre le Secrétariat à la Défense et les divers services secrets. Le supérieur du narrateur dans l'affaire Angerhelm. [AH]

peut-être de l'anglais *spat* — prise de bec ?

STARMOUNT, SEIGNEUR

Seigneur Procureur au procès du Seigneur Crudelta. [BI]

STATION DE LA FIN DU MONDE

Le ranch familial des McBan sur Norstralie. [NO]

station (terme australien) — ranch, ferme

STATION DES BONS PETITS JOEY

Ferme de John Fisher[100] sur Norstralie. [NO]

joey (argot australien) — jeune kangourou ; par extension, tout jeune animal

STOKELY-DE-BOSTON, M.

Le nom donné en cadeau à E'duard par l'Instrumentalité en échange d'un menu service rendu sur le Berceau de l'Homme. [MS]

STONE, ADAM

Il a découvert le moyen pour les hommes de vivre et de travailler dans l'espace en les protégeant derrière des couches d'huîtres. Il était petit, trapu, rougeaud, les cheveux gris et l'air jovial. Il a reconverti les Sondeurs en êtres humains normaux. [SV]

Il est rougeaud parce que Adam est fait d'argile rouge (*adamah* en hébreu). De plus, *adamas*, en grec, signifie *indivisible* et *stone*, en anglais, *pierre*. Adam Stone — la pierre indivisible. Il est aussi le premier homme capable de survivre et de travailler dans l'espace.

STOP-CAPITAINE

Il dirige le vaisseau lorsque celui-ci n'est pas en vol. [PG] Il s'occupe de la maintenance, du chargement, etc., dans l'espace normal. [CB] Voir aussi Brave-Capitaine.

STROON

La drogue santaclara sous sa forme cristallisée. Une tablette vaut trois mégannées de travail. [MH] Elle se transforme en poison au bout de deux cents ans. [NO]

STYRON IV

Site d'une bataille entre le Seigneur Kemal bin Permaiswari et les machines de terreur. Ces dernières ont perdu mais lui ont infligé des blessures spirituelles. [MS]

SUCHESACHE

Machine chercheuse utilisée par les Seigneurs de la police, et capable de s'incarner sous des formes variées. [PS]

Suche (allemand) — traque/chasse + *Sache* (allemand) — objet/dispositif

SUNG

Un des vaisseaux tibétains ou mongols qui ont combattu aux Kerguelen. [GQ]

SUNG

Un mercenaire chinois. Reardon pensait que les Tibétains risquaient de l'engager ; il avait livré six guerres de plus que lui. [G8] Voir Soong.

SUPERCONDAMINE

Narcotique puissant, pareil à la condamine, mais avec une molécule d'hydrogène supplémentaire, mortel en l'espace de trois minutes à moins que sa cible n'ait été exposée aux dromozoaires. Il est interdit d'en faire mention. [SH]

« SUR LA PLANÈTE AUX GEMMES » (NOUVELLE)

Casher O'Neill obtient un gigantesque rubis pour construire un laser qui lui servira à reconquérir Mizzer. Ce texte se passe pendant le deuxième siècle de la Redécouverte de l'Homme. [PG] Parution originale en langue anglaise : *Galaxy*, octobre 1963.

« SUR LA PLANÈTE DES SABLES » (NOUVELLE)

Casher O'Neill libère Mizzer par l'amour et trouve la paix auprès de Dame Celalta. [PS] Parution originale en langue anglaise : *Amazing*, décembre 1965.

Ce texte épouse le format du *Voyage du pélerin*, de John Bunyan.

« SUR LA PLANÈTE DES TEMPÊTES » (NOUVELLE)

Casher O'Neill reçoit de T'ruth des pouvoirs et il est envoyé sur Mizzer via l'Espace$_3$. Ce texte se passe après l'histoire de Rod McBan. [PT] Parution originale en langue anglaise : *Galaxy*, février 1965. À la page 38 de la version en magazine, un acrostiche épelle : « Kennedy Shot » (Kennedy abattu). Quelques pages plus loin, un autre acrostiche épelle : « Oswald Shot Too » (Oswald abattu aussi).

SUZDAL, COMMANDANT

Commandant de croiseur chargé de cubes et

d'hypnotiques, il avait des hommes-tortues comme navigateurs. Il a répondu au faux appel à l'aide des Arachosiens. Il a envoyé des chats deux millions d'années dans le passé pour créer une civilisation et combattre les Klopts, ce qui était interdit. On l'a privé de son nom, de son rang, de sa vie et de sa mort — déporté sur Shayol. [CG] Là, il a refusé la supercondamine une fois qu'il a appris que la planète allait être fermée. [SH]

Suzdal, une ville russe au nord-ouest de Moscou, a été gouvernée par le prince Alexandre Nevski.

SYME, HOUGHTON[149]

Surnommé Vieux Simplet. Onseck de Norstralie. Allergique au stroon. Il a essayé de tuer Rod qui, par la suite, lui a fait envoyer une drogue, créée par les sous-êtres, lui permettant de jouir de l'existence par le biais du rêve associé et du rallongement subjectif de la durée de vie. Plus tard encore, il a été l'un des juges à l'examen des jumeaux de Rod au Jardin de la Mort. [NO]

T

T'ANG

Un mercenaire chinois qui commandait le *Yuen* aux Kerguelen. [GQ]

Les T'ang étaient une dynastie chinoise.

T'RUTH

La gouvernante (issue de tortue) de Madigan. Âgée de neuf cent six ans, elle possède une espérance de vie cent fois supérieure. Elle a reçu en toute illégalité l'empreinte mentale de la Propriétaire et Citoyenne Agatha Madigan et s'occupe de Murray Madigan. Elle confère à son tour son savoir à Casher O'Neill par empreinte mentale, puis l'envoie sur Mizzer via l'Espace$_3$. [PT]

T'ruth — *truth* (vérité, en anglais). Ruth (hébreu) — compagnon [elle devient la compagne mentale de Casher]. Ruth (anglais) — gentillesse, pitié.

TABLEAU DE DÉSHONNEUR

La liste des Seigneurs qui ont menti. [BI]

TABLEAU DE PROJECTION

Un amplificateur télépathique utilisé pour contacter les partenaires et voir l'espace par télépathie, mis au point après les vaisseaux planoformes. [JR]

TAGGART

Sieur et Propriétaire norstralien, un des juges à l'examen de Rod. [NO]

TALA

Surnom de Talatashar (voir ce nom). [PB]

TALATASHAR

Passager de réserve éveillé deux mois avant la date prévue, défiguré par un problème de congélation. Il a jeté les cubes psycho-gardiens par-dessus bord. [PB]

talatashar (arabe) — treize

TALI

Ville du Yunnan où les Tibétains se sont procurés leurs câbles d'alimentation. [G8]

TALIANO, BRAVE-CAPITAINE MAGNO

Il savait piloter dans l'espace par la seule force de son cerveau — dans l'ancien temps ! [PT] Son histoire était merveilleuse et sombre. [DE] Brave-Capitaine du vaisseau jonasoïdal *Wu-Feinstein*. Il avait toujours le meilleur navire. Faute de carte-cible de retour d'urgence, il l'a piloté par la seule force de son cerveau quand le vaisseau s'est égaré. Il s'y est brûlé le cerveau, mais ses talents se sont transférés sur Dita (voir ce nom). [CB]

Son nom peut se lire *Grand Italien*, peut-être en référence à Christophe Colomb.

TAMBU

Interdit, comme de toucher les Arbres Combattants, par exemple. [RA]

variation sur tabou ?

TANNER

Bélier de mille tonnes sur la Station de la Fin du Monde.

TANTINE

Doris, la tante de Rod McBan[151]. Elle ne l'aimait pas du fait de son handicap. [NO]

TASCO

Voir Magnon, Tasco. [LA]

TEADRINKER, COMMISSAIRE

Chargé, au sein du personnel de Jestocost, de l'accueil à Terraport de tous les visiteurs d'outreplanète. [BC] Ancien Seigneur de l'Instrumentalité, et millanaire, il a choisi la Disgrâce Honorable. Il voulait s'emparer de Rod pour acquérir de la puissance et beaucoup, beaucoup d'argent. [NO]

Son nom, qui, en anglais, signifie *buveur de thé*, évoque la vie coloniale des officiels britanniques.

TEDESCO, SEIGNEUR AMIRAL

Il avait une réputation formidable, même parmi les Braves-Capitaines. Il a commandé le

Vaisseau d'Or durant la guerre contre Raumsog. Il recourait à la stimulation électrique du cerveau pour se procurer du plaisir. [VO]

tedesco (espagnol/italien) — allemand ; le terme désigne aussi, chez les Juifs sépharades, les Juifs allemands.

TÉLÉFUSIL

Un arme paralysante, mais capable de tuer. Réglé sur les matières organiques, il épargne les matières inorganiques. [SV, BI]

TÉLÉPATHE SECONDAIRE

Il ne s'agit pas d'un vrai télépathe capable de communication dans les deux sens. Ce type d'individu choisit souvent le charlatanisme. L'Instrumentalité essaie d'exciser son pouvoir par la médecine. [CR]

TÉLESCOPE À RAYONS Q

Dispositif utilisé par les spectateurs pour observer la guerre. [GQ]

TERRAPORT

Une aire d'atterrissage pour les vaisseaux planoformes. [BC] Elle se situe dans le sud de la Floride ou dans les Caraïbes (de là, on voit la Martinique), sur la bordure orientale du petit continent. [AR] Elle mesure vingt-cinq kilomètres de haut. [BC] L'Abba-Dingo se trouve quelque part sur son pilier de soutènement. [AR] Elle dépasse en altitude les nuages et les montagnes. [DD] « La Dame aux Étoiles » fait mention de

Terraports (au pluriel) dont le poids a provoqué le surgissement des Hespérides.

TERRAPORT-VILLE

Ville à la base de Terraport. [NO]

TERRE

Le Berceau de l'Homme. La planète de Terraport. [NO]

TERRE DEUX

L'Honorable Rankin Meikeljohn y vivait jadis. [PT]

TERRE QUATRE

Le lieu de naissance et/ou de résidence d'Artyr Rambo. [BI] Le Sondeur Martel y a passé sa première permission. [SV]

TERRES DE L'HUMANITÉ

Le système solaire aux premiers temps de l'Instrumentalité (?). [SV]

TERRITOIRE DE GUERRE

Un territoire réservé par les nations pour disputer des guerres autorisées. L'un d'entre eux se trouvait sur les îles Kerguelen ; la Ligue Australe réclamait un loyer de quarante millions de dollars l'heure pour son utilisation. [GQ]

TERRITOIRE DE GUERRE DES KERGUELEN

Voir Kerguelen, îles. [G8]

TEXTES MARTIENS

Hélène Amérique a tenté de les traduire. Cette référence permet de rattacher « La science occidentale, quelle merveille ! » au cycle de l'Instrumentalité. [DE]

TIBET

1. Ce pays a combattu l'Amérique lors de la Guerre n° 81-Q. [GQ]

2. Une nation terrienne libérée du joug du Goonhogo chinois avec l'aide des Américains. Par la suite, elle a occupé les Banques Solaires de la Chaîne Himalayenne que l'Amérique avait bâties pour la Réunion Indienne. [G8]

TIGA-BELAS

(Ce sont les deux derniers chiffres de son nom.) Un psycho-gardien. Il a donné à Veesey-koosey une protection sous la forme du cerveau de souris laminé Sh'san. [PB]

tiga belas (bahasa indonésien) — 13

TIMOFEYEV, CITOYEN DOCTEUR

Médecin de l'Hôpital Général quand Rambo est arrivé. [BI]

TIMOFEÏEV, MONSIEUR ET DOCTEUR HERBERT HOOVER

Un des médecins qui soignent le colonel Harkening. Il vient d'une des régions les plus pieuses de Russie. Il est totalement pur. [CR]

En russe, *Timofeïev* est la forme masculine de *timofeievka* — la fléole des prés. *Timothée*, du grec — qui honore Dieu. Herbert Hoover est l'ingénieur américain qui a organisé l'aide alimentaire à l'Union Soviétique dans les années 1920.

TITANIA

1. Un des vaisseaux américains aux Kerguelen. Il a explosé par erreur. [GQ]

2. Un vaisseau de guerre américain. Coupé en deux pendant que le président distrayait l'attention de Jack Reardon. [G8]

Titania est la reine des fées dans *Le songe d'une nuit d'été*, la pièce de William Shakespeare.

TITRE RÉSERVÉ

Une catégorie de droit de citoyenneté pour les sous-êtres, instituée après la mort de C'mell. [BC]

TITULAIRE ULTIME DE TOUT PONTOPPIDAN

Le titre de l'Honorable Geneviève. [PG]

TOLLIVER

Un voisin éloigné de Rod McBan, en rapport d'une manière ou d'une autre avec tante Doris. Un prêtre ? [NO]

TONG ORDINATEUR

Ami de Laird qui lui a fourni l'orbite nécessaire pour ramener à terre l'antique satellite qui contenait Carlotta vom Acht. [ME]

TORTUEUSE EXCELLENCE

Titre donné à chaque membre du Conseil des Voleurs. [NO]

TRÈCE

Passager de réserve éveillé deux mois avant Veesey-koosey. [PB]

TREE, BRAVE-CAPITAINE JOHN JOY

Invité à Beauregard, fou et immortel. Norstralien, il était capable de piloter un vaisseau dans l'espace par la seule force de son cerveau. [PT] Folly possédait des cubes de lui. Apparemment immortel et fou sur une planète abandonnée (voir Henriada) ; un vaisseau planoforme était incorporé dans son corps. [ET] Voir aussi Éléphants.

TRÉFONDS

Sur Terre, le lieu souterrain où triment les homoncules et les machines. [AR] L'endroit où se retrouvent les sous-êtres et tous ceux qui sont rejetés ; le siège de l'Esse Aire. Les sous-êtres y sont entreposés dans des réservoirs en attendant de naître. [NO]

TRIHAEP

Mère de Casher O'Neill et sœur de Kuraf. Elle estimait que Casher les avait trahis, elle et sa famille. [PS]

TRI-PENSER

Permet de déjouer la lecture de l'esprit. Le processus se déroule en parallèle sur trois degrés (du plus haut au plus bas) : celui de la logique, celui de la planification, celui du système nerveux autonome. Le Seigneur Sto Odin a utilisé cette technique face à Petit-Soleil.

TROISIÈME OUBLIÉ

Figure de la Vieille Religion Forte mentionnée par le Chasseur. [DD] le Saint-Esprit dans la Trinité chrétienne

TSIN

Un des vaisseaux tibétains ou mongols qui ont combattu aux Kerguelen. [GQ] Voir Ch'in.

TSING

Un des vaisseaux tibétains ou mongols qui ont combattu aux Kerguelen. [GQ] Voir Ch'ing.

TTIOLLÉ

Une planète de transit sur laquelle se situe le lieu de villégiature Solval. [MH]

TUEUR INSTANTANÉ

Une machine destinée à tuer tout individu dont l'identité n'est pas tout à fait sûre en intensifiant la charge magnétique de son corps organique. [NO]

U

UNDERHILL

Bouteur de lumière de la troisième génération. [JR]

UNDERWOOD, DAME ARABELLA

Prêtée par Norstralie à l'Instrumentalité, elle obéit aux lois de sa planète. Victime des illusions de Jeanne, elle finit par regagner Norstralie. Sa justice n'est comprise ni des humains véritables, ni des sous-êtres. [DD]

« UNE ÉTOILE POUR TROIS » (NOUVELLE)

L'histoire de la menace des mangeurs d'homme sur Linschoten XV qui se révèle être une fausse alerte. Casher O'Neill et Dame Celelta figurent au début du texte. [ET] Parution originale en langue anglaise : *Galaxy*, octobre 1965.

URGENCE ABSOLUE

Invoquée par le Seigneur Crudelta pour prendre le commandement des troupes du Berceau de l'Homme. [BI] Invoquée par la Dame Douairière Da pour amener l'Instrumentalité sur Shayol. [SH] Invoquée par Sh'san pour protéger Veesey-koosey. [PB] Invoquée par Vomact quand Adam Stone a découvert comment vaincre la Grande Douleur de l'Espace ; Martel a essayé de l'invoquer sans succès pour stopper Parizianski. [SV]

V

VAISSEAU-COQUILLE

Capsule chargée de dormeurs, utilisée sur de très longues distances. Elle plongeait au-delà de la lumière, sous l'espace, et ressortait au petit bonheur la chance.

VAISSEAU DE SECOURS 43

Le nom d'un vaisseau planoforme ; les Rats l'ont attaqué et ont dévoré l'âme de l'équipage. On l'a retrouvé avec tous les tableaux de projection grillés. [JR]

VAISSEAU DE SECOURS 56

Le nom d'un vaisseau planoforme ; les Rats l'ont attaqué et ont dévoré l'âme de l'équipage. On l'a retrouvé avec tous les tableaux de projection grillés. [JR]

VAISSEAU D'OR

Utilisé contre des non-humains bien des siècles avant de servir lors de la guerre contre Raumsog, il les avait chassés d'un coin oublié des Galaxies. Caché dans le non-espace, il mesure cent cinquante millions de kilomètres de long — la cabine mesure huit mètres sur dix, l'aire de contrôle trente mètres carrés, le reste n'est qu'une maquette. [VO]

« LE VAISSEAU D'OR » (NOUVELLE)

Raumsog essaie d'étendre son empire en attaquant la Terre. Il offre des pots-de-vin aux Seigneurs de l'Instrumentalité — en vain, bien sûr. Ils envoient le Seigneur Amiral Tedesco détruire Raumsog ; le Vaisseau d'Or n'est qu'un leurre. Ce conflit se situe vingt ans après le Grand Scandale des Chats. [VO] Parution originale en langue anglaise : *Amazing*, avril 1959 ; en collaboration avec Genevieve Linebarger.

VAISSEAU JONASOÏDAL

Voir Jonasoïdal, vaisseau.

VAISSEAU TEMPOREL

Appareil de l'Instrumentalité utilisé pour voyager dans le Temps et entre les Probabilités. Celui dont se sont servis Tasco Magnon et sa femme Dita n'était pas vraiment prévu pour deux personnes. [LA]

VALLÉE, LA

Siège des services secrets à Washington. [AH]

VAREUSE AÉRIENNE

Vêtement et moyen de transport sur la planète Henriada. [SV]

VEESEY-KOOSEY

Une jeune fille de quinze ans au Potentiel Filial de 999,999. Passagère de réserve sur un vaisseau à voiles photoniques, elle se réveille trois cent vingt-six ans après le départ. Son cube sauve le vaisseau. [PB]

visii, kuusi (finlandais) — cinq, six

VÉNUS

Une planète, conquise par le Goonhogo. Quatre-vingt-deux millions de personnes y ont été larguées en parachute le premier jour de la colonisation. [JP]

VERDI, GIORDANI

Nom de naissance de Gordon Greene (voir ce nom). [NY]

traduction directe de l'Italien : *verdi* — *green* (*vert*, en anglais)

VICE-ADMINISTRATEUR

Une fonction planétaire. Celui d'Henriada devait rester jusqu'à ce qu'il reçoive une promotion. Il détestait son supérieur hiérarchique, l'Administrateur Meikeljohn. [PT]

VICE-PRÉSIDENT

Chef du gouvernement de Norstralie. [NO]

VIEIL HÔPITAL GÉNÉRAL

Situé juste à l'ouest de Meeya Meefla ; Rambo y est arrivé au sortir de l'Espace$_3$.

VIEIL OURS SAGE

Il vivait dans la forêt avec sa gouvernante,

Herkie. Il s'agit de la même personne que l'Ours de Taille Moyenne (voir ce terme) de la nouvelle « Mark Elf ». Il a emmené Juli voir Laird et Carlotta en ville. Il avait des rapports avec les Hommes Véritables. [RA]

VIEILLE AUSTRALIE DU NORD

Une planète qui produit la drogue santaclara, le stroon. [DD] Colonisée par voiliers photoniques. [PB] Ses habitants sont de grands gaillards au visage coloré, des athlètes superbes et des gens innocents (?), jeunes et très résistants. [MH] Attaquée par Benjacomin Bozart (voir ce nom). [MH]

VIEILLE LANGUE COMMUNE

Langage de l'humanité. [DD, NO]

VIEILLE LANGUE DES DOYCHES

La langue allemande. [ET]

de *Deutsch*, l'allemand dans cette même langue

VIEILLE LUNE ORIGINELLE

Le satellite de la Terre. [ET]

VIEILLE RELIGION FORTE

Ce sur quoi le robot, le rat et le Copte sont tombés d'accord quand ils sont partis explorer l'Espace$_3$. [PT] On savait que les anges possédaient de grandes ailes blanches. Tasco Magnon connaissait ladite religion. [LA]

identifiée au christianisme

VIEILLE TERRE ORIGINELLE

Voir Terre et Berceau de l'Homme.

VIEILLES MACHINES

Des machines de guerre (?) des temps anciens. [SV]

VIEUX BILL

Voir Bill. [NO]

VIEUX BILLY

Un bélier de mille huit cents tonnes sur la Station de la Fin du Monde. [NO]

VIEUX MONDE PARFAIT

La Terre, avant la Redécouverte de l'Homme. [AR]

VIEUX RELAIS DES ÉTOILES

Sur Mars. Rod y a passé sa convalescence après son voyage depuis Norstralie. [NO]

VIEUX SIMPLET

Le surnom que Rod, enfant, donnait à Houghton Syme[149]. [NO]

VIEUX SUD-ORIENT

Sur le Berceau de l'Homme, autour de Meeya Meefla. Correspond au sud-est des États-Unis. [DD]

VIEUX TAGGART

Voir Taggart.

VIEUX VINGT-DEUX

Un voilier photonique dont les cercueils se sont gâtés et le navigateur est mort. Les passagers de réserve ont commis des actes terribles. [PB]

VILLE DES GUEUX

Le repaire du sous-peuple dans le Couloir Jaune et Beige sur Fomalhaut III. [DD]

VILLE NOUVELLE

La localité principale de Fomalhaut III. [DD]

VILLE-PLAISIR

Située sur les Hespérides. Vomact y a envoyé Rambo pour le guérir de son penchant pour les femmes effrontées et bavardes.

VINCENT, PHILIP

Dictateur héréditaire de Pontoppidan. Il offrait un gros rubis vert à Casher O'Neill si celui-ci réussissait deux épreuves. [PG]

VIOLA SIDEREA

Planète des voleurs. Colonisée du temps des voiles photoniques, elle a connu la banqueroute durant l'ère des vaisseaux planoformes (voir Bozart). [MH]

viola — violet(te) + *siderea* — étoile

VIRGINIE

Une jeune fille à l'époque de la Redécouverte de l'Homme. Française, aimée de Paul, petite, les cheveux et les yeux bruns. L'Abba-Dingo a inscrit une prédiction à même la chair de la paume de sa main. Un peu plus tard, elle est tombée du haut du Boulevard Alpha Ralpha. [AR]

Elle correspond à Virginie dans l'histoire de *Paul et Virginie*. Voir Boulevard Alpha Ralpha.

VIRUS SOTKA

On implante dans le cerveau d'un astronaute un cristal qui en est imprégné et l'homme peut l'activer en cas d'urgence. Sous son action, le cerveau crée des hallucinations cohérentes, mais perd sa jeunesse, sa créativité, son imagination, etc. Voir Nancy. [NY]

sotka (coréen) — peut-être

VLASOV, GÉNÉRAL

Un général soviétique qui marchait sur Berlin. Carlotta vom Acht s'attendait à être capturée par son armée. [ME]

VOILES PHOTONIQUES

Voir Photoniques, voiles.

VOILIERS

Voir Photoniques, voiles.

VOLEURS, GUILDE DES

La principale puissance économique sur Viola Siderea (voir ce nom). [MH]

VOM ACHT, CARLOTTA

Née en Allemagne, on la place à l'âge de seize ans dans une fusée pour échapper aux raids aériens. Seize mille ans plus tard [il s'agit d'une erreur de datation], elle atterrit dans ce qui était jadis l'État du Maryland. Elle rencontre le manshonyagger et l'Ours de Taille Moyenne. Elle finit par épouser Laird. [ME] Alors qu'elle agonise, à deux cents ans, Laird et elle font redescendre d'orbite la fusée de Juli. Carlotta meurt trois jours plus tard. On l'appelait désormais *la Vomact*. [RA]

VOM ACHT, HEINZ HORST, RITTER

Savant allemand. Il a placé ses trois filles dans des fusées du Projet Nordnacht pour leur sauver la vie. [ME]

VOM ACHT, PROFESSEUR JOACHIM

Le frère de Heinz Horst, Ritter vom Acht. Médecin, il est l'ongle des trois jeunes filles. Il a mis au point un sérum qui les fera dormir. [ME]

VOM ACHT, JULI

La sœur de Carlotta, placée dans une autre fusée. [ME] Son appareil décroche de son orbite deux cents ans après celui de Carlotta, et elle est retrouvée par les chiots qui l'amènent au Vieil Ours Sage. À son tour, celui l'amène voir Laird et Carlotta. Après la mort de sa sœur, elle se marie avec Laird et aide à diriger la rébellion contre les Jwindz. Elle suggère qu'on les envoie sur une autre planète. Par la suite, Laird et elle ramènent la fusée de Karla ; son mari a décidé de mourir avec elle. Elle a été l'une des premières Dames de l'Instrumentalité du Genre Humain. On l'identifie à la Dame Vomact qui a voyagé des siècles en une seule nuit. [RA]

VOM ACHT, KARLA

La sœur de Carlotta, placée dans une autre fusée. [ME] Vers la fin de leurs vies, Laird et Juli la ramènent à terre. [RA]

VOMACT

Un pilote des vaisseaux temporels de l'Instrumentalité. Le Sous-chef suggère que ce soit lui qui parte à la recherche du Nœud du Temps au lieu de Tasco Magnon, car il est célibataire, mais Tasco, jaloux, refuse. [LA]

VOMACT, DAME

On raconte qu'elle a voyagé des siècles en une nuit. L'ancêtre du Sondeur Doyen Vomact. [SV] On l'identifie à Juli vom Acht (voir ce nom). [RA]

VOMACT, DOCTEUR

Il travaillait sur le satellite-hôpital en orbite autour de Shayol, où il préparait les criminels à la vie sur la planète. [SH]

VOMACT, DOCTEUR

Le cousin de Jeanjacques Vomact. Il a soigné Rod et C'mell après l'incident avec Tostig Amaral. Candidat au grade de Chef de l'Instrumentalité. [NO]

VOMACT, FAMILLE

Notons qu'un Vomact ou un autre apparaît dans dix des textes du cycle des Seigneurs de l'Instrumentalité. Cela n'a rien d'un accident, comme nous allons le constater. Voir l'entrée *McBan* pour des liens éventuels entre les deux familles.

La signification de ce nom est expliquée dans « Mark Elf ». Le professeur Heinz Horst, Ritter vom Acht, sa fille Carlotta et d'autres membres de la famille y font leur apparition. Carlotta quitte la Terre, marquant ainsi la date la plus reculée de tous les textes du cycle des Seigneurs de l'Instrumentalité (« Le fifre de Bodhidharma » se passe à peu près en même temps, mais ne fait pas vraiment partie du canon).

Le nom allemand Acht a deux sens en Ancien Doych, deux sens que Linebarger entrelace au fil de ses récits. D'un côté, il signifie le caractère hors la loi, l'ostracisme, le bannissement, l'interdiction, la proscription ; de l'autre, l'attention, le souci, le soin, la considération.

Dans « La reine de l'après-midi », Juli se retrouve séparée de son époque et de ses deux sœurs (dans le cas de Carlotta, par le choix que celle-ci a effectué, dans celui de Karla, du fait de Juli elle-même). Elle se montre tendre et aimante envers les Hommes Non-Autorisés — surtout les « chiots ».

Examinons les autres Vomact que l'on rencontre au fil de l'œuvre. Le Sondeur Doyen Vomact (« Les Sondeurs vivent en vain »), le chef de la Confrérie, vit coupé de l'humanité, mais en son sein, et pour la servir. Le Sondeur Vomact et sa fille Terza (« Le jour de la pluie humaine ») sont en exil de fait sur Vénus, où son père s'occupe de Terza ; souvenez-vous de la réaction de la jeune fille à la colonisation chinoise. Sur le satellite-hôpital au-dessus de Shayol (« La planète Shayol »), le Docteur Vomact, exilé, prépare ses patients à la vie (si on peut dire) à la surface de la planète.

Sur Terre, Monsieur et Docteur Vomact soigne Artyr Rambo quand celui-ci surgit de l'Espace$_3$ sur le gazon du Vieil Hôpital Général (« Le bateau ivre »). Ce Vomact-ci n'est apparemment pas en exil (ou plutôt, la nouvelle ne se donne pas la peine d'établir un parallèle exact). Au début de la Redécouverte de l'Homme, c'est Maximilien Macht (voir ce nom) qui donne des conseils à Paul et Virginie (« Boulevard Alpha Ralpha »). Dans *Norstralie*, Jeanjacques Vomact, exilé sur Mars, ranime Rod après sa réduction et le dirige vers la Terre. Pendant les soucis de Rod sur cette planète, c'est un autre Docteur Vomact qui soigne C'rod et C'mell après la bagarre avec Tostig Amaral.

Le rapport entre le nom et la signification de « Vomact » est assez clair. Il se pourrait que la famille et tous ses membres tels que nous les rencontrons un par un revivent la Chute et le Renvoi du Jardin d'Éden. Dans ce cas, le mariage de Carlotta et de Laird aurait le sens d'une hiérogamie ; il s'agirait de rendre la famille [l'Homme ?] à la grâce, de la [le ?] réunir avec le Seigneur. [L'union de Yahvé et d'Israël dans l'Ancien Testament se poursuit dans l'union du Christ à l'Église.] On notera avec intérêt que l'histoire de l'Instrumentalité commence en tout état de cause par ce mariage.

VOMACT, JEANJACQUES

Il se trouve sur Mars, au Vieux Relais des Étoiles. Sa famille a conservé son nom en secret, même du temps où on ne désignait plus tout le monde que par des numéros. Il est âgé de cent dix ans lorsque Rod arrive. Un criminel conditionnel conditionnel — il avait imprimé de vraies informations. [NO]

VOMACT, JOACHIM

Voir Joachim. [RA]

VOMACT, LA

Titre honorifique décerné à Carlotta vom Acht par les Hommes Véritables, les Hommes Non-Autorisés, et les sous-êtres. Le titre passe à Juli vom Acht, qui devient Dame Vomact de l'Instrumentalité du Genre Humain. [RA]

VOMACT, MONSIEUR ET DOCTEUR

Directeur du Vieil Hôpital Général. Colonel dans les Réserves Médicales Terriennes. Un homme sage, clairvoyant, intuitif. [BI]

VOMACT, SONDEUR

Le père de Terza. C'était un homme puissant

et le Sondeur Doyen (un titre de courtoisie, dans son cas) sur Vénus. [JP]

VOMACT, SONDEUR DOYEN

Chef de la Confrérie. Il devient Chef pour l'Espace après la Reconversion. [SV]

VOMACT, TERZA

D'une vieille famille de Sondeurs, elle était instable, et l'Instrumentalité l'a laissée à la garde de son oncle jusqu'à ce qu'elle se marie. Elle a épousé Dobyns Bennett. [JP]

VON GRUN, HAGEN

Spécialiste allemand des fusées à Huntsville et Cap Canaveral. Il a placé le fifre de Bodhidharma sur un satellite émetteur. [FB]

Son nom joue sur celui du spécialiste allemand des fusées Werner von Braun : *braun* — brun ; *grun* — vert.

VONDERLEYEN, KARL

Un vieux lieutenant (soixante-dix ou quatre-vingts ans) du Service Spatial. Il a vu Nancy. [NY]

W

WAITE, SEIGNEUR

Le Seigneur qui présidait l'Instrumentalité du temps d'Hélène Amérique. Il a baptisé le vaisseau spatial *L'Âme*. [DE]

WALLENSTEIN, WENZEL

Colonel dans le Service Spatial, il parle à Greene du virus sotka et de Nancy. Wallenstein n'a pas activé le virus, bien qu'il soit allé plus loin dans l'espace que n'importe quel autre (il n'a cependant pas atteint d'autre étoile). Il a quatre-vingt-dix ans. [NY]

Albrecht *Wenzel* Eusebius von *Wallenstein* (1583-1634), homme d'État et soldat allemand.

WAYWANJONG, LE

Il gouvernait les Chinois lorsqu'ils ont colonisé Vénus. [JP]

WEDDER, COLONEL

Avec le colonel Gibna, il a renversé Kuraf ; par la suite, c'est devenu un tyran. [PG] Il imposait un régime de terreur et de vertu. [PT] Converti par Casher O'Neill. [PS]

Il y a un jeu de mots sur Wedder : en allemand, *wetter* (*plus humide*, en anglais) se dit *nasser* (et Nasser était le leader de la révolution égyptienne).

WEI DU NORD

Dynastie chinoise à l'époque de Bodhidharma. [FB]

WENT

Personnage fictif, un photographe, dans l'esprit du capitaine du vaisseau spatial. [BA]

WENTWORTH, DONALD DUMFRIE HORDERN ANTHONY GARWOOD GAINES[14]

Chirurgien militaire de la Défense du Commonwealth, prêté par le Gouvernement de la Terre. Il a réduit Rod. Par la suite, un des juges à l'examen des jumeaux de Rod. [NO]

Paul Myron *Anthony* Linebarger était le père de Paul Linebarger (Cordwainer Smith), dont le frère se prénommait *Wentworth*.

WERELD SCHEMERING

Une planète. Ses habitants devenaient laids, si bien qu'ils ont demandé qu'on leur envoie des gens beaux. [PB]

WEST

Une jeune bouteuse de lumière. [JR]

WILLIAM LE PAISIBLE

L'agneau le plus jeune de la Station de la Fin du Monde. [NO]

WOODLEY

Un bouteur de lumière de la troisième génération. À vingt-six ans, il avait servi dix ans, et n'était plus qu'à une année de la retraite. Il fumait du tabac. [JR]

WOW, CAPITAINE

Un bouteur de lumière (félin). [JR]

C'était le nom d'un des chats de Linebarger/Smith.

WU-FEINSTEIN

Un vaisseau planoforme jonasoïdal, le meilleur de sa classe. Il ressemblait au mont Vernon. Toutes les commandes étaient télépathiques et électroniques, sauf une, mécanique, pour le cérémonial. Il y avait des bouteurs de lumière à bord. Commandé par le Brave-Capitaine Magno Taliano. [CB]

WUSH'

Le robot de police qui transporte C'rod à l'Hôtel des Oiseaux Chanteurs. Détruit par Tostig Amaral. [NO]

Il a pour nom l'onomatopée qui évoque le bruit de ses réacteurs. Autre possibilité : *wush'* — *wush* [*ih*] (chinois) — 50.

X

XANADU

Une planète à deux lunes, sans soleil. Les couleurs y sont le noir, le blanc et l'argenté. Elle a été ouverte par Kahn, qui a apporté beaucoup d'articles de luxe. Elle se trouve à l'opposé de Norstralie, en termes de sensualité ; sur Xanadu, les gens jouissent des plaisirs de la vie. Ils n'ont pas de sous-êtres (croient-ils). La planète obéit aux lois de l'Instrumentalité, hormis pour des coutumes indigènes. [MS]

Xanadu vient du poème éponyme de Coleridge, où il s'agit du pays dans lequel Kubilaï Khan décrète la construction d'un dôme des plaisirs.

Y

YA. CH., VILLAGE DE

Le lieu où Rogov et Cherpas ont travaillé sur le Projet Télescope. Il se trouvait à plusieurs centaines de kilomètres de Kharkov. [NN]

Ya. et Ch. sont les transcriptions en alphabet romain des initiales cyrilliques du nom de la localité russe.

YEBAYEE

Le vrai nom de Petit-Soleil (voir ce terme). [ST]

YÉKASUSSE

Prononciation d'E'ikasus (voir ce nom). [NO]

YUAN

Vaisseau de guerre chinois loué au Tibet. [G8] Voir *Yuen*.

YUEN

Un des vaisseaux mongols ou tibétains qui a combattu aux Kerguelen, contrôlé par le mercenaire chinois T'ang. [GQ] Voir *Yuan*.

Yuen était le nom d'une dynastie mongole qui a régné sur la Chine.

Z

ZONE DE NON-IDENTITÉ

Zone de mort ? [ME]

ZONE EXPÉRIMENTALE A

Dobyns Bennett travaillait là, sur Vénus. [JP]

LÉGENDES DU FUTUR

CONCORDANCE DE CORDWAINER SMITH

DU MÊME AUTEUR

Aux Éditions Gallimard

LES SEIGNEURS DE L'INSTRUMENTALITÉ

1. LES SONDEURS VIVENT EN VAIN (Folio Science-Fiction nº 165)
2. LA PLANÈTE SHAYOL (Folio Science-Fiction nº 166)
3. NORSTRALIE (Folio Science-Fiction nº 167)
4. LÉGENDES ET GLOSSAIRE DU FUTUR (Folio Science-Fiction nº 168)

Composition IGS Charente Photogravure.
Achevé d'imprimer par la
Société Nouvelle Firmin-Didot
à Mesnil-sur-l'Estrée, le 3 mars 2004.
Dépôt légal : mars 2004.
Numéro d'imprimeur : 67436.

ISBN : 2-07-042700-5/Imprimé en France.

120519